MICHAEL GERWIEN

Alpengrollen

EIN BAYER IN TIROL Kitzbühel zur Faschingszeit. Der Münchner Exkommissar Max Raintaler freut sich auf einen erholsamen Skiurlaub und darauf, das berühmte Hahnenkammrennen endlich einmal live zu erleben. Doch ein Anschlag auf die Rennstrecke durchkreuzt seine Pläne. Hatten etwa Terroristen ihre Finger im Spiel? Und dann ist da noch die tote Russin, die am Fuße der Streif im Schnee gefunden wird. Was hat es mit dem Mädchen auf sich, das gefesselt und geknebelt mit einer Kapuze über dem Kopf in einem kalten Raum auf dem Steinboden liegt? Und wieso ist Johanna, Max' reizender holländischer Urlaubsflirt, auf einmal spurlos verschwunden?

Fragen über Fragen, die für reichlich Schädelbrummen sorgen. Zusammen mit dem Kitzbüheler Gendarm Alois, den Max in einer Après-Ski-Bar kennengelernt hat, macht er sich an die Aufklärung der rätselhaften Vorgänge im winterlichen Tirol …

© privat

Michael Gerwien lebt in München. Er schreibt dort Kriminalromane, Thriller, Kurzgeschichten und Romane.

MICHAEL GERWIEN

Alpengrollen

KRIMINALROMAN

Personen und Handlung sind frei erfunden.
Ähnlichkeiten mit lebenden oder toten Personen
sind rein zufällig und nicht beabsichtigt.

Immer informiert

Spannung pur – mit unserem Newsletter informieren wir Sie
regelmäßig über Wissenswertes aus unserer Bücherwelt.

Gefällt mir!

Facebook: @Gmeiner.Verlag
Instagram: @gmeinerverlag

Besuchen Sie uns im Internet:
www.gmeiner-verlag.de

© 2011 – Gmeiner-Verlag GmbH
Im Ehnried 5, 88605 Meßkirch
Telefon 0 75 75 / 20 95 - 0
info@gmeiner-verlag.de
Alle Rechte vorbehalten
9. Auflage 2024

Lektorat: Claudia Senghaas, Kirchardt
Herstellung: Mirjam Hecht
Umschlaggestaltung: U.O.R.G. Lutz Eberle, Stuttgart
unter Verwendung eines Fotos von: @ FrozenDaiquiri / photocase.com
Druck: Custom Printing Warschau
Printed in Poland
ISBN 978-3-8392-1111-3

Sakrischen Dank an
Lilli und Patrick
Johan de Blank
Und vor allem an Claudia Senghaas

1

Sie hörte Schritte von weit her. Sehen konnte sie nichts. Der Sack, den sie ihr über den Kopf gezogen und am Hals festgeschnürt hatten, ließ das nicht zu. Nur für ihren Mund war eine Öffnung ausgespart, durch die sie ihr vor ein paar Stunden Wasser gegeben hatten. Und irgendeinen ekelhaften Brei. Wann genau das gewesen war, konnte sie nicht sagen. Sie hatte kein Zeitgefühl mehr. Wusste nicht, wie lange sie schon hier auf dem kalten Boden lag. Dass er feucht war und aus Stein oder Fliesen sein musste, konnte sie mit den Händen spüren.

Jetzt öffnete jemand die Tür. Ein eisiger Windhauch zog zu ihr herüber. Sie betete zu Gott, dass man ihr nicht wieder eine von diesen Spritzen gab, die sie so schwindelig machten. Und so müde. Ihre Arme und Beine taten weh. Die engen Fesseln schnitten in die Gelenke ein. Sie konnte sich kaum noch bewegen. Hatte immer wieder geweint in den letzten zwei Tagen. Sich immer wieder gefragt, wie sie nur in diese ausweglose Situation hatte geraten können. Doch so sehr sie sich auch den Kopf zermarterte, sie kam nicht darauf. Konnte sich lediglich daran erinnern, dass sie mit ihren Freundinnen beim Skifahren gewesen war. Auf dem Nachhauseweg am frühen Abend hatten sie dann im Eiscafé in der Stadt noch etwas getrunken. Und dann … Nichts mehr … Zappenduster. Als hinge ein dicker schwarzer Vorhang vor ihrer

Erinnerung. Schon eine ganze Zeit lang spürte sie ihre Füße nicht mehr.

Jemand trat neben sie und redete in einer Sprache zu ihr, die sie nicht verstand. Der barsche Tonfall machte ihr Angst. Sie spürte wieder die Plastikflasche von vorhin an ihrem Mund. Schluckte gierig. Hatte großen Durst. Dann flehte sie mit zitternder Stimme blind in den Raum hinein, sie doch bitte, bitte wieder freizulassen. Ihre Familie würde ganz sicher gut für sie bezahlen. Die wäre sehr reich. Man müsste sie nur anrufen. Keine Antwort. Stattdessen traf sie eine Hand hart im Gesicht. Sie begann zu weinen. Bekam den nächsten Schlag ab. Diesmal auf den Hinterkopf. Sie spürte wieder diesen Stich in ihren Arm und wurde müde. Hörte auf einmal nur noch wie durch einen dicken Wattebausch. Alles in ihr begann sich zu drehen. Dann kippte sie seitlich auf den Boden und blieb regungslos liegen. Das Geräusch des Schlüssels im Türschloss bekam sie nicht mehr mit.

2

»Ja, soll das da vielleicht eine anständige Halbe sein? Da fehlen doch mindestens zwei Fingerbreit.« Im Großen und Ganzen gab es nur zwei Dinge, die der Münchener Exkommissar Max Raintaler absolut nicht leiden konnte: verlogene Verbrecher und schlecht eingeschenktes Bier.

Die Kellnerin warf ihm einen genervten Blick zu. »Es hat ja niemand gesagt, dass Sie Ihr Bier unbedingt hier bei uns trinken müssen!«, meinte sie schnippisch.

Nun, wenn man es jetzt genau betrachtete, gab es doch eher drei Dinge, die Max nicht mochte: verlogene Verbrecher, schlecht eingeschenktes Bier und arrogante Serviererinnen.

»Ihnen geht es wohl zu gut«, erwiderte er. »Ich trinke mein Bier immer noch da, wo ich will. Schauen Sie bloß zu, dass Sie mir auf der Stelle eine volle Halbe bringen. Ja, wo samma denn?«

Wenn der Raintaler drauf und dran war, ungemütlich zu werden, tat man besser, was er sagte. Das wussten die vielen Gewalttäter und Betrüger, die er im Laufe seiner Karriere überführt und hinter Gitter gebracht hatte. Und gerade ahnte es auch die vorlaute Tablettträgerin der bayerischen Traditionsgaststätte gleich beim Marienplatz. Sie murmelte etwas in der Art wie: na gut, na gut, bekam einen roten Kopf, nahm sein Glas und lief damit zur Theke.

»Das glaubt dir doch niemand«, klärte Max währenddessen die vier japanischen Touristen auf, die mit ihm am Tisch saßen. »Bringt die ein schlecht eingeschenktes Bier und wird auch noch frech. Ja, wo gibt's denn so was?«

Die beiden Ehepaare verstanden kein Wort. Aber sie hatten mitbekommen, wie beeindruckend ein bayerischer Bariton klingen konnte. Und da sie sich fast sicher waren, dass der athletisch gebaute Ureinwohner mit dem Dreitagebart vor ihnen nicht nur eine kräftige Stimme hatte, lächelten sie ihn einfach nur freundlich an. Und hofften, dass er friedlich blieb.

»So. Bitte, der Herr.« Die Kellnerin war mit einem vollen Bierglas zurück und knallte es schwungvoll vor Max auf den Tisch.

»Ja, wunderbar«, antwortete der. »Genau so muss eine richtige Halbe in Bayern ausschauen. Bier bis zum Eichstrich und eine schöne Krone oben drauf. Jetzt wären da nur noch zwei Tipps, Fräulein. Und weil Sie offensichtlich neu hier drinnen sind, gebe ich die Ihnen sogar kostenlos.«

»Na, da bin ich ja gespannt.«

»Dürfen Sie auch. Nummer eins. Wenn Sie ein Bier servieren, stellen Sie es vorsichtig hin. Sonst schwappt es am Ende über. Und dann müssen Sie bloß wieder extra laufen. Wegen einem Lappen. Nummer zwei. Lassen Sie in Zukunft Ihre Finger vom Rand des Glases weg. Das obere Drittel gehört dem Gast. Oder soll der die ekelhaften Bazillen, die Sie von der Toilette oder von Ihrem Wechselgeld an den Fingern haben, etwa mittrinken?« Er bedachte sie mit einem langen, fragenden Blick aus seinen stahlblauen Augen.

»Sie haben natürlich recht. Entschuldigen Sie.« Die junge Frau musste sich schwer zusammenreißen, damit ihr nicht postwendend die nächste spitze Bemerkung herausrutschte. Zum Beispiel, dass sie sich bestimmt öfter die Hände wasche als er. Aber schließlich hatte sie nicht ewig Zeit, mit diesem renitenten Menschen hier herumzustreiten. Also seufzte sie nur kurz resigniert auf, verdrehte die Augen und entfernte sich wieder.

»Prost, die Herrschaften!« Max hob sein Glas und stieß mit den Japanern an, die inzwischen damit begonnen hatten, alles in dem großen, aber trotzdem urgemütlichen Gastraum zu fotografieren: vom Schirmständer über die üppige Faschingsdekoration bis zu den beleuchteten Hinweisschildern für den Notausgang. Auch der aschblonde Exkommissar blieb nicht verschont. Jeder von ihnen wollte sich mit ihm an der Seite ablichten lassen. Natürlich jedes Mal mit erhobenem Glas. Und mit einem breiten »Cheese« im Gesicht.

Nach der dritten, gut eingeschenkten und sehr zuvorkommend kredenzten Halben bezahlte er und ging. Ich weiß schon, warum ich inzwischen mein Bier lieber bei mir im Viertel trinke, dachte er, als er durch die Tür in die winterlich frühe Dunkelheit trat. Hier in der Stadt ist es einfach zu teuer geworden. Und dann bescheißen sie dich noch beim Einschenken. Nicht zu fassen. Das hat es doch früher nicht gegeben. Höchstens auf der Wiesn. Aber da ist man es ja seit jeher gewohnt. Und dann die vielen betrunkenen Deppen, die hier schon um halb sechs überall herumgeistern. Von wegen gemütliche Wirtshaustradition. Das war einmal und ist nicht mehr.

Das Lokal, das meine Eltern in Sendling hatten, das war halt noch eine echte Münchener Gaststätte. Da bekam jeder noch etwas Anständiges aufgetischt für sein Geld. Nicht diesen modernen Einheitsfraß. Und einen herben Spruch von der Bedienung gab es höchstens, wenn einer nicht mehr stehen konnte. Das waren noch Zeiten. Die kommen sicher nicht wieder. Genauso wenig wie die Mama und der Papa. Gott hab sie selig.

Genau betrachtet, gab es heute für ihn nur eine Wirtschaft in München, in der es immer noch so schön war wie damals. Und das war ›Monikas kleine Kneipe‹. Seine Freundin Monika Schindler hatte sie vor ein paar Jahren unten in Thalkirchen aufgemacht. Am Rande der Isarauen. Nicht weit von seiner Wohnung entfernt. Ein winziger, dunkel getäfelter Gastraum, aber ein paar sehr nette Stammgäste und ein anständiges Bier. Ab und zu gab es sogar Livemusik. Und hervorragend kochen konnte Monika obendrein. Was wollte man mehr? Seit seiner Frühpensionierung vor zwei Jahren half Max ihr manchmal beim Ausschank oder beim Servieren. Oder führte das Geschäft alleine, während sie mit ihren Freundinnen im Urlaub weilte. Schließlich kannte er das Prozedere bestens von Kindheit an.

Max und Monika. Was für ein Gespann. Offiziell waren sie ja nicht wirklich zusammen. Sie fuhren meist separat in die Ferien. Jeder von ihnen lebte sein eigenes Leben. Manchmal sahen sie sich wochenlang nicht. Doch dann verbrachten sie wieder tagelang jede Minute zusammen. Bis sie nach einer Weile wieder getrennte Wege gingen. Ihre Freunde und Bekannten schüttelten seit Jahren nur den Kopf über dieses eigenwillige Hin und Her.

Draußen fing es gerade wieder an zu schneien. Es war einer dieser nasskalten Januartage, knapp oberhalb der Nullgradgrenze, an denen man am besten erst gar nicht vor die Tür ging. Überall stieg man bis hoch zu den Knöcheln in grauem Matsch und braunem Dreck herum. Letztes Jahr war er um diese Zeit auf den Malediven gewesen. Tauchen. Sonnen. Baden. Herrlich! Seit er von Tante Isolde, der Schwester seiner verstorbenen Mutter, vor zwei Jahren ihre hübsche Zweizimmerwohnung und einen ansehnlichen Geldbetrag geerbt hatte, konnte er sich solch einen Luxus ab und zu leisten. Und tat es auch. Voller Dankbarkeit.

Gleich morgen zum Beispiel würde er für eine Woche zum Skifahren in die Berge verreisen. Und zum Skirennengucken. Nach Kitzbühel. Für einen Tagesausflug war er schon oft dort gewesen, aber übernachtet hatte er noch nie. Und beim Hahnenkammrennen, dem wohl spektakulärsten und gefährlichsten Abfahrtslauf, den der Skiweltcup zu bieten hatte, war er auch noch nie vor Ort dabei gewesen. Damit er das diesmal auf keinen Fall verpasste, hatte er sein Zimmer in einem exklusiven Wellnesshotel vorsorglich bereits im Oktober fest gebucht.

Der eisige Wind peitschte ihm riesige, wassergetränkte Schneeflocken ins Gesicht. Angestrengt kniff er die Augen zusammen, um überhaupt noch erkennen zu können, wo er lang musste.

Ursprünglich hatte er vorgehabt, zu Fuß nach Hause zu gehen. Doch das war ihm jetzt eindeutig zu ungemütlich. Also nichts wie ab, quer über den Viktualienmarkt zum Bus. Und wenn er dann später in Thalkirchen angekommen war, würde er noch kurz bei Monika reinschauen. Ihre Kneipe lag praktischerweise genau auf dem Weg von der Endhaltestelle zu ihm nach Hause.

Auf dem Markt hatten die Obst- und Gemüsestände wie jeden Sonntag geschlossen. Max hatte für Gemüse und Obst sowieso noch nie allzu viel übrig. Erklärtes Objekt seiner Begierde war schon immer die Bratwurst. Schon zu seinen Dienstzeiten konnten er und sein alter Freund und Exkollege Franz Wurmdobler so gut wie keinen Tag an dem kleinen, grünen Holzhäuschen beim Eingang des bunten Schlemmerparadieses vorbeigehen, ohne sich eine Rote vom Grill zu holen. Da dort heute ebenfalls geschlossen war, marschierte er mit einem kurzen Seufzer des Bedauerns auf den Lippen direkt weiter zur Haltestelle.

Der Bus kam nicht. Steckte wohl irgendwo fest. Wieder mal typisch. Aber auch kein Wunder bei dem Sauwetter. Egal, er würde schon irgendwann eintrudeln. Während er weiter so dastand und wartete, tauchte auf einmal ein altes Kräuterweiblein mit von Falten durchfurchtem Gesicht vor ihm auf.

»Da, schauen Sie her, junger Mann«, kam es krächzend aus ihrem zahnlosen Mund. »Frischer Salbei. Der ist gut gegen Erkältung. Nur ein Euro das Säckchen.«

»Na gut. Wenn Sie meinen.« Max kaufte ihr zwei Säckchen ab, obwohl er keine Ahnung hatte, was er damit sollte. Doch sie sah so aus, als könnte sie jeden Cent brauchen. Außerdem, wer weiß? Im Moment fühlte er sich zwar ziemlich gesund. Aber was nicht war, konnte ja noch werden. Der Winter zog sich schließlich noch in die Länge. Seit ein paar Jahren kam er ihm sogar jedes Jahr noch endloser vor. Drohte da etwa bald eine Eiszeit? Dabei redeten doch alle überall immer nur von globaler Erwärmung.

Eine Viertelstunde später drückten die dicken Reifen des 52ers den Matsch auf der Straße vor ihm platt. Endlich. Er stieg ein und stempelte seine Streifenkarte ab. Dabei stießen ihm wieder einmal die seiner Meinung nach viel zu hohen Fahrpreise auf. So viel Geld für so viel Verspätung! Egal. Ein Taxi wäre noch teurer. Und im Sommer würde er sowieso wieder mit dem Radl fahren. Er setzte sich ganz hinten im Wagen auf den letzten freien Platz.

Als sie die Isar überquerten, kam er ins Schwärmen. Wo kann es wohl schöner sein als in meinem geliebten München, sogar an einem derart hässlichen Wintertag? Zufrieden lächelnd, blickte er über die verschneite Flusslandschaft Richtung Süden. Würde man sich die nächste Brücke und die Häuserreihen links und rechts des Ufers wegdenken, könnte man gerade genauso gut durch die weite Eislandschaft Sibiriens fahren. An der Endhaltestelle stieg er aus und marschierte das kurze Stück über die rot lackierte Holzbrücke nach Thalkirchen hinüber. Der Weg führte ihn direkt am Zoo vorbei. Seine Mutter hatte den Geruch nach Dung und Heu, der von den Gehegen aus bis auf die Straße herüberwehte, immer gehasst. Er dagegen mochte ihn. Malte sich jedes Mal, wenn er hier entlangging, aus, dass es in den Steppen Tansanias oder Kenias genauso riechen müsse. Ein Stück Afrika im Süden von München. Das war der Tierpark für ihn schon als Kind gewesen. Und er war es heute noch. Sibirien, Afrika und Bayern. Fast die ganze Welt in einer Stadt. Wo gab es das denn sonst? Bestimmt nirgends. Einfach genial.

3

Zehn Minuten später öffnete er, bis auf die Knochen durchnässt, die Tür zu ›Monikas kleiner Kneipe‹ und trat ein.

»Ja, Max! Hallo, mein Lieber!« Monika lachte ihn herzlich an und entblößte dabei zwei Reihen makelloser, blendend weißer Zähne. »Ein rechtes Sauwetter! Stimmt's?«, fuhr sie fort. »Hoffentlich reißt es morgen auf, wenn du zum Skifahren gehst. Schön, dass du vorher noch hergefunden hast. Wenn du mir deine nassen Sachen gibst, hänge ich sie gleich zum Ofen rüber.« Sie streckte ihm auffordernd ihren Arm entgegen.

Er reichte ihr seine Jacke und seinen Pullover. »Mein Hemd und das Unterhemd sind auch total nass, Moni. Ich glaube, ich ziehe mich lieber gleich ganz um, bevor ich mir noch den Tod hole.« Er gab ihr einen kurzen, verspäteten Kuss zur Begrüßung und schniefte künstlich, so als ob ein zumindest nahezu lebensbedrohlicher Schnupfen ihn bereits erwischt hätte.

»So schlimm wird's ja hoffentlich nicht gleich werden.« Monika kannte die hypochondrischen Anwandlungen ihres Lebensabschnittsgefährten seit Jahren und nahm seine steten Befürchtungen deshalb prinzipiell nicht so ernst. Was auf der anderen Seite natürlich fatal enden könnte, wenn er tatsächlich einmal etwas Schlimmes hätte. Das wusste sie auch.

»Aber du hast schon recht«, fügte sie deshalb schnell hinzu. »Zieh dich lieber um. Und wenn du schon unterwegs bist, darfst du gleich noch in den Keller gehen und ein neues Fass anschließen. Das Bier ist aus. Und rasier dich mal wieder. Du stachelst wie ein Brombeerstrauch.«

»Geht klar! Mach ich!«, rief er im Weggehen. Red du nur. Das mit dem Bier mache ich natürlich, aus reinem Egoismus. Aber mein Bart ist immer noch meine Sache. Der wird rasiert, wann ich es will, und damit basta!

Während er die knarrende alte Holztreppe zu ihrem Schlafzimmer im ersten Stock hinaufstapfte, wo er immer ein paar Kleidungsstücke für den Fall der Fälle deponiert hatte, begab sich Monika fröhlich pfeifend in ihre winzige Küche, um seine Lederjacke und seinen Pulli aufzuhängen. Als sie in den Schankraum zurückkam, stand auf einmal Anneliese an der Bar. Sie hatte gar nicht gehört, wie ihre beste Freundin hereingekommen war, und schaute dementsprechend überrascht drein.

»Ja, hallo, Annie. Was machst du denn hier? Sonntag ist doch normalerweise dein Couch- und Betttag«, wunderte sie sich.

»Hallo, Moni. Bitte gib mir einen Schnaps. Ich glaube, den kann ich jetzt gebrauchen.« Anneliese ging zur Garderobe und hängte ihren nassen Lodenumhang ein Stück weit neben den Haken mit den Zeitungen, damit diese nicht auch noch durchweichten. Dann rieb sie ihre kalten Hände gegeneinander und setzte sich mit sorgenvoller Miene auf einen der bequemen, mit Kuhfell bezogenen Barhocker, die Monika einmal sehr günstig während eines Freundinnenurlaubs in Kroatien erstanden hatte.

Max hatte die Ungetüme aus massivem Eichenholz später mit einem geliehenen Transporter dort für sie abgeholt. Eigentlich waren zwei Tage dafür vorgesehen. Er kam jedoch erst nach einer Woche wieder. Natürlich hatte sie ihn gefragt, wo er denn so lange gesteckt habe. Der viele Slibowitz und die netten Leute hätten ihm keine andere Wahl gelassen, hatte er nur lapidar gemeint. Außerdem hätten sie, wie sie ganz genau wüsste, vor allem auf ihren Wunsch hin keine feste Beziehung, da müsse er sich ja dann wohl auch nicht rechtfertigen.

»Einen Schnaps. Gern, Frau Rothmüller. Aber du und harter Alkohol?« Monika runzelte erstaunt die Stirn. »So kennt man dich ja gar nicht«, fuhr sie fort. »Was ist denn los? Ist was passiert?«

»Ich weiß es, ehrlich gesagt, nicht. Aber ich mache mir schreckliche Sorgen wegen Sabine. Sie ist vor einer Woche zum Skifahren verreist und seit vorgestern habe ich nichts mehr von ihr gehört. Keine SMS, kein Anruf. Und erreichen kann ich sie auch nicht. Ich habe auf einmal furchtbare Angst, dass ihr was passiert sein könnte.« Anneliese nahm ein Taschentuch aus ihrer Handtasche und wischte sich flink ein paar kleine Tränen aus ihren wasserfest geschminkten, tiefgrünen Augen.

»Aber geh, Annie. Was soll ihr denn passiert sein? Sabine ist 18 und volljährig. Da meldet man sich halt nicht mehr jeden Tag daheim bei der Mama. Das ist doch ganz normal.« Monika tätschelte ihrer Freundin beruhigend den Arm. Wahrscheinlich genießt Sabine einfach nur die Gelegenheit, den Fittichen ihrer überstrengen Gluckhenne von Mutter endlich einmal für ein paar Tage entkommen zu sein, überlegte sie, während sie zum Kühlschrank ging, um den Obstler zu holen. Als sie gleich darauf mit der Flasche zurück war, schraubte sie flink den Deckel ab und schenkte Anneliese einen Doppelten ein. Und sich selbst auch. Aus purer Solidarität.

»Stimmt schon, Moni. Normalerweise würde ich dir da auch recht geben. Aber sie hat vorgestern noch gesagt, dass sie sich morgen, also, von heute aus gestern, wieder melden will. Und wenn Sabine so was sagt, dann kann man sich hundertprozentig auf sie verlassen. Schon immer. Volljährig hin oder her. Verstehst du?« Mit zittrigen Fingern nahm Anneliese ihren Schnaps in die Hand. Hob ihn zum Mund. Prostete Monika zu. Und schluckte den Inhalt todesmutig in einem Sitz hinunter.

»Bäh!«, stieß sie aus, sobald sie wieder reden konnte. »Und das trinken die Männer hier andauernd zum Bier. Das ist ja ekelhaft. Ja, pfui Teufel!« Sie schüttelte angewidert ihren blonden Pagenkopf.

»Jeder hat seinen persönlichen Geschmack, Annie. Bei den Männern wie bei den Getränken. Stimmt's?« Monika liebte ihren Obstler. Sie bekam ihn direkt von einem privaten Erzeuger in der Südsteiermark, den sie und Max kennengelernt hatten, als sie vor drei Jahren im Herbst zum Wandern dort waren. Kopfschüttelnd über Annelieses anhaltende Grimasse grinsend, räumte sie die leeren Gläser rüber zu ihrer neuen Edelstahlspüle.

»Wenn du damit jetzt auf meinen Ex anspielen willst, gebe ich dir recht. Die Ehe mit Bernhard war ein sauberer Griff ins Klo. So ein unsäglicher Egoist! Lässt der mich und seine Tochter einfach sitzen.« Anneliese starrte angesichts der Erinnerung an diese unerfreuliche Episode in ihrem Leben einen kurzen Moment lang konzentriert ins Leere.

»Wegen mir wäre es mir ja egal«, meinte sie dann. »Ich suche mir schon was Neues. Alles, was noch kommt, kann ja nur besser werden. Aber Sabine hätte ihn bestimmt noch ein paar Jahre gebraucht. Er müsse sich jetzt endlich mal selbst verwirklichen! Am liebsten auf seiner Segeljacht! Dass ich nicht ganz laut lache! Hat man so einen Schmarrn schon gehört? Egal. Aus, vorbei, vergessen. Sabine und ich kommen schon alleine klar. Mein Gott. Hoffentlich ist ihr nichts passiert. Könntest du mir bitte einen Espresso machen? Der Geschmack von diesem Schnaps im Mund ist unerträglich.« Sie schnäuzte noch einmal beherzt in ihr Taschentuch. Immer, wenn ihr einfiel, dass sie ja eigentlich jedes Recht hatte, nach wie vor wütend auf Bernhard zu sein, fühlte sie sich gleich etwas besser. Egal, weswegen es ihr vorher schlecht gegangen war.

»Klar mach ich dir einen Kaffee. Und wegen Sabine können wir ja gleich noch Max fragen. Der zieht sich oben gerade was Trockenes an.« Monika drehte sich um und setzte die Espressomaschine in Gang.

»Was? Max ist da? Ja, super. Der kann mir doch bestimmt weiterhelfen. Der war doch jahrelang bei der Kripo. Mein Gott! Den habe ich in der Aufregung ja ganz vergessen.« Endlich. Ein kleines Licht am Ende des Tunnels. Annelieses Körper straffte sich.

»Na, siehst du. Jetzt trink erst mal deinen Kaffee. Und dann sehen wir weiter.« Monika stellte ihr den dampfenden Espresso und die bemalte Zuckerdose aus Italien hin, die sie vor Jahren vom Markt in Pesaro mitgenommen hatte.

»Danke, Moni. Lieb von dir.« Anneliese hob die winzige Tasse zum Mund und schlürfte in kleinen Schlucken. Doch es half nicht viel. Die Reste des hochprozentigen Klaren klebten ihr immer noch wie Holzleim auf der Zunge. Während sie weitertrank, kam Max die Kellertreppe neben der Küche heraufgepoltert. Als er oben war, drehten sie sich kurz nach ihm um und Monika prustete laut los.

»Ja, um Himmels willen! Wo hast du das denn her?«, rief sie entsetzt.

Selbst Anneliese konnte trotz ihrer Sorgen ein breites Grinsen nicht unterdrücken. Vor ihnen stand ein fescher, knapp über 50-jähriger Herr in grauen Knickerbockern, farbigen Wollkniestrümpfen, braunen Filzpantoffeln und einem uralten, aber auf wundersame Weise immer noch intakten roten Skipulli. Ein Bild von einem Mann. In den 30er-Jahren hätte Max in diesem Outfit unter Garantie jeden Schönheitswettbewerb für Herren gewonnen, wenn es einen solchen damals schon gegeben hätte.

»Wieso? Es steht mir doch hervorragend. Das nehme ich morgen nach Kitzbühel mit. Das ist perfekt fürs Wellnesshotel. Servus, Annie.«

»Servus, Max.«

»Geh, hör doch auf zu spinnen. Damit gehst du nirgends hin. Das riecht ja alles total muffig. Aber jetzt sag doch endlich. Wo hast du das Zeug denn gefunden?« Monika konnte immer noch nicht aufhören zu gackern. Sie stand rückwärts gegen den Tresen gelehnt und hielt sich mit beiden Händen den Bauch.

»In deiner alten Truhe neben dem Kleiderschrank. Ich wollte nur mal kurz schauen, welche geheimen Schätze du darin vor mir verbirgst. Sind das noch Sachen von deinem Vater? Von mir ist das Zeug garantiert nicht.«

»Von meinem Vater auch nicht, du neugieriger Expolizist«, schimpfte sie ihn mit Lachtränen in den Augen. »Ach, Mensch. Aber jetzt fällt es mir wieder ein. Genau. Das gehörte meinem Onkel Frieder aus Konstanz. Der hat die Klamotten mal bei meinen Eltern liegen lassen. Ich konnte mich nie mehr so recht davon trennen. Fragt mich nicht, warum. Ich weiß es nicht.«

»So schlecht finde ich die Kombination gar nicht.« Anneliese ließ sich von der allgemeinen guten Laune anstecken. »Damit kann Max glatt den Vogel auf jedem Kostümball abschießen«, scherzte sie. »Und beim Après-Ski sowieso.«

»Eben«, bestätigte Max und sah Monika trotzig an.

»Aber waschen muss man die Sachen vorher auf jeden Fall.« Monika zupfte kopfschüttelnd an dem alten Pullover herum.

»Blödsinn. Ich habe alles gründlich ausgeschüttelt, bevor ich es angezogen habe. Ich will ja keinen Ausschlag bekommen.«

»Ausgeschüttelt? Etwa im Schlafzimmer?« Sie blickte ihn, das Schlimmste befürchtend, entsetzt an.

»Nein, natürlich zum Fenster raus. Ich kenne deine Staubhysterie ja schließlich.« Max verdrehte die Augen. Diese Frauen immer mit ihrem Sauberkeitsfimmel, haderte er. Und dann trauen sie einem noch nicht mal zu, einen Pulli ordnungsgemäß auszuschütteln.

»Gott sei Dank. Aber so angezogen in Kitzbühel auftauchen? Unter den ganzen Reichen und Prominenten? Also, ich weiß ja nicht.« Sie schüttelte erneut den Kopf.

»Übrigens, weil du gerade Kitzbühel erwähnst«, sagte sie dann. »Annelieses Tochter Sabine ist irgendwo da unten und meldet sich schon seit zwei Tagen nicht mehr. Und zu erreichen ist sie auch nicht. Könntest du da morgen mal nach dem Rechten sehen? So als alter Exkriminaler.«

»Ich weiß nicht. Eigentlich will ich ja Urlaub machen. Kein Stress und so. Wo ist sie denn genau?«

»Sie ist mit zwei Freundinnen in so eine kleine, billige Pension in St. Johann gefahren«, erklärte Anneliese jetzt die Situation mit aufgeregter Stimme. »Ich hätte ihr ja ein anständiges Hotel bezahlt. Aber die andern beiden Mädchen wollten da unbedingt hin. Seit zwei Tagen hat sie keiner dort mehr gesehen. Und angerufen hat sie auch nicht mehr. Ich mache mir große Sorgen. Normalerweise ist Sabine nämlich absolut zuverlässig.« Sie zog vorsorglich ihr bereits tränenfeuchtes Stofftaschentuch aus der Handtasche. Bestimmt würde sie gleich wieder weinen. Das wusste sie genau.

»Ach, das wird sich schon alles aufklären, Annie«, beruhigte sie Max. »Sicher meldet sie sich schon bald wieder. Glaube mir. Bei der Kripo hatten wir solche Fälle andauernd. Und meistens war nichts dahinter. Vielleicht hat sie sich in einen feschen Tiroler verknallt, wie meine Mutter dereinst. Dass dabei nur etwas Gescheites rauskommen kann, siehst du ja an mir.« Und vielleicht genießt sie es auch nur, endlich einmal ein paar Tage ohne Überwachung zu verbringen, dachte er.

»Ja, aber da hätte sie sich doch trotzdem bei mir gemeldet. Hundertprozentig. Ich kenne doch mein Kind.« Anneliese bekam wieder feuchte Augen.

»Okay, okay. Wenn es dich beruhigt, frage ich morgen mal nach ihr rum. Ich bin aber überzeugt, dass sie einfach bloß einen kleinen Flirt mit einem Jungen hat. Und dass sie deswegen an nichts anderes denkt. Ganz bestimmt.«

»Na, hoffentlich hast du recht. Aber wissen würde ich das halt trotzdem gerne.«

»Ich kümmere mich darum, Anneliese. Versprochen. So, und jetzt trinken wir erst mal einen schönen Obstler. Zur Beruhigung und gegen die ganzen Erkältungsviren in der Luft. Was meint ihr?« Max hatte keine Lust mehr auf das Thema. Das würde sich schon alles finden mit Sabine. Aber nicht hier und nicht jetzt.

»Pfui Teufel, nein!«, brach es aus Anneliese heraus.

Monika grinste nur und schüttelte langsam den Kopf. »Ich hatte gerade schon einen, Max. Außerdem muss ich den ganzen Abend noch arbeiten.«

»Na gut, dann trink ich halt alleine.« Er stapfte entschlossen hinter die Theke. Dort zapfte er sich ein frisches Bier von dem Fass, das er vor seinem Auftritt als Dressman im Keller angeschlossen hatte, und schenkte sich einen Doppelten dazu ein. Anneliese verabschiedete sich kurz darauf von ihnen. Sie wollte unbedingt daheim erreichbar sein, falls Sabine auf dem Festnetz anrufen würde. Bevor sie hinausging, versprach ihr Max noch mal, sich auf jeden Fall in Kitzbühel nach Sabine umzusehen. Sie solle sich keine Sorgen mehr machen und lieber versuchen zu schlafen, gab er ihr auch noch mit auf den Weg.

Mit der Zeit füllte sich das kleine Lokal. Und jeder nasse Neuankömmling lachte sich zuerst einmal über den bayerischen Hercule Poirot in Filzpantoffeln kaputt. Der Herr Exkommissar Raintaler hinter dem Tresen sah auch zu komisch aus. Klar, dass es wieder mal ein höchst amüsanter Abend wurde in ›Monikas kleiner Kneipe‹. Zu fortgeschrittener Stunde holte Max Monikas Westerngitarre aus der Wohnung über dem Lokal und gab, wie er das ab und zu gerne tat, ein paar seiner persönlichen Lieblingsstücke zum Besten. Melancholische Songs wie ›Crossroads‹ von Calvin Russel oder ›Hurt‹ von Johnny Cash und ein paar schnellere wie ›Am I Wrong‹ von Keb' Mo' oder ›I Hear You Knocking‹ von Smiley Lewis. Er interpretierte die lässige amerikanische Blues- und Countrymusic so gefühlvoll, dass es den konzentriert lauschenden Bayern aus der Stadt vor Ergriffenheit die Tränen in die Augen trieb. Entsprechend frenetisch fiel der Applaus danach aus. Wie meistens, wenn Max spielte.

Als die Gäste auf dem Nachhauseweg waren, half er Monika noch beim Aufräumen, umarmte, herzte und küsste sie zum Abschied und ging ebenfalls heim. Zügig. Ohne einen der üblichen Umwege einzuschlagen, die ihn sonst noch oft in weitere Lokalitäten führten, wie zum Beispiel in die Pilsbar gleich bei ihm ums Eck. Nichts da. Morgen war es schließlich so weit. Sein erster Wellnessurlaub mit integriertem Sportprogramm stand an. Da wollte er auf jeden Fall zeitig aufstehen, um zu packen, seine neuen Ski und die Skischuhe aus dem Keller zu holen und den guten alten Dachständer auf seinen guten alten R4 zu schrauben. Hoffentlich ist Sabine nicht doch etwas passiert, dachte er, bevor er einschlief. So lange überhaupt nicht erreichbar zu sein, ist ja schon sehr merkwürdig. Herrschaftszeiten. Aber das sagt man einer besorgten Mutter als alter Profi natürlich nicht.

4

Der feuchte Schnee klatschte so unerbittlich gegen die
Frontscheibe, dass die abgenutzten Wischblätter nicht
mehr mit ihrer Arbeit nachkamen.

»Warum vergesse ich eigentlich jedes Mal, die Scheiß-
dinger endlich auszutauschen?«, grantelte Max genervt.
Er konnte die Lichter seines Vordermannes kaum erkennen.

Kurz vor dem Irschenberg war er, wie schon so oft
an dieser neuralgischen Stelle der A8, im Stau gestanden.
Aber nachdem er dann ein paar Kilometer weiter in die
A93 Richtung Kufstein eingebogen war, kam er relativ flott voran. Schon bald würde er die Grenze hinter
sich lassen. Dann Kufstein Süd raus und auf der Landstraße weiter bis nach Kitzbühel. Bevor er in sein Hotel
eincheckte, würde er aber erst noch nach St. Johann
weiterfahren und dort auf jeden Fall gleich mal wegen
Sabine nachfragen. Versprochen war schließlich versprochen. Und wenn er ganz ehrlich war, hatte ihn außerdem
bereits der alte Jagdtrieb wieder gepackt. Schon gestern,
als Anneliese von Sabines Verschwinden erzählt hatte.

Die Lautstärke des Radios fuhr automatisch hoch. Der
Verkehrsfunk meldete sich zu Wort. »Die Autofahrer
Richtung Kufstein und Brenner werden gebeten, vor Tiefenbach langsam zu fahren. Stau wegen einer Baustelle
bis Kufstein Süd.«

»Herrschaftszeiten, was soll denn das schon wieder? Eine Baustelle mitten im Winter. Ausgerechnet! Jedes Mal derselbe Schmarrn, wenn man in die Berge fährt. Egal, wo. Egal, wann«, haderte er sauer.

Einen knappen Kilometer lang konnte er noch mit normaler Geschwindigkeit weiterfahren. Dann musste er abbremsen. Und stand. Ende Gelände. Normalerweise konnte man von hier aus immer schon einen Blick auf das Kaisergebirge erhaschen. Heute nicht. Keine Berge zu sehen. Nicht einmal die, die ganz in der Nähe standen. Nur neblige Suppe rund um ihn herum. Wenn die Baustelle wirklich erst hinter Kufstein ist, wie es das Radio gerade gemeldet hat, dauert es ja ewig, bis ich da ankomme. Das sind ja locker noch 20 Kilometer bis dorthin. Vielleicht sollte ich lieber gleich hier bei Tiefenbach rausfahren und auf der Landstraße mein Glück versuchen. Über Oberaudorf, Kiefersfelden. Sonst erfriere ich hier am Ende noch. Wer weiß?

Gedacht, getan. Er startete unter holprigem Stottern den Motor, fuhr auf dem Standstreifen vor bis zur Ausfahrt und war schon bald ungestört auf der Landstraße unterwegs. Den Anlasser werde ich demnächst mal anschauen lassen, schwor er sich.

Gleich im nächsten Ort entdeckte er eine kleine Metzgerei am Straßenrand und hielt davor an, um sich auf den gerade erlebten Schreck in der Morgenstunde erst mal ein zweites Frühstück zu gönnen. Ein Paar Weißwürste und ein Schluck zu trinken täten ihm jetzt bestimmt gut. Und warum auch nicht? Er hatte Hunger. Und Urlaub. Er stieg aus, sperrte den Wagen ab und ging hinein.

»Grüß Gott, der Herr.« Die großgewachsene, ältere

Frau hinter dem Verkaufstresen lächelte ihn erwartungsvoll an.

»Grüß Gott, die Dame.« Max lächelte freundlich zurück.

»Was darf's denn sein?«, erkundigte sie sich mit schiefgelegtem Kopf.

»Haben Sie warme Weißwürste?«

»Aber sicher. Und stellen Sie sich vor, wir verkaufen sie sogar. Wie viele hätten Sie denn gern?« Sie grinste frech, aber nicht unsympathisch.

»Zwei Stück, bitte. Und ein alkoholfreies Weißbier hätte ich gern dazu. Und eine Brez'n. Und viel süßen Senf natürlich.« Max legte Daumen und Zeigefinger der rechten Hand ans Kinn und überlegte kurz, ob er etwas vergessen hatte. Nein, das war alles. Oder? Ja. Doch. Mehr brauchst du nicht, Raintaler.

»Kommt sofort«, meinte die Verkäuferin. »Das Bier können Sie sich gerne aus dem Kühlschrank da drüben nehmen und die Würste bringe ich Ihnen, sobald sie heiß sind. Setzen Sie sich ruhig schon einmal.« Sie deutete auf die gemütliche Brotzeitecke mit den Stehtischen und Barhockern links von Max. »Ein Glas bekommen Sie gleich von mir«, fuhr sie dann fort. »Übrigens, die Knickerbocker stehen Ihnen sehr gut. Sieht man ja kaum noch heutzutage. Mein Erwin, Gott hab ihn selig, hatte die auch immer an. Vor allem, wenn er beim Wandern war.« Für einen Moment sah sie ein klein wenig nachdenklich aus. Und ein bisschen traurig.

»Aha. Ja, danke.« Max grinste geschmeichelt, nahm sich eine der Tageszeitungen, die auf dem hintersten Tisch auslagen, und setzte sich.

›Favorit Moser für das Hahnenkammrennen beim Training schwer gestürzt. Wird er überhaupt am Abfahrtslauf teilnehmen können?‹, stand gleich auf der ersten Seite.

Ja, da schau her. Der Christian Moser gestürzt. Da haben die anderen ja endlich auch mal eine Chance. Das wird bestimmt spannend am Samstag. Hoffentlich stürze ich nicht selbst in der Zwischenzeit. So ein Beinbruch ist schnell passiert. Wird schon schiefgehen. Schließlich bin ich ein Superskifahrer. Ja, und der gute Christian Moser etwa nicht? Doch. Eigentlich schon.

Egal. Schluss jetzt mit den dummen Gedanken. Er las weiter. Nach zehn Minuten kamen seine Weißwürste.

»Kann sein, dass in einer von den Würsten der Finger von unserem Lehrbuben drin ist. Also, vorsichtig essen … Nein, nein. Ach wo. War bloß ein Witz«, ergänzte die Metzgerin schnell, als sie sein verdutztes Gesicht bemerkte.

Sie schien richtig Spaß an ihrem Job zu haben. Mehr, als man ihr auf den ersten Blick zugetraut hätte. Oder war sie von Haus aus so schräg drauf?

»Geht in Ordnung. Wenn ich ihn finde, sage ich Bescheid«, scherzte Max nach der kurzen Irritation gut gelaunt zurück.

Schmunzelnd erinnerte er sich an seinen verstorbenen Vater. Je näher man Österreich kommt, um so skurriler werden die Leute, hatte der immer gesagt. Dass er selbst ein waschechter Innsbrucker gewesen war, der das schließlich wissen musste, hatte dem Spruch natürlich zusätzliches Gewicht verliehen. Ja, die Eltern. Fünf Jahre war es jetzt schon wieder her, dass sie auf der Fahrt nach Italien ihren Unfall hatten. Keiner von beiden hatte es überlebt. Max hatte sich sehr alleine gefühlt damals. Trotz Monika und seinem besten Freund Franz, die ihn getröstet und aufgemuntert hatten. Verwandte oder Geschwister außer Tante Isolde gab es nicht. Und die lebte inzwischen auch nicht mehr. Seitdem stand er ganz ohne Familie da. Er vermisste sie alle bis heute. Ganz besonders Vaters Humor und Mutters Fürsorge.

Er legte die Zeitung wieder auf die Ablage zurück. Außer der Nachricht über den Unfall des Favoriten für das Rennen war nichts Interessantes dringestanden. Wie redet man eigentlich mit einem fast erwachsenen Mädchen wie Sabine, fragte er sich. Ist man streng und schafft ihr an, dass sie auf der Stelle ihre Mutter anrufen soll? Oder macht man es mehr auf die Kumpeltour? Du selbst hast ja keine Kinder. Woher sollst du es also so genau wissen? Egal. Dir wird schon was einfallen, Raintaler. Ganz blöd bist du ja auch nicht. Vorausgesetzt natürlich, du findest sie. Er zog den dampfenden prallen Würsten gekonnt die Haut ab und begann mit Appetit zu essen. Den Scherz mit dem abgeschnittenen Finger hatte er schon wieder vergessen. Absichtlich.

»Ach ja, du mein geliebtes Skifahren«, murmelte er nach ein paar Bissen melancholisch vor sich hin.

In seiner Jugend war er selbst jahrelang Skirennen gefahren. Mit beträchtlichem Erfolg. Wäre damals am liebsten selbst Profi geworden. Doch dann hatten ihm die Eltern einen Strich durch die Rechnung gemacht. Die Schule gehe vor, hatte es geheißen. Außerdem bräuchten sie seine Hilfe im Lokal. Ganz abgesehen davon, dass die Sache ein reichlich teurer Spaß wäre. Max hatte zwar dicke Tränen vergossen, aber die Entscheidung letztlich akzeptiert. Ganz aufgegeben hatte er seine große Leidenschaft aber nie. Bis heute stand er auf der Piste, sobald sich eine günstige Gelegenheit dazu ergab. Am liebsten allein. Die meisten seiner Freunde konnten nämlich nicht mit ihm mithalten, wenn er richtig loslegte. Schon gar nicht im Steilen oder im Tiefschnee. Und andauernd stehen bleiben zu müssen, um auf jemanden zu warten, war ihm schlicht zu langweilig.

Die Pokale, die er als Jugendlicher gewonnen hatte, standen immer noch in seinem Wohnzimmer auf Tante Isoldes wertvollem Sideboard aus Eichenholz. Fein säuberlich aufgereiht. Und entgegen seiner sonstigen unübersehbaren Schwächen als Hausmann, polierte er sie sogar regelmäßig. Bis sie nur so funkelten und blitzten.

Als er aufgegessen und bezahlt hatte, verabschiedete er sich von der lustigen Metzgerin. Mit gemischten Gefühlen angesichts der nach wie vor nass herabfallenden grauen Pracht eilte er zu seinem Auto, startete den Motor und fuhr los. Keine 20 Meter weiter lenkte er sein Gefährt wieder auf den Gehsteig und blieb stehen. Was war denn das gerade für ein merkwürdiges Geräusch? Er stieg aus, um nachzusehen. Auch das noch. Einen Platten. Links hinten. Und das bei diesem Mistwetter. Na, Mahlzeit! So wird das nichts mit dem Skiurlaub. Hatte er überhaupt Werkzeug dabei? Eilig durchwühlte er den Kofferraum. Dann fiel es ihm wieder ein. Als er letztes Jahr den Platten auf der Nürnberger Autobahn gehabt hatte, war auch kein Werkzeug zu finden gewesen. Damals hatte er den Pannendienst gerufen und sich fest vorgenommen, Wagenheber, Schraubenschlüssel und Ersatzrad in den Kofferraum zu legen, sobald er wieder daheim sei. So weit, so gut. Anscheinend hatte er es sich nicht fest genug vorgenommen. Er sperrte ab, spannte seinen Regenschirm auf, ging die Straße das kurze Stück zurück und betrat die Metzgerei erneut.

»So schnell sieht man sich wieder!«, scherzte die ältere Dame, die erfreut lächelnd von ihrer Verkaufstheke aufblickte, als sie ihn hereinkommen hörte.

Sie schien über jede Ablenkung in ihrem leeren Geschäft froh zu sein. Kein Wunder. Allzu viele Fremde verirrten sich offensichtlich nicht hierher. Was andererseits auch wieder logisch war. Die meisten preschten ja mit weit über 100 Sachen auf der Autobahn vorbei.

»Ja, leider!«, erwiderte Max, dem gerade gar nicht nach Späßen zumute war. »Einen wunderschönen Platten habe ich! Kennen Sie eine Autowerkstatt in der Nähe, bei der ich kurz anrufen könnte?«

»Eine Werkstatt? Aber sicher. Der Moser Bertl hat eine Werkstatt. Ich kann gleich dort für Sie anrufen, wenn Sie das möchten.« Sie legte den Packen gemischte Frischwurst, den sie gerade in der linken Hand hielt, neben sich und hob fragend die Brauen.

»Das wäre großartig. Vielen Dank!«

»Setzen Sie sich doch so lange. Ich bringe Ihnen einen heißen Kaffee, bis er hier ist, der Bertl.«

»Das wäre natürlich noch großartiger. Noch mal danke.« Max lächelte erleichtert und nahm auf seinem Barhocker von vorhin Platz.

»Gerne, junger Mann. Kein Problem.« Sie verschwand nach hinten, um den Anruf zu erledigen. Schon nach zwei Minuten kam sie zurück. »Alles erledigt. In einer Viertelstunde ist er da.«

»Na bestens. Super. Danke noch mal. So ein Pech aber auch. Herrschaftszeiten noch mal!«

»Wir sollen nie mit unserem Schicksal hadern. Denn es liegt alles in Gottes Hand«, ermahnte sie ihn mit strengem Gesicht und stellte ihm seinen Kaffee vor die Nase.

»Na gut. Wenn das so ist, werde ich mich ab sofort über nichts mehr beklagen. Auch, wenn's mir nicht leichtfällt.« Max musste grinsen.

»So ist es recht, junger Mann. So ist es recht.« Sie begab sich wieder hinter ihre großzügige Glasvitrine und sortierte ihren Aufschnitt in die Auslage.

Gerade als Max seinen Kaffee geleert hatte, öffnete sich die abgedunkelte Glastür und ein kräftig gebauter Riese im blauen Overall betrat den Verkaufsraum.

»Ja, der Bertl! Servus, Bub!«, rief sie laut.

»Servus, Kreszentia!« Er lächelte schief.

»Der Herr da hinten hat den Platten, Bertl.«

»Alles klar!« Er kam zu Max an den Tisch und hielt ihm zum Gruß die Hand hin. »Moser, grüß Gott!«, brummte er nicht unfreundlich. Eher etwas verlegen. Mit seinen großen Augen und den dicken, feuchten Lippen erinnerte er dabei ein wenig an den Weihnachtskarpfen, den Monika vor ein paar Wochen für sich und Max zubereitet hatte.

»Raintaler aus München. Grüß Gott, Herr Moser.« Max ergriff die riesige Pranke seines überdimensionalen Gegenübers. »Super, dass Sie Zeit für mich haben«, fuhr er fort. »Ja, saublöde Sache. Gerade, als ich hier vor der Tür losfahren wollte, bemerkte ich, dass das linke Hinterrad keine Luft mehr hat. Eigentlich wollte ich ja jetzt schon auf der Piste sein.«

»Ja, mei. So was passiert. Dann machen wir halt ein neues Rad dran. Haben Sie ein Ersatzrad?«

»Ich weiß es nicht. Da müssten wir mal nachschauen.« Max bezahlte seinen Kaffee, bedankte sich noch mal bei der Metzgerin für ihre Hilfe und folgte dem hinauseilenden Mechaniker auf den matschigen Gehsteig. Auf der anderen Straßenseite fuhr gerade ein Kombi vorbei. Er bildete sich für eine Sekunde lang ein, Sabine auf dem Beifahrersitz zu erkennen. Dann waren nur noch die Rücklichter zu sehen. War das wirklich Annelieses Tochter?, fragte er sich. Blödsinn. Kann ja gar nicht sein. Die ist doch in St. Johann. Außerdem hat die Frau auf dem Beifahrersitz viel älter ausgesehen als sie. Was einem die Sinne doch für Streiche spielen können.

»Da vorne steht er, Herr Moser«, sagte er dann. »Der rostbraune R4 am Straßenrand. Sehen Sie ihn?«

»Jawohl. Gehen Sie schon einmal vor. Ich komme gleich mit meinem Werkstattwagen nach.«

»Wird gemacht.« Max zog die Kapuze seines Anoraks über den Kopf und lief los.

»So, so. Zum Skifahren geht's also«, bemerkte sein Helfer mit einem kurzen Blick auf die neuen Carver im Dachständer, als er kurz darauf bei ihm anlangte.

»Genau. Auslüften ist mal wieder dringend nötig. Sonst bekommt man es ja irgendwann noch ernsthaft mit dem Kreislauf zu tun. Blutdrucktabletten vom Arzt muss ich eh schon nehmen. Erblich, hat er gesagt. Da kann man nichts machen. Ja, und das Hahnenkammrennen schau ich mir auch an. Zum ersten Mal im Leben werde ich live vor Ort dabei sein. Ein alter Jugendtraum.« Max war nicht zu bremsen, er versuchte erst gar nicht, die kindliche Freude in seinem Gesicht zu verbergen.

»Ja, ja. Ist schon ein Wahnsinn, was die da treiben. Ich fahr ja auch Ski, seit ich laufen kann. Aber der Rennbetrieb war mir schon immer zu verrückt. Ich mag es lieber gemütlich. Wahrscheinlich, weil mein Blutdruck zu niedrig ist.« Bertl Moser lachte kurz blubbernd auf.

»Ja mei. Jeder, wie er will und kann«, meinte Max.

»Stimmt. Jeder, wie er will und kann.«

Nachdem ihr sportphilosophischer Diskurs damit beendet war, durchwühlten sie den alten Wagen noch einmal mit vereinten Kräften nach dem Ersatzrad. Doch leider erfolglos. Also rief der KFZ-Meister in seiner Werkstatt an, ob solch ein altes Modell überhaupt noch vorrätig wäre. Als seine Sekretärin die Frage nach einer Weile bejahte, gab er ihr den Auftrag, den Reifen auf der Stelle herbeischaffen zu lassen.

Kurz darauf kam sein Lehrbub damit auf einem winzigen Moped angefahren. Er hatte ihn offensichtlich den ganzen Weg auf seinen Knien und dem Lenker balanciert und warf ihn jetzt schwungvoll vor ihre Füße. Bertl hob ihn auf, als hätte er kein Gewicht, und noch ehe jemand bis drei zählen konnte, war die Sache erledigt. Max bedankte sich vielmals für den prompten Service, bezahlte die günstige Rechnung gleich bar und stieg ein.

»Na, Herr Raintaler. Das war jetzt aber Glück im Unglück«, raunte er halblaut zu sich selbst, als er den Schlüssel im Anlasser herumdrehte. »Hoffentlich passiert dir nicht noch mehr Schmarrn, bis du endlich in Kitzbühel bist.«

»Der Anlasser hört sich auch nicht mehr besonders gut an!«, versuchte ihm Bertl von draußen gerade noch durch das geschlossene Fenster mit auf den Weg zu geben.

Max verstand kein Wort. Er öffnete die Seitenscheibe. »Was meinen Sie?«, fragte er.

»Der Anlasser hört sich nicht gut an«, wiederholte der Mechaniker mit erhobenem Zeigefinger.

»Ja, ich weiß. Wird schon schiefgehen«, sagte Max, schloss das Fenster wieder und winkte ihm zum Abschied zu.

Hundert Meter weiter kam er an einer Unfallstelle vorbei. Es sah ganz danach aus, als wäre ein Fußgänger von einem Auto erfasst worden. Der alte Mann lag immer noch am Boden. Da sich die Sanitäter des Rettungswagens aber bereits um alles kümmerten, fuhr er zügig weiter. Glück gehabt. Ohne den Platten hätte vielleicht ich den guten Mann über den Haufen gefahren, kam es ihm in den Sinn.

Was ist denn heute nur los? Wenn das alles bloß mal keine Vorboten der Alpengeister sind. Er musste grinsen. Sein Vater hatte die Alpengeister früher oft für all die unerklärlichen Dinge, die immer wieder in den Bergen geschahen, verantwortlich gemacht. Touristen, die sich trotz bester Beschilderung verliefen, Schafe, die von Tieren gerissen wurden, die man nie zu Gesicht bekam, Blitzschläge, die ausgerechnet in den Baum einschlugen, unter dem ein paar ängstliche Naturen Schutz gesucht hatten, oder Lawinen, die sich genau dann lösten, wenn ein paar Skifahrer den Hang darunter kreuzten. Passt nur auf, hatte er halb im Scherz, halb im Ernst gesagt.

Die Natur schlägt zurück und die Alpengeister sind ihre Racheengel. Sie vernichten genau die, die sie zerstören wollen.

Max glaubte nicht an die Alpengeister. Genauso wenig wie an andere Geister. Die Welt des Mystischen und Unerklärlichen war nicht seine Welt. Nicht einmal auf dem Oktoberfest. Selbst nach fünf Maß Wiesenbier brachte man ihn unter normalen Umständen nicht in die Geisterbahn hinein, die er für absolut albern und lächerlich hielt. Obwohl ja schon so mancher trinkfreudige Geselle darin verschwunden sein sollte. Und seitdem nie wieder zu Hause gesehen wurde, wie es hieß. Das war doch auf gar keinen Fall Sabine in diesem Kombi vorhin. Oder? Nein, bestimmt nicht. Aber ganz sicher konnte er es auch nicht sagen. Der Wagen war ja viel zu schnell wieder verschwunden gewesen. Merkwürdig.

5

Kurz hinter Kufstein hörte es endlich zu schneien auf. Im Verkehrsfunk gaben sie gerade durch, dass bei Mühldorf ein LKW in die Schlange stehenden Autos hineingerauscht sei. Schon wieder Dusel gehabt, dachte Max. Die alte Dame in der Metzgerei hatte wohl recht gehabt. Man sollte nie mit seinem Schicksal hadern. Was ihm hätte passieren können, wenn er vorhin nicht von der Autobahn abgebogen wäre, wollte er gar nicht wissen.

Hoffentlich strapazierst du dein Glückskontingent mit diesem Luxusurlaub nicht allzu sehr, Raintaler, schoss es ihm durch den Kopf. Sonst erwischen dich am Ende doch noch die bösen Alpengeister. Die teils immer noch neblige Landstraße in die Berge hinein war Gott sei Dank nur wenig befahren. Es ging zügig voran. Max genoss das angenehme Kribbeln, das die Vorfreude auf die Piste in seinem Magen verursachte. Bald würde er sich auf seinen nagelneuen Brettern ins Tal hinunterstürzen. Seine Stimmung war eindeutig auf dem Weg nach oben. Bis ihn eine Streife der österreichischen Gendarmerie kurz vor seinem Ziel an den Straßenrand winkte. Mache ich mir etwa zu viele Sorgen wegen der Sache mit dem Glück? Seine Miene verfinsterte sich. Er hielt auf dem kleinen Parkplatz vor ihrem Auto an.

»Grüß Gott. Verkehrskontrolle. Ihre Papiere bitte!«, blaffte der vielleicht gerade mal 25-jährige Mann in der frisch gebügelten dunkelblauen Uniform, der zu ihm ans Fahrerfenster getreten war, unfreundlich.

Mistwetter, Stau, Platten, Unfälle und jetzt auch noch das. In Max stieg Unmut auf. Das wird ja langsam der reinste Hindernislauf, bis ich endlich mal auf der Piste bin. Von meinen Nachforschungen für Anneliese einmal ganz abgesehen. Wenn es so weitergeht, ist Sabine eher in München zurück, als ich in St. Johann ankomme.

»Aber natürlich. Hier, bitte sehr!« Er zwang sich zu einem höflichen Lächeln. Schließlich kannte er die langwierigen Mühen des Streifendienstes aus seinen eigenen Anfängertagen. Vor allem bei einem derart ungemütlichen Wetter wie heute konnte das ein sehr undankbarer Job sein, wusste er.

»Danke«, erwiderte der Polizist knapp und unpersönlich.

Max hätte nicht auf der Stelle sagen wollen, dass es sich bei ihm um einen eingebildeten Schnösel handelte. Aber wenn man genau hinsah, kam der kurzgeschorene Bursche dieser unsympathischen menschlichen Spezies mit seinem wichtigtuerischen Gehabe doch recht nahe.

»Ist das Wetter in Kitzbühel auch so schlecht?«, fragte der Münchener Exkommissar in der Absicht, die steife Amtshandlung mit ein bisschen freundlicher Konversation aufzulockern.

»Das weiß ich nicht. Ich bin kein Meteorologe«, kam die prompte Antwort. Betont sachlich. Ohne den leisesten Anflug von Humor. Kein Muskel im glattrasierten Gesicht des jungen Gendarmen zuckte. »Bitte warten Sie einen Moment!«, fuhr er fort, nachdem er Max' Fahrzeugschein ausgiebig begutachtet hatte. Er drehte sich um und stolzierte mit strammem Schritt zu seinem älteren, etwas rundlichen Kollegen, der vor ihrem Dienstwagen stand, hinüber. Dort angekommen, reichte er ihm die Papiere.

Aha, sie wollen meine Daten checken, registrierte Max. Gründlich sind sie ja, die Herrschaften hier heroben. Aber reichlich überheblich sind sie auch.

Der ältere Beamte setzte sich mit den Dokumenten in den Streifenwagen und telefonierte, während sein aufgeblasener Adlatus wieder neben Max' rostbraunem Gefährt auftauchte.

»Steigen Sie bitte aus, Herr Raintaler!«, befahl er mit undurchdringlicher, strenger Miene.

»Wozu?«, entgegnete ihm Max, der sich bemühen musste, seinen Tonfall weiterhin sachlich klingen zu lassen.

»Das erfahren Sie noch früh genug. Bitte steigen Sie jetzt aus.« Mister Unbesiegbar legte wie im wilden Westen die Hand an seine Waffe.

»Sag einmal, spinnst du ein bisserl, du Kaschperlkopf, du windiger? Nimm sofort deine Griffel von der Pistole, sonst hagelt es eine Dienstaufsichtsbeschwerde, die sich gewaschen hat! Hast du mich verstanden? Ja, sind denn bald alle wahnsinnig?« Max bekam einen roten Kopf. Er wollte nicht glauben, was er da gerade gesehen hatte, und gab sich alle Mühe, einigermaßen ruhig zu bleiben.

Der junge Mann blickte leicht verunsichert zwischen Max und seinem älteren Kollegen im Streifenwagen hin und her. Derart autoritär war ihm bisher außer seinem Chef sicher noch niemand gekommen. Außer seiner Mutter vielleicht. Und seinem Vater. Aber das hier war etwas anderes. Unschlüssig hob er in einem Moment die Hand von seinem Halfter weg, um sie im nächsten Moment wieder darauf zu legen.

»Los, machen Sie schon. Steigen Sie aus!«, wiederholte er noch einmal seine Aufforderung. Diesmal mit einem leichten Zittern in der Stimme und einem deutlichen Flackern in den Augen.

»Einen Dreck werde ich tun, wenn Sie mir nicht auf der Stelle sagen, was Sie eigentlich von mir wollen.« Max schloss sein Fenster und sah stur geradeaus.

Der Gendarm beobachtete ihn ungläubig dabei und rief nach seinem Kollegen. Wenig später kam der ohne Hast mit Max' Papieren in der Hand angeschlendert, schickte den nervösen jungen Burschen mit ein paar strengen Worten zu ihrem gemeinsamen Dienstfahrzeug zurück, umkreiste einmal das alte französische Auto des Münchener Exkriminalers und klopfte vorsichtig an das Fenster, das Max gerade zugemacht hatte. »Herr Raintaler. Entschuldigen Sie bitte meinen Kollegen«, sagte er, als Max die Seitenscheibe wieder einen Spalt weit geöffnet hatte. »Er ist noch sehr unerfahren. Hier sind Ihre Papiere zurück.«

»Ja, der spinnt doch!«, grantelte Max, während er Fahrzeug- und Führerschein entgegennahm. »Hat der gleich die Hand an der Waffe! Ohne Grund! Schau ich etwa aus wie ein Terrorist, oder was? Wollen Sie mal meinen Puls fühlen? Also, so was Blödes habe ich ja schon lange nicht mehr erlebt.« Sein Gesicht hatte immer noch rote Flecken. Er war nach wie vor stinksauer.

»Wie ein Terrorist schauen Sie sicher nicht aus, Herr Raintaler. Schon gar nicht in Ihren feschen Knickerbockern. Und dass Sie ein verdienter Exkollege aus München sind, konnte er natürlich nicht wissen. Also, bitte entschuldigen Sie seinen Übereifer nochmals. Die jungen Leute stehen heute sehr unter Druck. Falscher Ehrgeiz, zu viele Krimis im Fernsehen, Arbeitslosigkeit und so weiter. Sie verstehen?«

»Mag schon sein«, brummte Max und klang dabei schon wieder etwas versöhnlicher.

»Und lassen Sie bei Gelegenheit einmal das rechte Vorderlicht reparieren«, fuhr der Österreicher in seinem unaufgeregten Tonfall fort. »Es hat den Dienst aufgegeben. Nur deswegen haben wir Sie nämlich angehalten. Und ein paar neue Wischerblätter könnten Sie sich auch anschaffen. Die hier fallen ja bald auseinander. In Ordnung? Samma wieder gut?«

»Na gut. Vergessen wir es. Da kann Ihr Jungspund aber froh sein, dass er Sie dabei hat. Sonst kommt er vielleicht noch einmal an den Falschen. Und dann schaut er bestimmt saublöd aus der Wäsche. Das wissen Sie genauso gut wie ich. Stimmt's?«

»Stimmt, Herr Raintaler. Viel Spaß beim Skifahren wünsche ich. Auf Wiedersehen.« Der gemütliche ältere Beamte tippte zum Gruß lässig mit den Fingern an seine Mütze.

»Aber hoffentlich nicht so bald«, gab Max zurück, betätigte mehrmals die Zündung, bis der Motor endlich unter lautem Stottern ansprang, und fuhr los. Den Druck in der Magengegend, der sich gerade von der ganzen Aufregung her bei ihm einstellte, versuchte er gleich von Anfang an zu ignorieren. Sonst würde er nämlich die ganze Woche wieder mit der schönsten Gastritis herumlaufen. Das wusste er genau. Und das auch noch im Urlaub. Nein, danke.

Als er um die Mittagszeit in Kitzbühel ankam, lugte die Sonne hinter den Wolken hervor. Sie ließ das legendäre Nobeldorf sowie die verschneiten Berge drum herum in weißem Glanz erstrahlen. So muss ein Winter sein und nicht anders, dachte er. Ein versöhnliches Lächeln stahl sich auf sein Gesicht. Jetzt nur noch schnell die paar Kilometer nach St. Johann rübergefahren und nachgeschaut, wo das Mädel abgeblieben war. Und dann eine halbe Blutdrucktablette extra wegen der Höhenluft und nichts wie ab auf die Piste. In sein tolles Luxushotel würde er am späten Nachmittag noch früh genug einchecken können.

Keine Viertelstunde später hielt er auf dem frisch geräumten Parkplatz vor Sabines Unterkunft. Ein angeketteter Schäferhund, der gleich rechts davon, direkt vor dem Zaun zum Nachbarn, seine Hütte hatte, lief ein Stück weit auf sein Auto zu und begann, Laut zu geben. Max hatte noch nie Angst vor Hunden gehabt und ließ sich deshalb nicht im Geringsten von dem Getöse des Vierbeiners beeindrucken. Er stieg aus, warf der grantigen Bellmaschine einen kurzen warnenden Blick zu, ging dann weiter zum Eingang der kleinen, aber recht einladend aussehenden Pension mit dem großen, dunklen Holzbalkon im ersten Stock hinüber und läutete.

Kurz darauf öffnete sich die Tür und eine füllige, mittelgroße Frau mit einer knallbunt gefärbten Punkermähne stand vor ihm. Stark geschminkt. Schwarzer Lippenstift. Im moosgrünen Morgenmantel. Sie mochte um die 40 sein, nahm er gewohnheitsmäßig zur Kenntnis,

44

und fragte sich kurz, warum die hier oben auch schon wie die Kakadus herumliefen. War das nicht das Vorrecht der Großstadtjugend? Oder probte sie für einen Kostümball? Zu allem Übel war ja auch noch Faschingszeit. In Max' Augen eine komplett überflüssige Sache. Nichts anderes, als die kurzfristig zwanghaft zur Schau gestellte Pseudofröhlichkeit von Menschen, die ansonsten das ganze Jahr über rücksichtslos, hinterfotzig und grantig miteinander umgingen. Und humorlos sowieso. Er selbst hatte noch nie den Drang verspürt, auf Befehl lustig sein zu wollen. War schon immer dann guter Laune gewesen, wenn es sich einfach so ergeben hatte. Aus der Situation heraus. Egal, welches Datum gerade auf dem Kalender stand oder was sonst gerade um ihn herum los war.

»Grüß Gott, der Herr«, sagte sie und sah den sportlichen Bayern in seinen altmodischen Bundhosen abwartend aus ihren großen braunen Augen an.

Man hätte die Begegnung der beiden auch ›späte Punkerin vom Lande trifft auf gediegenen Herren aus den 50er-Jahren‹ betiteln können.

»Kommen Sie wegen einem Zimmer? Da muss ich Sie leider enttäuschen. Bei uns ist alles belegt. Hahnenkammrennen, Fasching und viele Urlauber. Tut mir leid. Höchstens eine kleine Dachkammer könnte ich Ihnen noch anbieten. Die ist zwar gemütlich, aber nicht besonders komfortabel.« Sobald sie den Kopf schüttelte, zitterten ihre senkrecht nach oben stehenden, eingefetteten Haarspitzen wie kleine Antennen.

»Das ist sehr nett von Ihnen, gute Frau. Grüß Gott erst mal. Raintaler mein Name.« Er streckte ihr lächelnd die Hand hin. Sie ergriff sie, schüttelte sie kurz und trat danach wieder einen Schritt zurück in die offenstehende Tür hinein. »Aber nein danke«, fuhr er dann fort. »Ich bin zwar auf der Suche, aber nicht nach einer Unterkunft. Ein Mädchen aus München wird vermisst. Lange blonde Haare, blaue Augen, einssiebzig groß, sehr hübsch. Schauen Sie. Hier ist ein Bild von ihr.« Er holte das Foto von Sabine, das Anneliese ihm gestern Abend noch mitgegeben hatte, aus der Innentasche seines Anoraks und hielt es der schrillen Pensionswirtin vor die Nase. »Sie hat hier bei Ihnen mit ihren zwei Freundinnen ein Zimmer gemietet. Und seit zwei Tagen scheint sie verschwunden zu sein.«

»Und wer sind Sie?« Sie kniff die Augen zusammen und blickte mit schräggelegtem Kopf misstrauisch zu ihm hoch.

»Ich bin ein guter Freund ihrer Mutter. Und die macht sich große Sorgen, weil sie ihre Sabine seit zwei Tagen nicht mehr erreichen kann.«

»Aha. Ja, dann. Na gut, Herr Raintaler.« Sie lockerte ihre angespannte Haltung etwas, lächelte jetzt ebenfalls, wenn auch zurückhaltend, und kam etwas näher. »Ich erklärte es der Frau ja schon am Telefon«, sagte sie. »Ich habe keine Ahnung, wo das Mädel steckt. Und meine Leute auch nicht. Wir sind hier ja keine Kindergärtner. Unsere Gäste dürfen hingehen, wo sie wollen. Da kümmern wir uns nicht groß darum.« Sie zeigte auf die weitläufige, verschneite Landschaft ringsumher.

»Selbstverständlich. Aber vielleicht ist Ihnen ja doch irgendetwas Ungewöhnliches aufgefallen. Ein fremdes Auto in der Einfahrt. Oder jemand, der die Mädchen einmal zusammen abgeholt hat. Oder Sabine alleine.« Max steckte das Foto wieder in seine Brusttasche.

»Nein. Nicht, dass ich wüsste. Da war gar nichts. So. Und jetzt entschuldigen Sie mich bitte. Wir feiern heute unseren Hausfasching und da muss ich noch eine Menge vorbereiten.« Sie trat flink zwei Schritte zurück und schickte sich an, die Tür wieder zu schließen.

»Aha. Also doch Fasching«, sprach Max weiter, ihre offensichtliche Eile geflissentlich ignorierend.

»Wie bitte?«

»Oh, nichts, nichts. Ich habe nur laut gedacht. Wegen der Frisur.« Er deutete grinsend auf ihren Kopf. »Sind denn Sabines Freundinnen gerade auf ihrem Zimmer?«, bohrte er weiter. So schnell gab einer, der mal bei der Polizei war, natürlich nicht auf. Selbst der Raintaler nicht, der zu seinen Dienstzeiten nie einer der Übereifrigsten gewesen war. Meistens absolut genial, aber nicht übertrieben fleißig. Das hatte immer zwischen den Zeilen seiner Beurteilungen gestanden.

»Weiß ich nicht. Ich sagte es Ihnen ja schon. Wir sind hier keine Kindergärtner.« Die herausgeputzte Tirolerin hatte, wie es schien, jetzt wirklich keine Zeit mehr. Sie sprach immer schneller, trat unruhig von einem Fuß auf den anderen und bekam hektische rote Flecken auf den Wangen.

»Darf ich eventuell kurz hereinkommen und bei ihnen an der Tür klopfen?« Max legte ihr sein charmantestes Verführerlächeln zu Füßen.

»Das dürfen Sie natürlich. Bitte.« Sie stöhnte kurz gestresst auf, trat zur Seite, um ihn hereinzulassen, und wies mit der Hand auf die alte dunkelbraune Holztreppe links hinter dem Windfang. »Erster Stock, zweite Türe rechts, bitte. Zimmer elf«, stieß sie im Telegrammstil hervor. »Falls niemand da ist, ziehen Sie bitte die Haustüre einfach hinter sich zu, wenn Sie wieder gehen. Ja? Wiederschauen. Ich muss jetzt los. Ist nicht böse gemeint.« Sprach's, drehte sich ruckartig um und hastete den Flur hinunter.

»Alles klar. Wiederschauen. Und danke!«, rief Max ihr hinterher.

Als er vor der Zimmertür mit der Nummer elf ankam, klopfte er kräftig dagegen. Natürlich nicht zu kräftig. Wer will sich schon im Urlaub die Fingerknöchel prellen. Keine Antwort. Er versuchte es noch einmal. Immer noch nichts. Die werden sicher beim Skifahren sein, sagte er sich. Ist ja auch schon nach zwölf. Höchste Zeit für die Piste. Logisch. Und genau dahin werde ich mich jetzt ebenfalls begeben. Komme ich halt später wieder. Er stieg die Treppe hinunter, schloss die Tür, ignorierte den bellenden Hund, der sich daraufhin wieder in seine Hütte verzog, und setzte sich in sein Auto.

»Auf geht's, Raintaler. Der Berg ruft!«, jubelte er laut, während er den Motor startete.

Oder sollte er lieber erst einmal in sein Hotel fahren und einchecken? Ach was. Das würde am Nachmittag genauso gut gehen. Schließlich hatte er ja reserviert. Da konnte nichts schiefgehen. Nichts wie ab in die Hahnenkammbahn und nach oben ins Skiparadies. Der schönste Sonnenschein und 170 Kilometer Piste warteten nur darauf, genossen zu werden. Ein paar passende Abfahrten für ihn waren da sicher dabei. Auch wenn die Streif selbst wegen des Rennens am Wochenende gesperrt war. Schließlich musste dort ja alles gründlich präpariert werden.

Auf dem Weg zur Talstation kam ihm die verkleidete Pensionswirtin noch einmal in den Sinn. Sie schien es ja sehr eilig gehabt zu haben, ihn wieder loszuwerden. Hatte sie irgendetwas zu verbergen? Auf einmal hatte er wieder dieses gewisse Bauchgefühl, von dem man auch immer wieder in Kriminalromanen liest. In all deinen Jahren als Kriminaler hat es dich nur selten getrogen. Oder? Langsam, Raintaler. Das ist doch jetzt der totale Blödsinn, den du da schon wieder denkst. Das stimmt doch gar nicht. Es ist doch ganz anders. Genau genommen hat dich dieses Bauchgefühl im Laufe deiner Amtszeit nämlich oft genug getäuscht. Und wenn man es noch genauer betrachtete, hast du dich deshalb, genau wie deine Kollegen, schon immer lieber auf Tatsachen verlassen. Manchmal geht die Fantasie eben sogar mit uns Leuten vom Fach durch, haben alle damals immer gesagt. Aber irgendetwas ist trotzdem faul mit der bunten Dame. Oder ist es nur die komische Frisur? Kann natürlich sein.

Egal. Jetzt erst mal rein in die weiße Pracht und danach machst du dich noch mal auf die Suche nach den Mädels. Wäre doch gelacht, wenn du die heute Abend nicht irgendwo auftreibst. Und wer weiß? Am Ende triffst du Sabine sogar am Hang und sie hat gerade die höchste Freude am Skifahren. Was ja wahrlich kein Wunder wäre bei dem herrlichen Wetter. Und überaus praktisch obendrein. Dann könntest du Annie nämlich gleich anrufen und beruhigen.

6

»Hoffentlich findet sie der Max. Hoffentlich, lieber Gott!« Anneliese saß bei Monika am Tresen und faltete ihre Hände, als würde sie beten. Dabei war sie erst vor zwei Jahren aus der Kirche ausgetreten und hatte damals jedem erklärt, dass sie ab sofort nur noch an sich selbst glauben würde.

»Bestimmt, Annie. Das war doch fast 20 Jahre lang sein Job. Wenn einer Sabine findet, dann ist er es.« Monika polierte gerade die Edelstahlablage unter ihrer neuen Zapfanlage.

»Meinst du, ich soll ihn mal anrufen und nachfragen, wie es steht?« Anneliese kramte ihr nagelneues Luxushandy aus der Handtasche und fummelte hektisch daran herum, um es einzuschalten. Sie konnte sich einfach nicht merken, wo bei dem Ding der richtige Knopf war. Ungeduldig legte sie ihre Stirn in steile Falten.

»Das kannst du natürlich versuchen, Annie.« Die fesche Thalkirchner Stüberlwirtin blickte kurz von ihrer Arbeit auf. »Aber ich bin mir sicher, dass er sich sofort meldet, wenn er was weiß«, fuhr sie fort. »Obwohl. Ganz so sicher bin ich mir da eigentlich doch nicht. Du kennst ihn ja selbst.«

»Eben. Deshalb frage ich ja. Denk doch nur dran, wie oft dein lieber Herr Raintaler schon vergessen hat, dich zurückzurufen oder sich bei dir zu melden, selbst, wenn es abgemacht war. Ah! Da haben wir ihn ja endlich!« Sie hatte den Einschaltknopf entdeckt. Nachdem die Begrüßungsmelodie ertönte, konzentrierte sie sich mit zusammengekniffenen Augen auf das Display. Super. Leuchten tat das Teil wenigstens schon mal. Jetzt musste sie sich nur noch an ihren Pin-Code erinnern. War es eins, zwei, drei, vier gewesen oder vier, drei, zwei, eins? Mist, verflixter. Da will man es sich einfach machen und es ist immer noch schwer genug. Na ja. Zwei Versuche habe ich ja auf jeden Fall.

»Tja, wo du recht hast, hast du natürlich recht.« Monika legte ihren Putzlappen aus der Hand und nickte zustimmend mit dem Kopf. »Probier es halt einfach mal bei ihm«, fuhr sie fort. »Hoffentlich ist er nicht gerade beim Skifahren. Dann kannst du es nämlich vergessen. Da geht er garantiert nicht ran. Dann gibt es nichts anderes für ihn. Da packt ihn jedes Mal ein Rausch, der erst wieder zu Ende ist, wenn die Lifte am Abend schließen.«

Beim zweiten Versuch hatte Anneliese den richtigen Code eingegeben. Wo war doch noch gleich das Telefonbuch bei dem Ding? Ach ja, richtig. Sie suchte Max' Nummer heraus und ließ es bei ihm klingeln.

»Nichts«, meinte sie nach einer Weile und legte enttäuscht wieder auf. »Nur die Mailbox.«

»Tja, wie ich es dir sagte. Der rast gerade garantiert in einem Affenzahn irgendwelche Steilhänge oder Tiefschneepisten hinunter. Am besten versuchst du es gegen Abend noch mal. Aber, jetzt mal was ganz anderes, Annie. Wenn ich dich gerade schon hier habe. Magst du mir da nicht ein bisserl beim Putzen helfen? Und nachher fahren wir in die Stadt. Schließlich ist heute Montag. Und was ist am Montag?«

»Dein Ruhetag?«

»Du hast es erfasst. Und du kannst bestimmt ein wenig Ablenkung von deinen Sorgen gebrauchen. Was meinst du? Zeit und Lust?«

»Okay. Machen wir. Daheim halte ich es zurzeit sowieso nicht aus. Ich muss andauernd an Sabine denken. Ach Gott!« Zwei dicke Tränen liefen ihr über die Wangen. Wenn eine Mutter sich um ihren Nachwuchs sorgt, ist das bestimmt die schlimmste Sache der Welt, dachte Monika, die selbst kein Kind hatte. Ihr war klar, dass sie nur ahnen konnte, wie schlecht es ihrer Freundin im Moment wirklich ging.

»Sag mir einfach, was ich tun soll«, schlug Anneliese vor.

»Du könntest zum Beispiel gleich mal die ganzen Gläser da hinten in die Spülmaschine räumen. Da bin ich nämlich immer noch nicht dazu gekommen. Okay?« Monika drückte ihr mit einem aufmunternden Lächeln ein Paar grüne Gummihandschuhe in die Hand.

»Wird gemacht, Chefin.«

Sie räumten und wienerten, bis die kleine Kneipe nur so in neuem Glanz erstrahlte. Dann zogen sie sich an und machten sich auf den Weg zur nahe gelegenen U-Bahn-Station. Das Wetter wurde jetzt immer schöner. Die Wolken rissen auf und der braungraue Matsch rundherum wirkte gar nicht mehr so garstig wie noch ein paar Stunden zuvor. An der Haltestelle angekommen, stempelten sie ihre Fahrscheine ab und stiegen die Treppe zu Münchens Unterwelt hinunter. Und hatten Glück. Genau in dem Moment, als sie auf dem Bahnsteig ankamen, fuhr ein Zug Richtung Marienplatz ein. Auf den nächsten hätten sie wegen der Baustelle im Bahnhof Odeonsplatz bestimmt länger als üblich warten müssen. Sie stiegen ein und waren gerade dabei, sich auf zwei gegenüberliegenden freien Plätzen niederzulassen, als ein abgerissen gekleidetes, schwarzhaariges Mädchen auf sie zustürzte.

»Euro! Hunger!« Sie hielt ihre verschmutzte Hand auf.

»Ich gebe grundsätzlich nichts für Bettlerbanden.« Anneliese wendete sich ab und blickte stur zum Fenster hinaus, an dem die Stützsäulen der langgezogenen Einstiegshalle immer schneller vorbeizufliegen begannen. Selbst, wenn du viel jünger als meine Tochter bist, dachte sie.

»Na gut. Von mir kriegst du einen Euro. Aber behalt ihn dir wenigstens selbst«, sagte Monika, obwohl sie genau wusste, dass die Kinder alles abgeben mussten. Und wehe, sie lieferten nicht an ihre Auftraggeber, dann setzte es Prügel, und zwar nicht zu knapp. Max hatte ihr das einmal genau erklärt. Organisierte Bettelei war der Fachbegriff. Meist waren es Banden aus Rumänien oder Bulgarien, die dahinterstanden. Skrupellose Erwachsene zwangen die Kinder bei Androhung von Strafe dazu, jeden anzuschnorren, der ihnen begegnete. Und die meisten Deutschen, gutmütig, wie sie nun mal waren, gaben ihnen auch noch etwas. Das wäre aber gar nicht gut, hatte Max gemeint. Besser wäre es, nichts zu geben und die Auftraggeber auf diese Weise auszuhungern. Monika wusste das alles zwar genau. Aber meistens ließ sie sich dann doch wieder von den weit aufgerissenen, großen, dunkelbraunen Augen der Kleinen erweichen. Sie taten ihr leid. Dagegen konnte sie einfach nichts tun. Obwohl sie ansonsten weder naiv noch leichtgläubig oder leicht zu beeinflussen war. Sie holte das blitzende kleine Geldstück aus ihrem Portemonnaie und gab es dem Mädel, das sich blitzschnell damit umdrehte und entfernte. Ohne sich zu bedanken oder sie eines einzigen weiteren Blickes zu würdigen. Anneliese sah ihre Freundin nur kopfschüttelnd an.

»Ich weiß, ich weiß. Man soll denen nichts geben, weil sowieso nur Gangster dahinterstecken. Aber ich kann halt nicht anders, wenn sie mich so traurig anschauen«, rechtfertigte sich Monika unter den strengen Blicken ihres Gegenübers.

»Ich gebe jedenfalls nichts. Man soll das nicht tun. Das weiß jeder«, beharrte Anneliese.

»Ja. Weiß ich auch. Aber was soll's? Und jetzt Schluss mit dem Thema. Ich mag einen fröhlichen freien Nachmittag mit dir verbringen. Okay?«

»Okay!«

Die zwei Freundinnen stiegen eine Station vor dem Marienplatz, am Sendlinger Tor, aus und schlenderten, wieder an der Oberfläche angelangt, die Sendlinger Straße hinunter. Hier befanden sich kuschelige kleine Cafés in den Hinterhöfen und es gab jede Menge interessanter Läden. Die vierte Boutique auf ihrem Weg betraten sie schließlich und sahen sich um.

»Oh, mein Gott! Schau doch nur mal her, Monika! Hier! Ja, wie süß ist das denn? Das ist doch genau ideal für die heißen Tage. Und eins sag ich dir. Der nächste Sommer kommt bestimmt. Auch wenn es draußen gerade nicht so aussieht.« Anneliese zerrte mit großen Augen ein witzig geschnittenes, reizendes blaues Top von Lauren Moshi aus einem kleinen Stapel reizender Tops auf dem Auslagetisch in der Mitte des edlen Verkaufsraums.

»Na, dann kauf es dir doch. Es steht dir echt gut. Passt genial zu deinen grünen Augen und den blonden Haaren.« Monika hielt eine sündhaft teure, aber dafür fantastisch geschnittene, supersüße Versace-Jeans hoch. Ihre Hände begannen vor Aufregung leicht zu zittern. »Ich glaube, ich muss dieses Teil hier unbedingt mal anprobieren. Wozu arbeitet man denn schließlich so hart? Stimmt's?« Sie versicherte sich kurz Annelieses ermunterndem Blick. Dann verschwand sie eilig hinter dem grauen Vorhang in der Ecke gegenüber dem Kassentisch.

Als sie wieder herauskam, drehte sie sich mindestens 20 Mal mit kritisch prüfenden Blicken vor dem Spiegel. »Du, ich glaube, die nehme ich, Annie. Die ist ja nur noch geil. Total super geschnitten. Süß, oder?«

»Total süß, Moni. Du, schau doch mal. Wie findest du denn die hier?« Anneliese war gerade zwischen einem knallroten Jette-Joop-T-Shirt und einem superwitzigen, orangefarbenen, leichten Wollpulli von Gucci hin- und hergerissen. Sie hielt sich beides abwechselnd vor den Oberkörper.

»Scharf, Annie. Total scharf. Musst du unbedingt nehmen.« Monika hatte nur einen ganz kurzen Blick für ihre Freundin übrig, weil sie gerade auch noch eine quietschgelbe Weste von Stefano Pilati, dem aktuellen Designer bei Yves Saint Laurent, entdeckt hatte.

»Die haben die tollsten Sachen hier. Ich könnte glatt den ganzen Laden leer kaufen. Mach ich aber, glaube ich, besser doch nicht.« Anneliese, die von Bernhard außer seinen großzügigen Unterhaltszahlungen bei der Scheidung noch eine Abfindung im sechsstelligen Bereich zusätzlich zum ehemals gemeinsamen Haus bekommen hatte, hätte sich wohl so einiges leisten können. Aber letztlich musste auch sie umsichtig mit ihrer Barschaft umgehen, so ganz ohne eigenes Einkommen. Man weiß ja nie, was noch so kommt, sagte sie sich immer. Gerade in den heutigen unsicheren Zeiten. Monika war mit ihrer Jeans von Versace und der quietschgelben Weste von Stefano Pilati ebenfalls höchst zufrieden. Natürlich hätte sie auch noch weitermachen können bis in die Puppen. Aber man soll nicht zu gierig sein, heißt es ja immer. Also ab zur Kasse, Karten gezückt und nichts wie wieder raus aus dem verführerischen Klamottenparadies. Jetzt war es höchste Zeit für einen schönen Kaffee. Und ein feines Stück Kuchen durfte natürlich nicht fehlen. Aber bitte mit Sahne.

7

»Ja, leck mich doch am Arsch. Ist das geil! Juchhe!« Max war in seinem Element. Es staubte nur so um ihn herum, als er gerade in großzügigen Bögen ganz alleine einen sehr steilen Tiefschneehang in der Gipfelregion nahe Kitzbühel hinunterschwang. Endlich war er für einen Moment wieder einmal der freie, unbelastete Junge von früher. Ohne Verpflichtungen. Ohne Verantwortung für andere.

»Vorsicht, da vorn! Der Raintaler kommt!« Übermütig sprang er von einer abfallenden Felskante auf die offiziell ausgeschilderte schwarze Abfahrt zurück. Natürlich nicht, ohne vorher zu schauen, ob jemand unter ihm fuhr. Schließlich war er ein bestens ausgebildeter Skiläufer und kein Pistenrambo. Freie Fahrt, Sonnenschein und Pulverschnee. So musste es sein und nicht anders. Er grinste zufrieden.

Schau dir doch nur dieses unglaublich schöne Kaiserwetter über dem Kaisergebirge an, jubelte er innerlich. Bei der Herfahrt hatte er noch gedacht, er würde den ganzen Tag lang im Hotel herumhängen müssen, weil das Wetter so nass und wolkenverhangen gewesen war. Und jetzt das hier. Großartig.

Er konnte sich noch genau daran erinnern, wie er als Kind seinen ersten steilen Hang gefahren war. Es hatte ihn damals alle Überwindung gekostet. Er hätte sich vor

Angst fast in die Hosen gemacht. Doch als er unten angekommen war, hatte er nichts anderes als grenzenloses Glück und Stolz empfunden.

Und dann sein erstes offizielles Rennen! Sein Puls hatte im Starthäuschen bestimmt Tempo 200 drauf gehabt. Irgendein Rennläufer meinte einmal, dass du bei jedem Skirennen erst dein Herz den Hang hinunterwerfen und ihm anschließend hinterherfahren musst. Genau das hatte er versucht und war gleich auf einen sensationellen zweiten Platz vorgefahren. Der Pokal, den er dafür bekam, stand heute ganz links auf dem alten Sideboard, das er von Tante Isolde geerbt hatte.

Jetzt ließ er sich gerade zum zehnten Mal von der schnellen Gipfelbahn nach oben bringen. Eine kleine Pause wird mir sicher guttun, bevor ich mich noch überanstrenge, überlegte er, als er wieder in Richtung Tal sauste. Da war er wieder, der bedenkentragende Hypochonder in ihm. Und schon hielt er auf die nächste Hütte zu, vor der sich die Menschenmassen versammelt hatten. Allesamt in bunte Bonbonfarben gekleidet. Die Einsamkeit der Berge suchte man in einem solchen Touristengebiet natürlich vergeblich. Das wusste Max schon lange. Um die zu erleben, müsste man schon Touren gehen. Weitab von den gepflegten Pisten und Liften hier. Na ja. Ein andermal wieder. Diesmal soll dein Skiurlaub nur dem puren Vergnügen und der Erholung dienen, sagte er sich. Etwas Sport und viel Wellness. Eine ganze herrliche Woche lang. So war es vorgesehen und so wird es gemacht. Und das bisserl Detektivarbeit wegen Sabine nimmst du nebenher mit. Einfach so. Stressfrei. Denn eins ist klar. Du findest sie. Und zu 90 Prozent ist ihr auch nichts passiert. Bestimmt. Oder? Herrschaftszeiten. Könnte man doch nur hellsehen.

Er fuhr bis knapp vor den Eingang, schnallte seine Ski ab und ging hinein, um sich etwas zu essen und zu trinken zu besorgen. Als er nach einer Viertelstunde endlich an der Reihe war, bestellte er sich eine Gulaschsuppe mit Brez'n. Und ein kühles Weißbier durfte natürlich nicht fehlen. Wegen des Autofahrens machte er sich dabei keine großen Sorgen. Bis er unten beim Parkplatz wäre, würde der Alkohol längst wieder verdampft sein. Außerdem hatte er ja bereits beste Verbindungen zur örtlichen Gendarmerie. Zurück an der frischen Bergluft, näherte er sich mit seinem Tablett dem Tisch einer Gruppe junger Snowboarder und fragte, ob er sich zu ihnen setzen dürfe.

»Natürlich. Klar, Alter«, antwortete einer von ihnen mit einem amüsierten Blick auf Max' seltsame alte Bundhosen und rutschte ein Stück.

Max nahm Platz und genoss die Aussicht. Als er den ersten Löffel Suppe an seine Lippen führte, zuckte er erschrocken zurück. Herrschaftszeiten, wie kann man ein Essen nur derart heiß servieren, fluchte er innerlich. Da verbrennt man sich ja glatt den Mund. Doch die Freude an seinem ersten Skitag sollte dies nicht im Geringsten trüben. Er legte den Löffel einfach aus der Hand und gönnte sich erst einmal einen großen Schluck Bier. Die Suppe würde bei den niedrigen Temperaturen hier draußen sicher schnell abkühlen.

Nach ein paar Minuten verabschiedeten sich die Jugendlichen von ihm, stapften mit ihren leichten Stiefeln zu ihren großen Brettern hinüber und stiegen in die Bindungen, um weiterzufahren. Er hatte das Snowboarden vor zwei Jahren aus reiner Neugier auch einmal versucht, dann aber schnell entschieden, dass es überhaupt nicht sein Ding war, und lieber wieder ganz schnell seine Skier angeschnallt. Bevor am Ende womöglich noch ein Bekannter gesehen hätte, wie er vor sich hin dilettierte.

»Hallo, schöner Mann. Sind hier noch zwei klitzekleine Plätzchen für uns frei?«

Max blickte von seiner Suppe auf, die sich inzwischen ohne weitere Verbrennungsgefahr essen ließ. Zwei Skihaserln im feschen Skianzug, ihrem Akzent nach eindeutig aus Holland, standen vor ihm und sahen ihn fragend an.

»Natürlich, gerne. Bitte schön.« Er erhob sich schnell von seinem Platz, um die eine von beiden auf seiner Bierbank hineinrutschen zu lassen. So konnten sie sich gegenübersitzen und sich unterhalten. Ohne dass er groß mit einbezogen werden musste. Was bei einer Sitzkonstellation über Kreuz nicht so einfach der Fall gewesen wäre. Außerdem saß er generell lieber am Rand, damit er jederzeit aufstehen konnte, ohne jemanden bitten zu müssen, ob der ihn rausließe. Im Biergarten daheim in München handhabe er das ganz genauso.

»Ein wunderbarer Tag, nicht wahr?« Die attraktive Frau neben ihm lächelte ihm freimütig zu. Sie wollte ganz offensichtlich höflich sein.

»Ja, ganz wunderbar!« Max lächelte flüchtig zurück.

»Machen Sie auch Urlaub hier?«, wollte sie wissen.

Ging das jetzt schon über reine Höflichkeit hinaus? Max drehte ihr endgültig sein Gesicht zu. »Ja, ein paar Tage im Wellnesshotel. Und den Abfahrtslauf am Samstag nehme ich auch noch mit. Und ein Mädchen suche ich.«

»Sind wir Ihnen nicht genug?« Sie lachte schäkernd.

»Es ist ein sehr junges Mädchen. Sie ist gerade mal 18. Zu jung für mich. Wird seit zwei Tagen von ihrer Mutter vermisst.«

»Oh, das ist ja schrecklich. Hoffentlich finden Sie sie«, sagte sie mit ernstem Gesicht. »Und hoffentlich sind wir Ihnen nicht zu alt«, fügte sie gleich darauf wieder etwas scherzhafter hinzu.

»Auf keinen Fall.« Er lachte laut. Die ist ja scharf drauf, dachte er. Das Eis war gebrochen. Zumindest soweit es Max betraf.

»Noch fast eine ganze Woche bleiben Sie also. Sie haben es gut. Wir müssen am Mittwoch schon wieder nach Hause. Die Arbeit ruft. Wo bekommt man hier eigentlich etwas zu trinken? Kommt eine Kellnerin?« Die aufgeschlossene Flachländerin deutete auf sein Weißbier.

»Ich habe auch Durst«, meldete sich jetzt ihre blonde Freundin schräg gegenüber von Max zum ersten Mal zu Wort.

»Dafür haben wir hier in Bayern und Österreich immer größtes Verständnis. Das Bier gibt es drinnen.« Max grinste zu ihr hinüber und zeigte auf den Hütteneingang hinter ihnen.

»Gut. Dann hole ich uns welches«, sagte sie entschlossen. »Wollen Sie auch noch eins?«

»Gerne. Aber nur, wenn ich selbst bezahlen darf.« Er kramte in der Innentasche seines Anoraks, um seinen Geldbeutel herauszuholen.

»Ist schon okay. Das erledigen wir später. Ich habe Geld.« Sie lächelte kurz und entfernte sich ohne große Eile. Max sah ihr eine ganze Weile lang nach und begann wieder seine Gulaschsuppe zu löffeln. Nett, bemerkte er. Sehr nett. Und verdammt hübsch obendrein.

»Nicht, dass Sie jetzt denken, wir wollen aufdringlich sein. Aber ich muss gestehen, dass wir uns mit Absicht zu Ihnen gesetzt haben«, nahm die junge Frau neben ihm den Gesprächsfaden wieder auf. »Wir sahen Sie vorhin nämlich den Steilhang hinunterfahren. Vom Lift aus. Und dachten beide sofort, dass wir diesen Mann unbedingt kennenlernen müssen. Du liebes bisschen. Wo lernt man denn nur so toll Ski zu fahren? Und wo um alles in der Welt bekommt man solch originelle Hosen?« Sie zeigte auf seine Knickerbocker und schenkte ihm ein strahlendes Lächeln.

»Die Hosen habe ich auf dem Speicher gefunden. Und das mit dem Skifahren hat verschiedene Gründe. Erst mal braucht man Talent. Ohne Talent geht nix. In keinem Sport. Und dann muss man natürlich am besten aus Süddeutschland, Österreich oder der Schweiz sein. Damit man möglichst oft in die Berge kommt. Darüber hinaus bin ich aber schon in meiner Jugend viele Jahre lang Skirennen gefahren.« Max bemerkte ihren überaus interessierten Blick gar nicht, so eifrig referierte er über sein Lieblingsthema.

»Skirennen? Sie meinen, so wie im Fernsehen?« Sie kämmte ihre langen roten Locken langsam mit den Fingern beider Hände nach hinten.

»Ja, sicher. So ähnlich jedenfalls.«

»Einfach unglaublich!« Sie schien jetzt genauso platt zu sein wie ihre Heimat im hohen Norden. Oder zog sie hier gerade nur eine Riesenshow ab, um ihn anzumachen?

»Halb so wild«, murmelte er verlegen. Dann hob er schnell sein Glas und trank seinen letzten Schluck Bier.

»Könnten Sie uns denn beibringen, wie das geht?«, gurrte sie und blickte ihm versonnen ins Gesicht.

»Ach, du lieber Gott, nein. Da gehen Sie mal lieber in einen Skikurs. Ich mache ja nur ein paar Tage Urlaub. Und da möchte ich, mit Verlaub gesagt, so fahren, wie ich Lust habe. Wir können ja gerne mal alle zusammen was essen gehen. Aber Ski fahren, nein. Leider! Nicht böse sein.« Die will doch was von dir, Raintaler. Oder?

»Um Himmels willen. Ich bin doch nicht böse. Und essen klingt gut. Ich bin immerzu ganz schrecklich hungrig. Den ganzen Tag lang. Wie wäre es denn gleich heute Abend? In so einem urigen einheimischen Lokal?« Sie beugte sich zu ihm hinüber und blinzelte ihm einladend zu.

Max musste schmunzeln. »Das können wir natürlich machen. Ich muss nur nachher, wenn die Lifte geschlossen sind, noch in mein Hotel fahren, einchecken und duschen. Dann bin ich zu jeder Schandtat bereit.« Herrschaftszeiten, die geht aber ran. Und sie schaut auf jeden Fall super aus. Aber ihre Freundin gefällt mir, glaube ich, sogar noch besser.

»Wirklich?« Ihre dunklen Augen standen weit offen. Eine Mischung aus Unglauben und freudiger Erregung machte sich in ihrem Gesicht breit. Sie schien seinen letzten Satz nicht ganz richtig verstanden zu haben.

»Das sagt man bei uns so, wenn man ›ja, gerne‹ meint.«

»Ach so.« Sie lachte ertappt und wurde ein klein wenig rot. »Das ist ja ganz toll«, fuhr sie dann fort. »Das freut mich sehr. Und meine Freundin Johanna sicher auch. Ich bin übrigens Ruth.« Sie reichte ihm ihre mit Gold und Silber üppig beringte, kräftige Hand.

»Max«, sagte Max burschikos und schlug ein.

Warum denn nicht mal mit zwei netten Holländerinnen zum Essen gehen? Die werden mich schon nicht beißen. Und ich sie sowieso nicht. Obwohl, wer weiß? Vielleicht ja doch. Herrschaftszeiten, das ist doch mal wieder ein perfekter Urlaubsstart.

Als die blonde Johanna mit dem Bier zurück war, prosteten sie sich fröhlich zu. Dabei stellten sich Max und Johanna auch noch gegenseitig vor. Dann einigten sich alle drei auf das Du. Und genossen eine gute Stunde lang gemeinsam den sonnigen Nachmittag vor der kleinen Skihütte mit dem großen Biergarten. Einfach so über dies und das plaudernd und lachend. Ganz so, als gäbe es nichts Böses auf der Welt. Keine vermissten Mädchen, keine Entführungen, keine Morde und keine sonstigen Verbrechen.

»Also, bis dann«, verabschiedeten sich die Holländerinnen fröhlich, als er aufstand, um weiterzufahren. Natürlich nicht, ohne Johanna vorher einen Geldschein für die Getränke gegeben zu haben. »Heute Abend um sieben Uhr im ›Lustigen Wirt‹, unten im Ort.«

»Gerne. So machen wir es. Servus, ihr zwei Hübschen.« Max stieg den kleinen Schneehügel zu seinen Skiern hinauf, trat gekonnt in die Bindung und fuhr los. Natürlich besonders schneidig. Er war sich hundertprozentig sicher, dass ihm seine zwei Urlaubsbekanntschaften dabei zusahen. Und denen wollte er natürlich zeigen, was er drauf hatte. Vor allem der blonden Johanna. Die strahlt etwas ganz Liebes aus, freute er sich, und ist dabei auch noch eine echte Granate. Ja, Herrschaftszeiten. Da kann man ja nur gespannt sein, was das noch wird mit diesem Skiurlaub. So ein kleiner Urlaubsflirt, das wäre doch mal was. Vor allem, weil Moni doch sowieso immer nur auf ihre Freiheit besteht. Soll sie doch.

8

Ein merkwürdiges Geräusch in ihrem Kopf ließ sie aufwachen. Ein gleichmäßiges hohes Pfeifen. Dann war es
wieder weg. Nichts mehr zu hören. Doch es kam zurück.
Diesmal bemerkte sie, dass es nicht in ihrem Kopf war.
Zog der Wind durch irgendwelche Ritzen? Oder han-
tierte jemand mit einem Staubsauger? Eine Waschmaschine im Schleudergang konnte es ebenfalls sein. Sie
legte sich fest. Ja, es musste eine Waschmaschine sein.
Sie kannte das Geräusch von zu Hause her. Ihre Mutter legte schon immer großen Wert auf Sauberkeit. Und
dementsprechend häufig wurde gewaschen. Doch, doch.
Das war's. Auf jeden Fall. Irgendwo lief garantiert eine
Waschmaschine im Schleudergang. Vielleicht im Stockwerk über ihr. Oder nebenan. War da etwa ein Wasch-
keller? Sehen konnte sie immer noch nichts. Sie hatten
ihr den Sack über ihrem Kopf nicht abgenommen. Zum
hundertsten Mal fragte sie sich, wozu das Ganze gut
sein sollte. Was diese Leute nur von ihr wollen könnten.

Gut, ihre Familie hatte viel Geld. Aber da gab es doch
genug Kinder anderer Leute, die man entführen konnte.
Gerade hier in Kitzbühel, wo immer so viele reiche Leute
Urlaub machten. Aber hatte man sie überhaupt entführt,
damit ihre Familie für sie bezahlte? Eigentlich wusste sie
ja nicht im Geringsten, warum sie festgehalten wurde.
Und das machte ihr Angst. Noch mehr Angst, als sie

ohnehin schon hatte. Niemand sprach mit ihr. Immer nur dieses Geschimpfe in dieser komischen Sprache, von der sie nicht ein Wort verstand. Und dann schlugen sie noch jedes Mal zu, wenn sie zu ihr hereinkamen. Warum denn nur? Wenn sie nicht aufpasste, würde sie bald noch verrückt werden. Und dann gaben sie ihr auch noch diese fiesen Spritzen. Und der Brei, den sie ab und zu essen musste, war ungenießbar. Umbringen wollte sie wohl niemand. Sonst wäre sie sicherlich längst tot. Aber was wollten die dann von ihr? Eigentlich kam nur Erpressung infrage. Oder wollte man sie nach Arabien verkaufen? In einen Harem? Sie hatte so was schon mal gelesen. Und einen Bericht im Fernsehen hatte sie darüber gesehen. Die würden für ihre Harems auf der ganzen Welt nach hübschen Mädchen suchen, hatte es da geheißen. Und besonders nach blauäugigen Blondinen. Aber warum ließen die sie dann hier in der Kälte liegen, bis sie krank und hässlich war. Hübsche Mädchen sollten doch hübsch bleiben. Oder hatten sie etwas ganz anderes mit ihr vor? Lasst mich doch bitte einfach wieder gehen. Sie stöhnte laut, als sie sich auf die andere Seite legen wollte. Die Fesseln hatten inzwischen ihre Hand- und Fußgelenke aufgerieben. Die geringste Bewegung jagte ihr die gemeinsten Schmerzen quer durch den Körper. Am besten würde sie einfach nur still daliegen. Und warten. Darauf, was sie mit ihr vorhatten. Ändern konnte sie sowieso nichts. Höchstens beten, dass das alles bald wieder vorbei wäre. Weiter durfte sie gar nicht denken. Sonst würde sie durchdrehen. Und das wäre sinnlos. Lieber auf die Geräusche rund herum achten. Wer weiß, was noch alles passierte.

9

»Grüß Gott. Raintaler mein Name. Max Raintaler aus München. Ich hatte für diese Woche ein Zimmer reserviert.« Max stand mit der nassen Knickerbocker an den Beinen und seinem alten Lederkoffer in der Hand vor dem imposanten Empfangspult des vornehmen Wellnesshotels, in dem er von heute an die nächsten Tage verbringen würde.

»Grüß Gott, Herr Raintaler. Einen kleinen Moment, bitte. Ich schau nur schnell nach.«

»Tun Sie das!«

Der junge Mann mit den glatt zurückgekämmten Haaren hinter dem Tresen checkte seinen Computer. »Oh … Äh … Das tut mir jetzt aber leid, äh … Herr Raintaler«, stammelte er dann mit echtem Bedauern in der Stimme. »Ihr Zimmer ist weg.«

»Was heißt das, weg? Soll das ein schlechter Witz sein? Ich habe bereits im Herbst gebucht.« Max sah ihn mit offenem Mund an. Das war wieder einmal so eine Situation, wie er sie gar nicht mochte. Und wenn er eine Situation gar nicht mochte, musste er sich aufregen. Und wenn er sich aufregte, sah er ganz schnell rot. Da kannte er weder Freund noch Feind.

»Ja, ich weiß, Herr Raintaler. Da ist jetzt wohl, also, äh …, ganz blöd gelaufen … Einen kleinen Moment, bitte. Ich hole den Chef.« Der Bursche, dem das Ganze sichtlich mehr als peinlich war, drehte sich eilig um und verschwand durch eine kleine Tür nach hinten. Zwei Minuten später kam er mit einem älteren Herren wieder heraus.

»Herr Raintaler, ich grüße Sie. Huber mein Name. Mir gehört das Hotel«, verkündete der in einen dunklen Janker und eine rustikale, beigefarbene Stoffhose gekleidete Mann übertrieben freundlich. Sein angespanntes Gesicht verhieß jedoch nichts Gutes.

»Grüß Gott«, erwiderte Max steif. Er ahnte schon, was kommen würde. Nimm lieber gleich ein paar Baldriantropfen, sagte er sich, sonst bekommst du es bloß wieder mit dem Magen. Oder, noch schlimmer, mit dem Blutdruck.

»Herr Raintaler. Ich gestehe Ihnen am besten gleich, wie es ist. Ein Riesenmalheur ist geschehen. Ei, ei, ei. Ich bin wahrhaft untröstlich. Aber wir haben Ihr Zimmer leider vor einer Viertelstunde vergeben.« Der dicke Hotelier rieb jetzt mit übertrieben zur Schau getragenem Bedauern im Blick seine klobigen Hände aneinander.

»Aber wieso denn das? Ich hatte doch reserviert. Und zwar schon im Oktober.« Max versuchte, ruhig zu bleiben. Das fehlt mir heute gerade noch. Vergeben die einfach mein Zimmer, diese Volldeppen.

»Nun, da die Gäste bei uns normalerweise spätestens am frühen Nachmittag einchecken, sind wir davon ausgegangen, dass Sie nicht mehr kommen«, erklärte der smarte Herr Huber. »Unser Fehler, Herr Raintaler. Obwohl wir unsere Gäste bei der Reservierung immer darauf hinweisen, sich möglichst früh am Tag der Anreise bei uns zu melden.«

»Aha. Ja, und jetzt?« Max sah ihn fragend an.

»Wie meinen?« Der Hotelier blickte ebenso fragend zurück.

»Was machen wir jetzt? Gibt es kein anderes Zimmer?«

»Äh, nein …, leider nicht. Da sieht es im Moment gar nicht gut aus.«

»Und was schlagen Sie dann vor?« Max spürte einen heiligen Zorn in sich aufsteigen, den er besser nicht zum Ausbruch kommen ließ. Allein schon seiner eigenen Gesundheit zuliebe.

»Nun, Herr Raintaler. Ich kann Ihnen Folgendes anbieten. Sie bekommen den von Ihnen anbezahlten Betrag umgehend von uns zurückerstattet. Darüber hinaus würden wir Ihnen gerne eine Liftkarte für das gesamte Skigebiet überlassen. Unentgeltlich natürlich. Als kleines Trostpflaster. Gültig bis nächsten Montag. Also eine ganze Woche.« Herr Huber lächelte ihn an, als hätte er ihm gerade einen Sechser im Lotto verschafft.

»Na toll, dann kann ich ja gleich auf der Piste übernachten, oder was?«, grantelte Max, nur noch mühsam die Gäule im Zaum haltend, die jeden Moment mit ihm durchgehen wollten.

»Ha, ha! Nein. Natürlich nicht, lieber Herr Raintaler. Aber wir können in puncto Zimmer leider wirklich nichts mehr für Sie tun. Ganz Kitzbühel ist voll bis unters Dach. Hahnenkammrennen! Sie verstehen?«

»Nein. Ich verstehe ganz und gar nicht. Ich habe reserviert, eine Anzahlung geleistet und ich möchte mein Zimmer.« Max bekam gute Lust, mit der Faust auf den Empfangstresen zu hauen. Aber er hielt sich zurück. Noch.

»Ich könnte höchstens die Schwester meiner Frau in St.

Johann anrufen«, überlegte der Hotelchef laut. »Die hat dort eine kleine Frühstückspension. Und da ist manchmal zufällig noch das ein oder andere Zimmer frei. Soll ich es versuchen?«

Er überschlug sich zwar nicht vor Hilfsbereitschaft, aber wenigstens war ihm der Vorfall peinlich genug, um ein Telefonat für Max zu führen. »Ja, Herrschaftszeiten. So etwas ist mir ja noch nie vorgekommen. Das ist ein Skandal! Da können Sie noch so sehr versuchen, mich hier einzuseifen!«, platzte es aus ihm heraus. »Ich habe bei Ihnen ein Zimmer bestellt. Bereits letztes Jahr. Und dieses Zimmer möchte ich beziehen. Und zwar pronto. Sonst stehe ich ganz schnell vor Ihrem Bürgermeister im Rathaus und fordere den auf, mit Ihnen zu verhandeln. Haben wir uns verstanden, guter Mann?« Vergiss deine Baldriantropfen, vergiss deine Gesundheit, dachte er. Du regst dich zu Recht auf.

»Bitte, Herr Raintaler. So beruhigen Sie sich doch.« Herr Huber hob beschwichtigend seine tadellos manikürten Hände.

»Ich will mich aber nicht beruhigen!«, tobte Max mit hochrotem Kopf. »Ich will mein Zimmer. Selbst wenn ich erst abends einchecke. Das gibt es ja auf der ganzen Welt nicht, dass man schon am Nachmittag kommen muss. Ihr habt doch einen Vogel da herrinnen! Aber einen sauberen! Ich glaube, ich spinne!«

Er kriegte sich nicht mehr ein. Das Fass, dessen Pegel bereits durch die unguten Begebenheiten auf der Anfahrt beträchtlich angestiegen war, lief endgültig über. »Das ist doch alles bloß ein einziger Scheißdreck hier!«, brüllte er weiter und schlug jetzt doch auf den Tresen.

Mit der flachen Hand allerdings. Nicht, wie im ersten Impuls vorgesehen, mit der Faust. Und zwar aus reinen Vernunftgründen. Dass er sich zu all dem Ärger auch noch verletzte, hätte ihm gerade noch gefehlt. »Da kann ich ja genauso gut wieder heimfahren! Scheißkitzbühel! Scheißberge! Scheiß … Wellness!«

»Nun ist es aber wieder gut, Herr Raintaler. Was sollen denn unsere anderen Gäste denken?« Der schmierige Hoteleigner Huber zupfte fahrig seinen Krawattenknoten zurecht. »Außerdem hilft uns Ihr Gepolter auch nicht weiter«, fuhr er dann fort. »Das Kind ist bereits in den Brunnen gefallen. Ich kann mich nur vielmals entschuldigen und Ihnen, wie gesagt, diesen Skipass hier als Entschädigung anbieten. Und meine Schwägerin würde ich außerdem für Sie anrufen. Außerdem ist der Bürgermeister ein alter Schulfreund von mir. Ich bezweifle sehr, dass Sie bei dem in Ihrer Angelegenheit viel erreichen. Wie schaut es aus? Soll ich nun telefonieren oder nicht?«

Er hinterließ auf einmal gar keinen verbindlichen Eindruck mehr. Im Gegenteil. Jetzt zeigte er sein wahres Gesicht, indem er Max nur kalt und ungerührt in die Augen blickte. Dem war inzwischen vor lauter Ärger die Luft ausgegangen. Er zwang sich, gleichmäßig ein- und auszuatmen. Und kam schließlich wieder etwas runter.

»Na gut, rufen Sie an. Und den Skipass nehme ich. Aber das hat noch ein Nachspiel. Das verspreche ich Ihnen, guter Mann. Weil ganz auf der Brennsuppe dahergeschwommen sind wir bei der Münchener Polizei auch nicht. Das dürfen Sie mir ruhig glauben.«

Der feine Herr Huber hörte das Wort Polizei, zuckte kurz unmerklich zusammen und blickte sofort wieder ein Stück respektvoller drein. Max' geschultem Auge blieb das natürlich nicht verborgen.

Als er wieder draußen im Auto saß, atmete er erneut ein paar Mal tief durch. Um den Blutdruck weiter herunterzufahren. Der Einzige, dem deine Aufregung schadet, bist nur du selbst, rief er sich zur Ordnung. Dann betrachtete er den Skipass noch einmal genauer, um nachzuprüfen, ob er in Ordnung war. Man wusste ja nie. Eigentlich gar nicht mal so schlecht. Wenn man bedachte, was man an der Liftkasse für den Spaß hinlegte. Außerdem hatte ihm der pseudovornehme Wellnessstempel sowieso nicht gefallen. Alles viel zu großkotzig und zu spießig für seinen Geschmack. Und unter den sogenannten noblen Gästen hier hätte er sich bestimmt nicht wohlgefühlt. Und dann noch ein übergewichtiger Chef und Wellness? Das passte doch überhaupt nicht zusammen. Oder? Na, hoffentlich war das wenigstens ein nettes Zimmer bei der Schwester des schleimigen Gauners. Dann wäre ja fast schon wieder alles in Ordnung. Billig wohnen und umsonst Ski fahren. Da könnte man ja sogar bald den nächsten Urlaub planen.

Er drehte den Zündschlüssel herum und erstarrte. Das ist jetzt aber nicht wahr. Wieso springt denn die alte Karre auf einmal gar nicht mehr an? Hat sich denn alles gegen mich verschworen? Ich glaube, ich raste gleich voll aus. Er nahm noch eine halbe Blutdrucktablette, ging dann zu einem Taxifahrer, der an dem Stand vor dem Hotel auf Kundschaft wartete, und fragte ihn beherrscht freundlich, ob er ihm kurz schieben helfen könne.

»Logisch«, entgegnete der mit einem breiten Grinsen. »Für 20 Euro machen wir doch fast alles.«

»Alles klar. Fangen wir an!«, brummte Max resigniert.

Als er um halb sieben im dunklen St. Johann ankam, fuhr er so, wie es der Hotelbesitzer ihm notiert hatte, und stellte schließlich den Motor ab. Genau dort, wo er heute schon einmal gestanden hatte. Auf dem Parkplatz vor der kleinen Pension, in der Sabine mit ihren Freundinnen wohnte. Direkt am Fuße der Nordseite des Kitzbüheler Horns mit ihren zahlreichen Liftanlagen. Na, da schau her. Wenn das kein Zufall war. Er trug seinen Koffer an dem laut kläffenden Schäferhund vorbei zur Tür und klingelte. Von drinnen hörte man Singen und laute Musik. Dann drehte sich der Schlüssel im Schloss und die bunte Frau von heute Mittag stand vor ihm.

»So sieht man sich wieder«, begrüßte er sie. »Ihr Schwager hat mich hergeschickt. Er hat vorhin wegen des Zimmers angerufen.«

»Dann sind Sie der Herr Raintaler? Mir kam der Name doch gleich so bekannt vor. Sie waren ja heute Mittag schon mal da. Wegen der Mädchen. Stimmt's?« Sie blickte ihm offen und freundlich mitten ins Gesicht.

»Genau der bin ich.« Max gab ihr die Hand. »Heute Mittag wusste ich allerdings noch nicht, dass wir uns so bald wiedersehen würden«, fügte er dann hinzu. Er brachte jetzt sogar schon wieder ein kleines Lächeln zustande. Die ist ja viel netter, als ich dachte, stellte er überrascht fest.

»Ha, ha, ha. Ich auch nicht. Übrigens ist Herr Huber mein Ex-Schwager. Meine jüngere Schwester hat sich vor ein paar Monaten von ihm getrennt. Nach zwei Jahren Ehe! Aber er scheint es nicht wahrhaben zu wollen. Er erzählt jedem, dass sie immer noch seine Frau wäre.

Ich glaube ja, dass er es nur wegen seinem Geschäft tut. Image. Sie verstehen?« Sie bedachte ihn mit einem vielsagenden Augenzwinkern.

»Aber kommen Sie doch herein, Herr Raintaler«, fuhr sie mit einer einladenden Handbewegung fort. »Ich habe unsere Dachkammer schon für Sie eingeheizt. Wir sind hier heute alle im Faschingsfieber, wie Sie ja sicher heute Morgen schon bemerkt haben. Zumindest an mir und meiner Frisur.« Sie zeigte auf ihre wilde Mähne.

»Sie dürfen gerne mitfeiern, wenn Sie möchten«, meinte sie dann lachend. »Mit Ihrer Hose wären Sie ja auch schon wunderbar verkleidet.«

»Vielen Dank! Später vielleicht«, erwiderte Max, der wusste, dass ein Faschingsball im Moment genau das wäre, was er am allerwenigsten gebrauchen konnte.

Allein schon wegen seines Tinnitus. Manchmal war Lärm zusätzlich zu dem andauernden leisen Klingeln in seinem rechten Ohr für ihn die reinste Tortur. Vor allem, wenn er schlecht drauf war. Und das war er im Moment immer noch. Trotz ihrer herzlichen Art.

»Ich bin erst noch in Kitzbühel verabredet. Haben sich die beiden Mädchen oder Sabine denn inzwischen einmal gemeldet? Oder waren sie hier?«, fragte er, als sie im Flur standen.

»Nicht dass ich wüsste, Herr Raintaler. Sie wissen ja …« Sie drehte die Handflächen nach oben und runzelte die Stirn, um ihr Bedauern auszudrücken.

»Ich weiß. Sie sind hier keine Kindergärtner. Alles klar. Würden Sie mir dann bitte nur kurz mein Zimmer zeigen. Ich habe leider nicht viel Zeit.« Er tippte entschuldigend lächelnd mit dem Zeigefinger auf seine Armbanduhr. Auf jeden Fall rufe ich Anneliese nachher kurz an und sage ihr Bescheid, dass ich an der Sache dran bin.

»Natürlich. Kommen Sie mit. Sie bekommen den schönsten Panoramablick über das Tal und auf die Berge rund umher. 30 Euro die Nacht, inklusive Frühstück. Das gibt es übrigens bis um zehn. In Ordnung? Ich bin übrigens die Maria. Die meisten von uns duzen sich hier.«

»Freut mich, Maria. Ich bin der Max.« Er nahm seine Reisetasche vom Boden auf und stieg hinter ihr die Treppe ins Dachgeschoss hinauf. Das Zimmer war klein, aber sauber und gemütlich. Dem Preis angemessen. Was willst du eigentlich, Raintaler? Die Frau ist doch total nett und geradeheraus. Da hast du heute Mittag wohl wieder mal die Flöhe husten gehört. Die lustige Maria hat bestimmt nichts zu verbergen. Ja, ja. Alte Berufskrankheiten legt man eben nicht so schnell wieder ab. Und ein Bild vom Abfahrtsrennen auf der Streif hängt auch noch da. Das ist doch der Franz Klammer. Oder? Natürlich. Genial. Das war ein echter Star der Piste.

Er duschte sich, schlüpfte in die schwarzen Jeans, zog das gefütterte Ledersakko über sein bestes weißes Hemd und brach auf. Eigentlich ist es doch super, dass alles so gekommen ist, resümierte er, als er die Treppe hinunterstieg. Vergiss das damische Wellnesshotel einfach. Das Zimmer dort hätte locker das Fünffache gekostet. Da machst du doch lieber von deiner Anzahlung Urlaub und nimmst den Rest wieder mit nach Hause.

Im ersten Stock angekommen, klopfte er noch mal kräftig gegen die Tür von Sabines Freundinnen. Fehlanzeige. Die Vögelchen waren ausgeflogen. Entweder immer noch oder schon wieder. Na gut. Da konnte man nichts machen. Dann halt morgen. Wie sollte er die beiden im Moment auch finden? Etwa jede Disco und jedes Lokal in der Umgebung abgrasen, um dann morgen festzustellen, dass sie auf irgendeiner privaten Faschingsfeier waren? Völliger Blödsinn. Da konnte nichts dabei rauskommen. Wie gesagt. Morgen war auch noch ein Tag. Jetzt riefen erst mal Holland und der ›Lustige Wirt‹. Ob da was geht, mit der schönen Johanna? Spannende Sache. Herrschaftszeiten. Anneliese anzurufen, hatte er im Eifer des Gefechts ganz vergessen. Genauso wie sein Handy. Es lag ausgeschaltet auf dem Nachttischchen im Zimmer.

10

Der Kuchen und der Espresso in dem kleinen Kaffee in der Nähe des Viktualienmarktes schmeckten lecker. Als sie ausgetrunken hatten, unternahmen Monika und Anneliese noch einen weiteren kleinen Schaufensterbummel, weil Anneliese unbedingt wegen schwarzer Stiefeletten schauen wollte. Aber ausgerechnet das Paar, das sie letzte Woche gesehen hatte und das ihr super gefallen hätte, war vergriffen. Natürlich durfte ein Shoppingtag nicht mit Frust enden, und so entschlossen sie sich, zum Ausklang irgendwo schön essen zu gehen. Um die unglückselige Sache mit den Stiefeletten zu vergessen, versteht sich. Außerdem mussten sie dringend bald irgendwo ins Trockene. Sie hatten massenhaft Matsch, Wasser und Schmutz an und in ihren eigenen Schuhen. Monika erinnerte sich an eine bodenständige Traditionsgaststätte im Tal. Es war nicht weit dorthin, die Küche gutbürgerlich und das Bier gepflegt. Und eine gut funktionierende Heizung gab es obendrein. Was wollte man mehr? Sepp, der Wirt, trat manchmal sogar im Fernsehen auf. Er moderierte eine Sendung, in der Münchener Lokale vorgestellt wurden.

Anneliese hatte noch ein paarmal versucht, Max auf seinem Handy zu erreichen, weil ihre Sorge um Sabine trotz der schönen Ablenkungen den ganzen Tag lang ihr Denken beherrscht hatte. Aber es war nach wie vor ausgeschaltet gewesen. Sie hatte ihm auf der Mailbox hinterlassen, dass er sich doch bitte so bald wie möglich melden solle. Sie müsse dringend und endlich wissen, was mit ihrer Tochter los sei. Sonst würde sie bald noch wahnsinnig werden. Es wird ihm doch nichts zugestoßen sein, weil er nicht rangeht, fragte sie sich. Ein Sturz beim Skifahren? Oder ein Unfall mit dem Auto? Monika gegenüber erwähnte sie ihre Befürchtungen lieber nicht. Es reichte ja, wenn sich eine von beiden Sorgen machte.

Als sie hungrig und durchgefroren in die Wirtschaft des bekannten Patrons aus Bavaria eintraten, begrüßte er sie höchstpersönlich mit großem Hallo. Kein Wunder, denn Sepp kannte Monika und Max schon seit einer halben Ewigkeit. Beide hatten früher einmal für ihn im Service gearbeitet, als er noch einen Promi-Biergarten im Münchener Norden betrieb.

»Ja, Monika. Servus!«, rief er, breitete die Arme aus und lächelte die beiden feschen Damen herzlich an. Dann bekam jede von ihnen ein Bussi links und ein Bussi rechts. Wie man das in München halt so machte. Zumindest, wenn man wusste, was sich gehörte. Oder meinte, es zu wissen. »Dass du mal wieder bei mir reinschaust«, fuhr er fort. »Wunderbar. Und wen hast du mir da mitgebracht?«

»Das ist Anneliese, meine beste Freundin, Sepp. Die solltest du aber eigentlich kennen. Sie war schon ein paar Mal mit mir hier.« Obwohl sie gerade noch gefroren hatte wie ein Schneider, knöpfte Monika jetzt schnell ihren Mantel auf und nahm ihre Mütze vom Kopf. Hier im Lokal war es regelrecht heiß im Gegensatz zu draußen.

»Ach, du liebe Zeit. Natürlich. Servus, Anneliese. Ja, wenn man jeden Tag so viele Gesichter sieht … Also, dann schauen wir doch einmal, ob wir einen schönen Platz für euch finden.« Der stattliche Herr des Hauses, klassisch mit weißem Hemd und einer feschen Hirschledernen bekleidet, geleitete sie charmant zu einem etwas abgelegenen Tisch, an dem sie ungestört waren, und bat sie, Platz zu nehmen. Er nahm ihnen die Mäntel ab, hängte sie in die Garderobe, setzte sich kurz dazu, erzählte ein paar harmlose Witze und erkundigte sich, wie es Max ging. Der sei gerade beim Skifahren und würde nach Annelieses vermisster Tochter suchen, erklärte ihm Monika.

»Ja, die lieben Kleinen. Hast du Kinder, hast du Sorgen«, lachte er wissend. »Ich habe ja selbst drei von der Sorte. Wird schon nichts Ernstes passiert sein, Anneliese. Wahrscheinlich hat sie einen neuen Freund gefunden.«

»Hoffentlich«, gab Annie zurück. Und hoffentlich geht Max bald mal ans Handy oder ruft endlich zurück, verflixt noch mal.

»Wie geht es mit deiner kleinen Kneipe, Moni? Läuft alles?« Sepp wusste aus eigener Erfahrung, wie lange es dauern kann, bis man sich erst einmal mit einem Lokal etabliert hat.

»Läuft sehr gut, Sepp«, antwortete Monika, zur Bestätigung langsam mit dem Kopf nickend. »Ich kann mich nicht beklagen.«

»Ja, wunderbar. Das freut mich.« Sepp konnte dreinschauen, dass einem warm ums Herz wurde.

Als das Bier der Damen gebracht wurde, stand er wieder auf, um seinen weiteren Repräsentationspflichten nachzukommen. »Also, ihr zwei besonders Hübschen«, witzelte er neckisch, als er sich zum Abschied leicht vor ihnen verbeugte. »Einen schönen Abend wünsche ich euch noch. Und wenn ihr irgendetwas braucht, egal, was es ist, dann meldet ihr euch bei mir. Versprochen?«

»Alles klar, Sepp. Werden wir tun. Danke schön.« Monika wusste genau, dass das keine Sprüche von ihm waren. Wenn der Sepp einmal jemanden als Freund akzeptiert hatte, galt dieser Pakt lebenslänglich. Zumindest von seiner Seite aus. So war er nun mal. Außer, man betrog, beleidigte oder hinterging ihn. Da konnte er sehr empfindlich reagieren.

Sie bestellten zweimal Ente mit Blaukraut und Knödel. Dann stießen sie an und genossen den ersten Schluck, der ja bekanntlich immer am besten schmeckt. Kaum hatten sie ihre Gläser wieder auf dem Tisch abgestellt, standen zwei junge Männer im Geschäftsanzug vor ihnen und fragten, ob sie sich dazusetzen dürften. Monika und Anneliese sahen sich kurz an, sahen dann die beiden Burschen an und nickten.

Dein Freund weit weg in den Bergen und du hier mit zwei hübschen jungen Burschen. Das kann ja noch richtig nett werden, freute sich Monika und wusste, dass Anneliese etwas Ähnliches dachte.

Als die Freundinnen ihr gebratenes Geflügel gegessen hatten, bestellten sie noch zwei Bier. Und ihre Tischgenossen orderten gleich auch noch eins. Und einen Obstler dazu. Die beiden hatten allerdings einen derartigen Affenzahn beim Trinken drauf, dass dies dann schon ihr jeweils fünftes Gedeck war. Kein Wunder also, dass sie seit ein paar Minuten immer lauter und zutraulicher wurden.

»Seid ihr zwei verheiratet?«, wollte der Kleinere von beiden jetzt wissen.

»Das weiß man nicht so genau«, verriet Anneliese, geheimnisvoll lächelnd.

Monika grinste nur schweigend.

»Also, ich bin der Rudi. Und mein Freund da, das ist der Sebastian. Wir sind Controller.« Der kurzgeschorene, durchtrainierte Rudi hob sein Glas, um mit allen am Tisch anzustoßen.

»Wie schön für euch. Wir sind Anneliese und Monika. Aber wir verraten unseren Beruf nicht gleich jedem«, klärte Anneliese sie auf und hob ebenfalls ihr Glas.

Auch Monika stieß mit ihnen an. »Und was kontrolliert man da so, als Controller? Die Striche auf dem Bierdeckel?«, fragte sie scherzhaft.

»Mit Kontrollieren hat das gar nicht so viel zu tun«, meldete sich Sebastian, der Größere der beiden, eifrig zu Wort. »Eher mit Organisieren. Es ist mehr so, dass wir verschiedene Abteilungen beraten und dann zum Beispiel Empfehlungen für neue Produkte aussprechen.« Er räusperte sich kurz, verschränkte seine Finger ineinander und blickte mit wichtiger Miene über den Tisch.

»Na, so was. Und ich habe immer gemeint, dass ihr diese Typen seid, die die Leute aus den Firmen rausschmeißen.« Monika grinste herausfordernd zurück.

»Nie im Leben. Wir dürfen gar niemanden rausschmeißen. Wir überwachen lediglich, ob bestimmte Abteilungen rentabel arbeiten oder ob bestimmte Produkte genug Gewinne einfahren. Und dann geben wir nur unsere Empfehlungen an die Geschäftsleitung weiter. Alles, was die daraus machen, ist deren Sache. Da haben wir dann nichts mehr damit zu tun.« Sebastian setzte sich aufrecht hin und bekam einen roten Kopf. Es begeisterte ihn offensichtlich über alle Maßen selbst, wenn er über seine verantwortungsvolle Position referieren durfte.

»Also, dann ist das mehr so, dass ihr diejenigen seid, die die bösen Kinder auf dem Schulhof verpetzen. Aber rausschmeißen tut sie der Direktor selbst. Und das ist dann nicht mehr euer Problem. So einfach geht das? Aber was wäre denn, wenn ihr die bösen Kinder erst gar nicht verpetzen würdet?« Monika grinste immer noch, obwohl ihr gar nicht mehr danach zumute war. Mei, oh mei, Bürscherl, dachte sie. Bist du so naiv, wie du tust, oder stellst du dich nur so?

»Totaler Schmarrn. Wir verpetzen doch niemanden. Wir beraten bloß. Und wenn jemand deswegen rausfliegt, ist das nicht unser Bier. Das juckt uns gar nicht. Geht uns ja auch nichts an. Hauptsache, wir selber machen keine Fehler, sonst sind es nämlich wir, die rausfliegen. Ha, ha, ha. Prost.« Rudi kam seinem Freund gut gelaunt zu Hilfe.

»Na dann, Prost«, stimmte Anneliese höflichkeitshalber ein. »Aber lasst uns jetzt lieber über etwas anderes reden. Dienst ist Dienst und Schnaps ist Schnaps. Habe ich recht?« Und eine vermisste Tochter ist eine vermisste Tochter, schoss es ihr in den Sinn. Was tue ich hier eigentlich?

»Da hast du absolut recht, Annie«, zischte ihr Monika hinter vorgehaltener Hand zu. »Aber wenn du mich fragst, habe ich genug für heute Abend. Großmäulige Yuppiedeppen sind mir schon immer ein Gräuel gewesen. Und ich habe nicht die geringste Lust, irgendwelchen niveaulosen Kaschperlköpfen Nachhilfeunterricht in Sachen Menschlichkeit und Hirneinschalten zu geben. Also, entweder du kommst mit oder du bleibst. Mir ist das egal.« Sie trank ihr Bier in einem Schluck leer und erhob sich ruckartig von ihrem Stuhl.

»Warte doch, Moni. Natürlich komm ich mit.« Anneliese nahm ihre Handtasche von ihrer Lehne und stand auch auf.

»Ja, wie? Geht ihr schon?« Rudi staunte die beiden ungläubig an.

»Ja!«, entgegnete ihm Monika und stürmte, ohne ein weiteres Wort zu verlieren, zielstrebig auf die Garderobe zu.

»Auf Wiedersehen.« Anneliese nickte ihnen hektisch zu und rannte ihrer Freundin hinterher. Die zwei strammen, mit jedem Schluck selbstbewusster werdenden Rausschmeißer im Billiganzug von der Stange blickten sich nur achselzuckend an und tranken ihren nächsten Schnaps.

Nachdem sie bei ihrem Kellner im Stehen gezahlt hatten, traten Monika und Anneliese vor die Tür. Monika blieb auf dem Gehsteig stehen und schnaufte kräftig durch.

»Ich weiß ja nicht, wie es dir geht, Annie«, meinte sie dann. »Aber ich musste da unbedingt raus, sonst hätte ich mich mit den beiden eingebildeten Affen noch angelegt. Ich kann einfach keine Deppen mehr sehen. Mir reicht es schon, wenn ich ab und zu solche Irrläufer in meiner Kneipe bedienen muss. Da will ich wenigstens in meiner Freizeit meine Ruhe vor ihnen haben.«

»Also, so schlimm fand ich die jetzt gar nicht. Bestimmt waren sie einfach nur zu betrunken.« Anneliese hatte prinzipiell kein Problem mit dummen Jungs. Hauptsache, sie sehen gut aus, sagte sie sich immer. Und sind am nächsten Morgen vor dem Frühstück verschwunden.

»Doch, die waren schlimm, Annie. Dumm wie Packpapier. Das sind genau die Vollidioten, die uns in zehn Jahren in die nächste Finanzkrise stolpern lassen. Glaub mir.«

»Meinst du? Ja, und jetzt? Gehen wir heim oder was?« Anneliese trat einen Schritt beiseite, um einem betrunkenen kleinen Mann mit Hut, der auf sie zugetorkelt kam, vorsorglich schon mal Platz zu machen, und sah ihre Freundin fragend an.

»Heimgehen müssen wir ja nicht gleich. Schauen wir halt noch woanders hin. Da gibt es doch diese neue Bar, in der wir vor ein paar Wochen schon mal waren. Weißt du noch? Südlich von der Müllerstraße, im Glockenbachviertel. Die liegt sowieso auf dem Weg zur U-Bahn. Was meinst du?«

»Gute Idee. Vielleicht sind da ja nettere Männer.«

»Hoffen wir's!« Monika hob vielsagend die Brauen. »Und du haust ab!«, plärrte sie gleich darauf genervt und verpasste dem betrunkenen Riesenschnurrbart mit Hut, der sie gerade erreicht und beide fast umgerannt hätte, einen leichten Schubs.

Der verlor daraufhin das Gleichgewicht und flog gegen den Zeitungsständer neben ihnen, an dem er sich erst mal für ein kleines Päuschen festhielt. »Ent… tschuldung, gnä, gnädige Frau«, stammelte er mühsam, während ihm die Spucke aus dem Mundwinkel tropfte. »Wird nicht wieder vorkommen.«

»Ist schon recht. Pass halt besser auf. Wir haben keine Lust, im Matsch zu landen«, erwiderte Monika, die ihre heftige Reaktion angesichts des hilflos dreinblickenden Häuflein Elends gleich wieder bedauerte. »Können wir helfen?«, fügte sie etwas freundlicher hinzu.

»Nein, danke. Ich wohne gleich da vorn.« Er zeigte auf das Rathaus.

»Na, dann noch einen guten Weg, Herr Bürgermeister. Und langsam gehen. Es ist glatt.« Sie hakte sich, die Augen zum Himmel verdrehend, bei Anneliese unter. Dann brachen sie kichernd auf.

»Weißt du was, Moni? Einkaufen, Kaffee, Essen, Trinken. Das ist ja alles schön und gut«, meinte Anneliese, nachdem sie die Hälfte des Weges hinter sich gebracht hatten.

»Aber du musst andauernd an Sabine denken. Richtig?« Monika drückte mitfühlend ihren Arm.

»Richtig.« Anneliese schniefte.

»Der Max findet sie schon.«

»Ja. Hoffen wir's! Langsam bekomme ich nämlich immer mehr Angst um sie. Das fühlt sich gar nicht gut an. Ganz und gar nicht!«

11

Max stellte seinen R4 auf dem Parkplatz hinter dem ›Lustigen Wirt‹ ab und stieg aus. Die klare Nachtluft ließ den Himmel wie ein einziges glitzerndes Sternenmeer aussehen. Wie klein wir Menschen doch sind verglichen mit der unendlichen Weite da droben, sinnierte er. Und wie unwichtig. Und trotzdem spielen wir uns jeden Tag wieder von Neuem auf, als gäbe es im ganzen Universum nichts Wichtigeres als uns und unsere Anliegen. Für weitere philosophische Betrachtungen blieb ihm keine Zeit. Er fror am Kopf, weil er vorhin blöderweise vergessen hatte, sich die Haare zu föhnen. Und nach der Fahrt im eiskalten Auto – die Heizung brauchte in letzter Zeit immer sehr lange, bis sie warmlief – klapperten jetzt lauter kleine Eiszapfen darin. Er versuchte, dem kalten Übel durch heftiges Rubbeln mit den bloßen Händen beizukommen. Wegen geringer Aussicht auf durchschlagenden Erfolg ließ er es aber gleich wieder bleiben und lief lieber schnell um das Gasthaus herum. Und trat ein. Bevor er sich noch einen deftigen Schnupfen einfangen würde. Wohlige Wärme und gedämpftes Stimmengewirr schlugen ihm entgegen, als er sich durch den schweren Windfang in den großen Gastraum schob. Die Holländerinnen winkten ihm von einem gemütliche Ecktisch aus zu.

»Hallo, schöner Mann! Toll, dass du gekommen bist«, begrüßte ihn Ruth aufgekratzt, als er vor ihnen stand.

Sie betrachtete ihn langsam und genüsslich von oben bis unten. Schüchternheit und vornehme Zurückhaltung schienen nicht gerade ihre vordringlichsten Eigenschaften zu sein. Max hatte das bereits heute Nachmittag vor der Skihütte bemerkt und reagierte, genau wie dort, eher zurückhaltend. Er warf ihr nur einen flüchtigen Blick zu und suchte gleich darauf die schönen blauen Augen ihrer blonden Freundin.

»Hallo, Max! Was hast du denn da in den Haaren?« Die blonde Johanna konnte wirklich hinreißend lächeln. Und der dunkelblaue Pulli, den sie anhatte, stand ihr wirklich hervorragend. Was hatte Ruth gleich wieder an? Irgend so ein braunes Kostüm. Oder? Egal.

»Äh, Eis, glaube ich. Schönen guten Abend, die Damen. Wo darf ich mich setzen?« Eigentlich hatte er seine Wahl ja schon getroffen, wollte aber auf keinen Fall unhöflich sein.

»Hier!«, riefen alle beide gleichzeitig und deuteten auf den jeweiligen Platz neben sich.

Er sah kurz verwirrt drein. Dann begannen alle drei zu lachen. Er setzte sich an Johannas Seite, pflückte sich die restlichen gefrorenen Minizapfen vom Kopf und bestellte ein Bier bei der kleinen Kellnerin, die, sobald er saß, an ihrem Tisch erschien.

»Und, lieber Max, wie gefällt dir dein Zimmer im Hotel?« Ruth, die ihm gegenübersaß, versuchte, den Platzvorteil ihrer Freundin gleich mal mit einer erneuten Frage wettzumachen.

»Wunderbar. Ich bin woanders untergekommen als

ursprünglich geplant. Aber es gefällt mir dort sogar noch besser als in dem Luxusschuppen, in dem ich gebucht hatte.«

»Hauptsache, die Matratze ist gut, sage ich immer«, ergänzte Johanna. Doch kaum hatte sie den Satz ausgesprochen, merkte sie wohl, dass er auch falsch aufgefasst werden konnte. Sie bekam einen roten Kopf.

»So geht es mir auch«, versicherte Max, dem ihre Unsicherheit nicht entgangen war. »Wie man sich bettet, so liegt man, heißt es bei uns!«

Alle drei lachten erneut. Na super. Das ist ja mal wieder eine von diesen typischen Situationen, in die der Raintaler immer wieder total unschuldig hineingerät, amüsierte er sich inwendig. Daheim eine feste Freundin, zumindest relativ fest, und du sitzt hier zwischen zwei bildhübschen Flachländerinnen aus dem Norden, die, so wie es aussieht, ganz offensichtlich alle beide Interesse an dir haben.

Ihm fiel ein, wie er Monika kennengelernt hatte. Nicht etwa, weil er gerade ein schlechtes Gewissen ihr gegenüber gehabt hätte. Es fiel ihm einfach so ein. Ohne besonderen Grund. Es war vor gut 20 Jahren gewesen. Auf der Nikolausfeier seines alten Schulspezis, späteren Kollegen und bis heute besten Freundes Franz Wurmdobler. Der Franzi, wie ihn alle immer nannten, hatte einen riesigen Topf Glühwein aufgesetzt und haufenweise Freunde und Bekannte in das sturmfreie Haus seiner Eltern in Trudering eingeladen. Eine wilde Party mit kleinem Hallenbad, Sauna und allem Pipapo nahm ihren Lauf. Monika war Max gleich aufgefallen, als sie hereinkam. Jeans, Parker, bunter Pulli, eine tolle Figur natürlich und zwischen ihren langen, schwarzen Locken leuchteten ihre strahlend blauen, lebendigen Augen wie das Mittelmeer im Sonnenschein. Es hatte von Anfang an zwischen ihnen gefunkt. Und als sie Punkt Mitternacht nackt mit den anderen in den Pool sprangen, hatten sie sich das erste Mal geküsst. Sehr intensiv, sehr verliebt und sehr lang.

»Was darf ich den Herrschaften zu essen bringen?« Die aufmerksame Serviererin im bodenlangen dunkelgrünen Dirndl riss ihn aus seinen Gedanken. Sie stand mit gezücktem Notizblock vor ihnen, bereit, die Essensbestellungen aufzunehmen.

»Ich bekomme einen Schweinebraten«, kommandierte Ruth als Erste. »Aber ohne Kraut. Dafür einen großen Salat. Ohne Tomaten. Und auch keine Zwiebeln. Und zwei Stück Fleisch. Nicht nur eins. Und viel knusprige Kruste. Und zwei große Semmelknödel. Keinen Kartoffelknödel. Und ganz viel Soße. Und möglichst schnell. Ich verhungere. Das wär's.«

Wenn es ums Essen ging, war sie anscheinend recht wählerisch. Und das kleine Zauberwörtchen bitte schien sie auch nicht zu kennen. Für Max waren solche Gäste früher immer der Horror gewesen. Damals, als er noch bei seinen Eltern gearbeitet hatte. Erstens hatte er sich all die Änderungen immer merken müssen. Dann musste er sie dem Koch lang und breit erklären. Und am Ende waren die ganzen Beilagenänderungen noch bei der Rechnung zu berücksichtigen.

»Kein Problem, machen wir gerne«, antwortete die junge Tirolerin mit einem warmherzigen Lächeln im Gesicht.

Der Service hier drinnen scheint ja richtig gut zu sein, dachte er.

»Und ich möchte bitte die Rinderroulade.« Johanna deutete auf die Karte. »So, wie sie hier steht. Mit allem. Und noch ein Bier, bitte.«

Max lächelte ihr zu. Das ist mein Mädchen. Kein langes Herumeiern beim Essen, freundlich zum Personal, und das Bier schmeckt ihr ebenfalls. Perfekt. Sie lächelte breit und strahlend zurück und ahnte dabei gar nicht, wie überzeugend sie gerade bei dem bayerischen Ski-Ass gepunktet hatte.

»Für mich bitte den Grillteller«, sagte er. »Und auch noch ein Bier.«

Die Serviererin sammelte rasch die in dunkelbraunes Leder gebundenen Speisekarten ein und bedankte sich bei allen. »Das Bier kommt sofort«, versprach sie dann noch. »Mit dem Essen dauert es ein bisserl. Aber nicht sehr lange.«

»Wunderbar!«

»Hast du das Mädchen gefunden, das du suchst?«, erkundigte sich Johanna, als sie wieder zu dritt waren.

»Woher weißt du …?«

»Ruth hat mir davon erzählt.«

»Ach. Ihr habt euch also über mich unterhalten?«

»Natürlich , Max. Was denkst du denn? Wir sind zwei Frauen im besten heiratsfähigen Alter«, mischte sich Ruth lachend ein.

Die anderen beiden lachten mit. Johanna wurde dabei ein bisschen rot.

»Nein. Leider habe ich sie noch nicht gefunden. Aber ich bin an der Sache dran. Weit kann sie ja nicht sein.« Hoffe ich zumindest, dachte er. Er fühlte sich jetzt immer wohler zwischen seinen zwei Damen vom Deich. Besonders Johanna begann ihm von Minute zu Minute besser zu gefallen. Sie strahlte eine menschliche Wärme aus, wie man sie sehr selten findet. Und ihre Figur und das hübsche Gesicht waren sowieso nicht von dieser Welt. Jedes etablierte Modemagazin hätte seine Auflage mit ihrem Konterfei als Titelbild hundertprozentig noch um ein Vielfaches erhöht. Jetzt fehlt mir eigentlich nur noch mein Grillteller zum absolut perfekten Glück, überlegte er, nachdem sie sich gut eine Stunde lang über dies und das unterhalten hatten.

»Der Wahnsinn! Der blanke Wahnsinn. Sie haben die Streif in die Luft gesprengt! Die Rennpiste ist zerstört!« Ein offensichtlich gut angetrunkener, dicker Österreicher im roten Anorak stand auf einmal mitten im Lokal unter dem Kronleuchter und brüllte lauthals herum. Er riss sich die bunte Zipfelmütze vom Kopf und drehte sich wie ein Derwisch im Kreis, während er seine Schreckensnachricht verkündete. »Die Terroristen haben die Skipiste zerstört! Attentat! Attentat!«

»Geh, jetzt plärr hier halt nicht so saublöd herum, mit deinem besoffenen Schmarrn! Wir wollen essen!« Ein älterer, schnauzbärtiger Herr herrschte den Schreihals von seinem Sitzplatz aus ungeduldig an.

»Nix Schmarrn! Es ist wahr! Schaut halt selber hin!« Der aufgedrehte Tiroler Hiob rannte wie eine Furie zur Tür hinaus. Einige Gäste folgten ihm tatsächlich auf dem Fuße. Ein paar Minuten später waren sie wieder zurück.

»Von hier aus ist nichts zu sehen!«, vermeldete eine große, mollige Frau, die ihrer Aussprache nach Kölnerin sein musste, als sie an den Nebentisch zu ihrem noch größeren und noch molligeren Begleiter zurückkehrte. »Nur bei der Talstation drüben blinken ein paar Blaulichter.«

»Wenn da tatsächlich der Schnee in die Luft geflogen ist, werden wir es morgen noch früh genug sehen. Was meint ihr?«, meinte Max und sah seine Tischdamen fragend an.

Aber Moment mal, dachte er dann. Vielleicht stimmt es ja sogar. Vorhin im Auto, beim Einparken. Da hatte ich doch kurz das Gefühl, als ob es ein Stück weiter weg gekracht hätte. Aber wer denkt sich dabei schon großartig was? Schließlich sind Lawinensprengungen hier in den Bergen an der Tagesordnung.

»Natürlich, Max«, erwiderte Johanna. »Außerdem bin ich gerade viel zu hungrig, um mir eine zerstörte Skipiste anzusehen. Ich hoffe nur, dass dabei keine Menschen verletzt wurden. Das wäre allerdings schrecklich.«

»Das ist wohl wahr«, bestätigte er, während er einen Moment lang das Bild von rotem Blut auf weißem Schnee vor seinem inneren Auge hatte. Und was, wenn Sabine dabei verletzt worden war? Geh, hör doch auf, Raintaler. So ein hirnrissiger Schmarrn, verdrängte er den Gedanken gleich wieder.

Ruth nickte nur kurz angebunden mit dem Kopf. Sie hatte gerade gar keine Zeit für Rennstrecken, auf denen sie sowieso nicht fahren durfte. Ihr Blick war starr auf die herannahende Kellnerin gerichtet. Endlich. Das Essen kam. Drei dampfende, appetitlich angerichtete Teller landeten vor ihnen auf dem Tisch. Selbst Ruth bedankte sich wie die beiden anderen. Und dann machten sie sich gierig darüber her. Die lange Wartezeit hatte sich gelohnt. Es schmeckte hervorragend. Gut gelaunt kauten und scherzten sie vor sich hin. Und Ruth sorgte zusätzlich für Stimmung, indem sie die aufgekratzte Unterhaltung zwischendurch immer wieder mit kleinen erotischen Spitzen würzte. Als Max die Rechnung für alle bezahlt hatte, brach das fesche Trio noch in eine Bar um die Ecke auf. Ruth, die bisher so gut wie keinen Alkohol getrunken hatte, nahm Max vor der Tür kurz beiseite und versicherte ihm, dass sie ihn später auf jeden Fall nach Hause fahren würde, wenn er das wolle. Er könne also ganz beruhigt weitertrinken und sein Auto bis morgen hier auf dem Parkplatz stehen lassen. Sie trinke sowieso am liebsten Wasser.

»Kommt gar nicht in Frage«, protestierte er. »Ich brauche die Karre morgen. Irgendwie muss ich ja zur Talstation kommen. Außerdem habe ich erst drei Bier intus. Eine Halbe geht schon noch. Und danach ist sowieso Schluss.«

Dass man nach vier Halben selbst in den Bergen nicht mehr mit dem Auto fahren durfte, wusste er als Exkriminaler natürlich. Aber es war ihm im Moment herzlich egal. Urlaub ist schließlich Urlaub. Kurz bevor sie in die bekannte Promitränke eintraten, fiel ihm auf der anderen Straßenseite eine große, schwarze Limousine auf. Der Fahrer stand in einer dunklen Chauffeursuniform samt Mütze daneben und rauchte. Max drehte sich aus der geöffneten Tür noch einmal nach ihm um. Und beobachtete dabei, wie zwei kräftige Gestalten in schwarzen Anzügen, die eine Frau oder ein Mädchen im Minirock zwischen sich hatten, auf den Wagen zugingen. Sie kamen wohl aus dem Club an der Ecke. Schienen zu streiten. Sie keifte laut in einer fremden Sprache. Vielleicht russisch.

Der Mann zu ihrer Rechten schrie in derselben Sprache zurück und schlug ihr hart ins Gesicht. Noch ehe Max zu ihm hinüberrufen konnte, dass er gefälligst damit aufhören solle, saßen alle vier auch schon in ihrer riesigen Luxuskarosse. Der Fahrer gab Gas und weg waren sie. Ich habe ja gar nicht gewusst, was für stillose Leute sich hier neuerdings herumtreiben, staunte Max und sah ihnen nach, bis sie um die nächste Ecke verschwunden waren. Das waren doch eindeutig Kriminelle. Da kann man ja bloß hoffen, dass Sabine nicht doch in die Hände von solchen Burschen gefallen ist. Geh, so ein Schmarrn. Was hab ich heute bloß andauernd für abstruse Befürchtungen? Ach je. Die gute Annie. Die hab ich ja ganz vergessen. Die macht sich bestimmt immer noch Sorgen. Ich wollte sie doch anrufen. Wo ist denn bloß mein Handy? Er tastete eilig seine Taschen ab. Herrschaftszeiten. Klar. Es liegt abgeschaltet auf dem Zimmer. Mitsamt Annies Nummer. Wieso vergesse ich das Ding eigentlich immer wieder? Na ja. Wird schon nichts Schlimmes sein mit Sabine. Warum auch. Gleich morgen Vormittag ruf ich Annie an. Auf jeden Fall. Und bestimmt weiß ich dann auch schon mehr. Jetzt ist es eh zu spät. Sie schläft sicher schon. Wenn ich sie wecke, würde sie sich bloß unnötig aufregen.

12

Sie hatte schrecklichen Durst. Ihre Handgelenke schmerzten so sehr, dass sie kaum noch wagte, sich zu bewegen. Sie weinte. Lieber Gott, bitte hilf mir doch, betete sie. Ich habe doch niemals irgendwem was Böses getan. In meinem ganzen Leben nicht. Warum tust du mir das an? Bitte, bitte, hilf mir doch, hier herauszukommen. Ich kann nicht mehr. Mir tut alles nur noch weh und ich habe Angst. Schreckliche Angst. Bitte tu doch was. Bitte mach, dass diese ekligen Männer von gestern nie wieder zurückkommen.

Sie schlugen sie. Immer und immer wieder. Es mussten drei gewesen sein. Sie machten sich einen Spaß daraus, sie zu quälen. Sobald sie vor Schmerzen aufschrie, lachten sie. Sie schlugen mit der flachen Hand und mit der Faust zu. Und getreten hatten sie sie auch. Gegen ihren Kopf, in den Bauch, gegen ihre kleinen Brüste. Es ist alles nur ein böser Albtraum, sagte sie sich gerade zum hundertsten Mal. Gleich wachst du daheim in deinem gemütlichen Zimmer auf und alles ist vorbei. Von wegen vorbei, wusste sie im nächsten Moment. Im Gegenteil. Es wird immer schlimmer hier in deinem Verlies. Bis gestern haben sie wenigstens nicht zugeschlagen. Doch nun ist das anders. Sie hätte nie gedacht, dass Menschen so widerwärtig sein können. So eiskalt und brutal. Ohne das geringste schlechte Gewissen, wenn es darum ging, anderen Schmerzen zuzufügen.

Sie begriff nicht, was hier mit ihr geschah. Weigerte sich, es zu begreifen. Begann, leise vor sich hin zu summen. Schlaf, Kindlein, schlaf …

Ihr Vater hatte sie noch nie geschlagen. Daheim wurde immer alles besprochen. Und manchmal im Streit geschrien. Na gut. Wo denn nicht? Aber so etwas wie gestern …

Sie begann wieder zu weinen. Brach unter der Last, die sie seit Tagen trug, zusammen. Konnte sich erst gar nicht mehr beruhigen. Spürte dann nichts mehr. Außer völliger Erschöpfung.

13

Monika und Anneliese saßen in der U-Bahn nach Hause. Die Bar, in der sie noch vorbeigeschaut hatten, war voll mit betrunkenen Fußballfans gewesen. Und so hatten sich die zwei Freundinnen schnell darauf geeinigt, dass es für heute genug sei. Noch drei Stationen und sie wären so gut wie zu Hause. Anneliese hatte noch einmal versucht, Max zu erreichen, dann aber resigniert aufgegeben. Sie würde es gleich morgen früh wieder versuchen. Und vielleicht hatte Sabine ja auch längst daheim auf den Anrufbeantworter gesprochen.

»Hey, du Fotze. Ich fick dich!« Ein paar Sitzreihen weiter standen zwei dunkelhaarige Jugendliche in Jeans und Lederjacke vor dem Platz eines gerade mal 13-jährigen Mädchens und vollführten eindeutige Bewegungen mit den Hüften. »Deine Kohle raus, sonst wirst du gestiefelt! Los, mach schon.«

Der Kleinere der beiden schlug ihr mit der flachen Hand auf den Kopf. Sie duckte sich. Versuchte, ihren Kopf mit beiden Händen vor seinem nächsten Schlag zu schützen. Wagte kein Wort zu sagen. Erstarrte. Offensichtlich hatte sie große Angst.

»Was is los, Fotze? Kannst du nicht hören?«

»Hey, ihr zwei. Schluss jetzt! Wenn ihr unbedingt zeigen wollt, was ihr drauf habt, dann legt euch mit Leuten an, die so groß sind wie ihr. Lasst die Kleine in Ruhe!

Auf der Stelle! Kapiert?« Monika war aufgestanden und hatte sich zwischen die großmäuligen Rotznasen und ihr zitterndes Opfer geschoben.

»Was willst du, Fotze? Was geht dich die kleine Fotze an? Komm schon, verpiss dich. Aber schnell. Sonst stech ich dich ab. Kapiert?« Der Größere mit den längeren Haaren zog ein Schnappmesser und hielt es Monika vor die Nase.

»Hey, Dragan, hör mit dem Scheiß auf. Komm schon. Hauen wir ab. Das ist voll die Scheiße.« Der Kleinere mit der breiten Boxernase schien der Vernünftigere zu sein.

»Nix da hau ich ab, Mann. Gar nicht. Ich stech die Alte ab. Beschissene Fotze! Soll sie in Blut liegen.« Er bewegte sein Messer blitzartig in Richtung Monika. Und hatte es von einer Sekunde auf die andere nicht mehr in der Hand. Dafür traf ihn Monikas Faust hart im Gesicht. Er segelte mit Karacho nach hinten in die Sitzreihe nebenan. Noch während er dorthin unterwegs war, hatte Monika dem Kleineren den Arm umgedreht und ihn in Richtung Ausstieg gedrängt.

Sein aus der Nase blutender Kumpel Dragan fing zu schreien an. »Hey, verdammte Scheiße! Ich blute! Die Fotze hat mir voll die Nase gebrochen! Ich leg die um, die Sau! Lass meinen Freund los, sonst bist du tot!«

»Brauchst du noch eine drauf, Bubi? Oder hältst du endlich deine widerliche Klappe? Wer bringt euch eigentlich bei, so zu reden? Haben sie euch mit der Banane aus dem Dschungel gelockt oder was?« Monika sah die beiden einfach nur an. Sie blieb ruhig, obwohl sie gerade mit einem Messer bedroht worden war. Und das flößte den Burschen Angst ein. Das kannten sie weder von zu

Hause noch von ihren Kumpels. Der Bursche mit der blutigen Nase machte noch größere Augen als sein kleinerer Kumpel.

»So, und jetzt komm her zu uns!«, herrschte sie ihn an. »Bei der nächsten Station steigt ihr aus. Das Messer bleibt bei mir. Und Klappe! Nur noch einen Ton, dann setzt es was, dass euch allen beiden Hören und Sehen vergeht. Habt ihr mich verstanden?« Sie stand fest und unerschütterlich in ihrer eigenen Mitte. Jede Faser ihres Körpers strahlte die unangreifbare Autorität einer allmächtigen Superheldin aus.

»Okay, Mann. Okay. Wir steigen aus. Aber das Messer gehört meinem Bruder. Das brauch ich wieder. Sonst bringt der mich um. Echt, kein Scheiß! Okay?« Dragan, sichtlich nachhaltig von seiner Gegnerin beeindruckt, hielt sich mit der einen Hand die blutende Nase und streckte Monika die andere mit einem flehenden Blick entgegen.

»Vergiss es, Burschi. Und jetzt raus mit euch. Aber rucki, zucki.« Sie öffnete die Tür, schob die beiden auf den Bahnsteig hinaus und blieb stehen, bis das Abteil wieder geschlossen war. Als der Zug abfuhr, drehte sie den draußen schimpfenden und ihre Fäuste schüttelnden Jugendlichen den Rücken zu und sah nach dem Mädchen.

»Ist mit dir alles in Ordnung?«, fragte sie und strich ihr sanft über die Haare.

»Ja, vielen Dank. Danke, dass Sie mir geholfen haben. Ich hatte solche Angst.«

»Alles klar, Schätzchen. Dann schau, dass du möglichst schnell nach Hause kommst. Und das nächste Mal nimmst du so spät am Abend lieber deinen großen Bruder oder ein paar Freunde mit, wenn du U-Bahn fährst. Okay?«

»Mach ich, okay.« Die Kleine sah immer noch geschockt zu ihr hoch.

Dann kehrte Monika zu ihrem Platz zurück. An mindestens zehn Leuten vorbei, die, wie schon die ganze Zeit über, immer noch zum Fenster hinaussahen und so taten, als wäre nichts geschehen. Verdammte feige Bande, dachte sie. Was ist denn, wenn sie mal auf euch losgehen. Braucht ihr dann keine Hilfe? Sie setzte sich auf ihren Platz.

»Ja, sag mal, Moni. Was war das denn eben? So habe ich dich ja noch nie erlebt.« Anneliese wusste nicht genau, ob sie ihre Freundin bewundern oder mit ihr schimpfen sollte. Sich derart in Gefahr zu bringen. So etwas konnte doch auch ganz böse ausgehen. Nach der Polizei rufen oder laut schreien, gut. Aber so was …

»Zweiter Dan in Jiu-Jitsu, Annie. Wie du ja weißt, habe ich die Prüfung abgelegt, als ich noch an der Uni war. Und ab und zu trainiere ich heute noch. In so einem kleinen Kickboxverein in Sendling drüben. Das habe ich dir aber längst erzählt.« Monika rieb sich die Faust, mit der sie Dragan die Nase gebrochen hatte.

»Ach Gott. Stimmt ja. Na, dann wundert mich natürlich nichts mehr. Also, wenn das in der Praxis so aussieht, gehe ich ab sofort nur noch mit dir in die Stadt. Mit niemand anderem.« Annie lächelte sie voller Respekt an.

Oben auf der Straße zu Monikas kleiner Kneipe versuchte sie noch mal, Max auf dem Handy zu erreichen. Aber auch dieser allerletzte Versuch schlug fehl. Die beiden umarmten sich, gaben sich links und rechts ein Bussi und gingen jede zu sich nach Hause.

Dort angekommen, rief Anneliese noch mal in Sabines Pension an. Sie fragte nach, ob sich ihre Tochter inzwischen gemeldet habe oder ob die anderen beiden Mädchen zu erreichen wären.

Die offensichtlich angetrunkene Wirtin verneinte. Aber der Bekannte aus München habe jetzt ebenfalls ein Zimmer hier im Haus. Und der würde in der Sache sicher weiterkommen, so wie er Fragen stellen konnte. Fast schon wie ein Polizist. Heute Abend sei er jedoch ausgegangen. Aber morgen würde er bestimmt zurückrufen. Sie würde ihm auf alle Fälle ausrichten, dass die Mutter des Mädchens angerufen habe und sich Sorgen mache. Ganz bestimmt. Hundertprozentig. Gleich beim Frühstück. Doch nun müsse sie zurück zu ihrem Hausball und weiterfeiern. Sie hätte jede Menge Gäste, um die sie sich kümmern müsse.

Annie bedankte sich und legte auf. Merkwürdig. Wollte Max nicht in ein Wellness Hotel gehen? In so ein totales Luxusding? Was da wohl wieder passiert war. Aber gut. Wie auch immer. Umso besser, dass er jetzt in Sabines Pension untergebracht war. Gleich morgen früh würde sie es auf jeden Fall noch mal auf seinem Handy versuchen, falls er nicht vorher selbst bei ihr anrief. Ich mag ja hysterisch und überängstlich sein, gestand sie sich ein. Aber wenn ich mir vorstelle, die Kleine in der U-Bahn wäre Sabine gewesen. Und Monika wäre nicht in ihrer Nähe gewesen, um ihr zu helfen. Dann wird mir ganz schlecht vor Angst.

14

In der kleinen Bar ging die Post ab. Der Alkohol floss in Strömen, die Gäste tanzten auf engstem Raum und grölten lauthals die bekannten Schlager mit, die der DJ auflegte.

Ruth saß flirtend mit einem jungen dunkelhaarigen Skilehrer aus dem Ort an einem kleinen Zweiertisch im Eck. Max und Johanna standen dicht nebeneinander am Tresen und unterhielten sich. So gut das bei dem Heidenlärm, der hier herrschte, möglich war.

»Und was war dann? Hätten deine Eltern nicht woanders das Geld für dein Training herbekommen können?«, fragte Johanna ihn gerade.

»Keine Ahnung. Auf jeden Fall hat das Ganze dann sein Ende gefunden. Leider. Vielleicht würde ich sonst sogar am Samstag bei der Abfahrt starten.«

»Bestimmt. Du fährst ja schon ohne Training so toll. Schade.« Sie legte mitfühlend ihre Hand auf seinen Arm.

»Ja, schade. Aber was soll's? Mein Leben ist auch so in Ordnung. Habe dafür später Sport studiert. Das hat fast genauso viel Spaß gemacht.« Max war seit langer Zeit einmal wieder bester Dinge. Er konnte aus seiner Vergangenheit berichten, ohne ihr nachzuweinen. Er machte sich keine Sorgen darüber, was morgen wäre. Die Sache mit Sabine verdrängte er gekonnt. Alles, was für ihn zählte, war der Moment. Sogar seine üblichen Wehwehchen hatte er völlig vergessen.

»Und was machst du jetzt?« Johanna wollte alles über ihren strammen Pistencowboy wissen.

»Mit dir feiern«, antwortete er lachend und zeigte auf ihre Getränke.

»Witzbold. Das weiß ich auch. Nein, ich meine, beruflich.«

»Nichts.«

»Wie, nichts? Gar nichts?« Sie sah ihn erstaunt an. Fragte sie sich etwa gerade, ob sie einen Millionär kennengelernt hatte?

»Ich war bei der Kripo und bin pensioniert«, klärte er sie auf.

»So jung? Geht denn das?« Ihre Finger fuhren langsam kreisförmig den Rand ihres Glases entlang.

»In meinem Fall schon. Außerdem bin ich gar nicht mehr so jung. 52.«

»Wie bitte?«

Die Musik war ohrenbetäubend laut.

»52!«

»Aber das ist doch jung für einen Mann. Und du warst ehrlich Polizist?«

»Ja, war ich. Hauptkommissar. Und jetzt arbeite ich manchmal als Privatdetektiv. Zumindest habe ich mir schon mal so eine Lizenz besorgt.« Er lächelte und trank einen Schluck.

»Dann suchst du dieses Mädchen, von dem du erzählt hast, also beruflich?«

»Nein. Ich tue ihrer Mutter nur einen persönlichen Gefallen. Sie ist eine gute Freundin von mir.«

»Wie gut?« Sie grinste.

»Wird das etwa ein Verhör?« Er grinste auch.

»Nein, nein. Das war Spaß. Es ist nur so: Mein Vater war auch Polizist. In Amsterdam.« Sie trank ebenfalls und wich seinem flirtenden Blick dabei kurz aus.

»Ausgerechnet. Na, da hatte er ja bestimmt mehr als genug zu tun.«

»Ja, das hatte er wohl.« Sie sah auf einmal gar nicht mehr so glücklich aus wie bisher.

»Und was macht er heute?«, wollte Max wissen.

»Er ist vor zehn Jahren gestorben. Bei einem Einsatz gegen eine Bande von Mädchenhändlern. Er wurde erschossen. Hatte keine Chance.«

»Das tut mir leid. Ist schon ein verdammt gefährlicher Job, wenn man es genau nimmt. Möchtest du noch was trinken?« Er wollte das Thema Polizei so schnell wie möglich wieder vom Tisch haben. Befürchtete, dass sie ihn am Ende noch fragen würde, warum er pensioniert worden war. Aber darüber sprach er nicht. Niemals. Mit niemandem.

»Ja, gerne. Noch so einen Caipirinha, bitte. Der war sehr lecker.« Sie sah ihn lange an. Er hielt ihrem Blick stand. Bis er in seinem Hinterkopf ein leises Geräusch vernahm. So als ob ein kleiner Knoten platzte.

Er drehte sich schnell zum Barmann herum und gab seine Bestellung auf. »Noch zwei Mal dasselbe, bitte.« Dann wandte er sich ihr wieder zu. Ihre Augen waren immer noch auf ihn gerichtet. Wunderschön und leuchtend blau. Wie zwei Magneten zogen sie ihn zu ihr hin. Immer näher. Beide wussten, dass jegliche Gegenwehr völlig sinnlos wäre. Sie kamen sich noch näher. Küssten sich. Und vergaßen alles um sich herum.

»Aber hallo! Was war denn das?«, fragte Johanna,

nachdem sie als Erste wieder zur Besinnung gekommen war.

»Keine Ahnung. Zu viele Drinks?« Max grinste nur selig.

»Glaube ich nicht«, sagte sie und strich sich eine widerspenstige Strähne aus dem Gesicht.

»Ich auch nicht«, flüsterte er ihr ins Ohr und legte zärtlich seinen Arm um ihre Schulter.

»Fahren wir in dein Hotel? Ruth und ich schlafen in einem Doppelzimmer.«

»Ich kann nicht mehr fahren. Zu viele Drinks.«

»Taxi?«

»Taxi!« Er bestellte beim Barkeeper den Wagen und bezahlte die Rechnung. Dann verabschiedeten sie sich von Ruth mit dem Hinweis, dass sie noch zu ihm wollten.

»Viel Spaß!«, flötete die nur knapp, lächelte ihnen flüchtig zu und hing schon wieder an den Lippen ihres sympathisch aussehenden Skilehrers.

»Dass sie so wenig um mich kämpft, hätte ich ja nicht gedacht«, beschwerte sich Max, als sie auf den spiegelglatt gefrorenen Gehsteig hinaustraten.

»Wer?« Johanna sah verwirrt zu ihm hoch.

»Na, deine Freundin, Ruth.« Er grinste dreckfrech.

»Blödmann.« Sie gab ihm einen Klaps auf die Schulter.

Das Taxi kam und sie stiegen gackernd und albern ein. Eine Viertelstunde später standen sie vor der kleinen Pension und Max sperrte die Tür auf. Der angekettete Hund bellte währenddessen, als ginge es darum, ein Rudel sibirische Wölfe in die Flucht zu schlagen.

»Ich glaube, der mag mich nicht«, vermutete Max.

»Jedes Mal, wenn ich an ihm vorbeigehe, führt er ein Theater auf, als wäre ich sein ärgster Feind.«

»Der muss ja ganz schön dumm sein«, entgegnete sie ihm verliebt lächelnd. »Oder taub und blind.«

Im selben Moment, als sie auf dem Treppenabsatz standen, kam die flotte Hausherrin in den Flur gelaufen. »Ja, da schau her. Unser neuer Mieter. Servus, Max. Und eine nette Begleitung hat er dabei. Hallo, ich bin die Maria.«

»Ich bin Johanna«, stellte Johanna sich vor.

»Wie schaut es aus, ihr zwei Hübschen. Trinkt ihr noch einen mit mir und meinen Freunden?«

Die zwei Hübschen sahen sich unschlüssig an.

»Wir feiern nämlich heute unseren Hausfasching«, klärte die deutlich beschwipste Tirolerin Johanna gleich noch über den aktuellen Stand der Dinge auf.

»Na, wenn das so ist …«, meinte die. »Dann gehen wir halt noch auf einen Schluck mit rein. Was denkst du, Max?«

»Wie du willst. Mir ist alles recht.« Außer Fasching, den hab ich eigentlich gefressen. Egal. Was soll's? Feiern wir halt. So jung kommen wir nie wieder zusammen.

»Na, dann. Auf geht's, Herrschaften. Die Nacht ist noch jung«, sagte Maria und schwankte voraus.

Von wegen jung, haderte Max. Es ist halb zwei. Schlafen die hier nie? Im Gastraum stand das Stimmungsbarometer eindeutig auf hoch. Musik, Tanz, Getränke. Der Exkommissar und Faschingsmuffel Raintaler ließ sich mit seiner hübschen Johanna am nächsten freien Tisch direkt neben einem älteren Ehepaar nieder.

»Wir kommen jedes Jahr hierher«, erklärte der kleine, glatzköpfige Mann, der sich ihnen gleich als Hein aus

St. Pauli vorstellte. Er hatte eine rote Pappnase auf und Vampirzähne aus Plastik im Mund.

»Das freut uns, Hein«, versicherte ihm Max. »Und was stellt diese originelle Verkleidung dar?« Er zeigte auf das karg geschmückte Gesicht des Fischkopfes.

»Einen bissigen Clown.«

»Aha! Lustig. Und, wie gefällt es euch bei uns im Süden?«

»Wir finden es einfach super hier. Und erst in Kitzbühel! Diese ganzen reichen und berühmten Leute. Einfach Klasse! Stimmt's, Häschen?«

Seine kleine, mollige Frau im Supergirlkostüm, die er den beiden als Rita vorstellte, nickte nur und lächelte sanft.

»Der FC St. Pauli spielt nächstes Jahr garantiert in der Champions League«, erklärte Hein daraufhin unvermittelt mit gewichtiger Miene.

Doch niemand am Tisch schien sich auch nur die Bohne für dieses weltbewegende Thema zu interessieren. Max als eingeschworener Bayernfan interessierte sich sowieso nicht für die Niederungen der Bundesliga. Denn dort gehörte St. Pauli seiner Meinung nach hin, egal was Hein zur Champions League sagte. Und Johanna outete sich gleich von Anfang an als hundertprozentig überzeugter Nichtfußballfan. Sie fände allein schon diese kurzen Hosen reichlich albern, meinte sie. Von der kindischen Turnerei mit dem Ball ganz abgesehen.

Dem geschwätzigen Hamburger war das alles offensichtlich komplett egal. Er plapperte unverdrossen weiter. Ohne Punkt und Komma. Max wurde es irgendwann zu blöd. Er drehte ihm seinen Rücken zu und sah sich im Raum um. Johanna blieb höflich. Sie hörte weiter zu und hoffte, dass der langweilige Vortrag bald vorbei war.

Max wäre am liebsten Maler oder Fotograf gewesen, um die ausschweifende Fete im Bild festzuhalten. Die fertigen Bilder hätte er dann daheim nur zu gerne im Haus der Kunst ausgestellt. Oder an die Zeitung geschickt. Als endgültigen Beweis für den unaufhaltsamen Niedergang des Abendlandes. Wilde Piraten, Turban tragende Ölscheichs und Cowboys mit angeklebten Schnurrbärten tanzten mit in Seide gehüllten Prinzessinnen und Hexen unter spitzen Zaubererhüten Polonaise. Federgeschmückte Indianer und übergewichtige Leichtmatrosen standen neben verruchten Prostituierten und Cheerleadern im Minirock an der Bar. Und allesamt waren sie hackedicht. Na, das konnte ja noch heiter werden. Nachdem er sich eine Weile lang kopfschüttelnd umgesehen hatte, begab er sich zum Tresen hinüber, um ein paar Drinks für sich und Johanna zu besorgen. Vor ihm in der Reihe standen zwei junge Römerinnen in weißen Togen mit schmalen Goldgürtelchen um die Hüften. Sie mussten um die 20 sein.

»Wenn Sabine wüsste, was sie verpasst«, meinte die eine gerade zur anderen.

»Aber echt«, bestätigte die andere.

»Redet ihr etwa von eurer Freundin aus München? Sabine Rothmüller?« Max war sofort klar, wer die beiden waren.

»Ja … Wieso … Wer sind Sie denn überhaupt?« Sie drehten ihm ihre erstaunten, dick geschminkten Gesichter zu.

»Ich bin Max, ein guter Freund von Sabines Mutter. Und ich soll mich in deren Auftrag hier umhören. Sie will wissen, was mit ihrer Tochter geschehen ist. Sabine ist nämlich seit ein paar Tagen nicht mehr zu erreichen. Und meldet sich auch nicht zu Hause. Wie heißt ihr eigentlich?«

»Ich bin die Babsi und das ist die Jackie«, stellte die dunkelhaarige Römerin sich und ihre blonde Freundin vor. »Bei uns hat sie sich auch nicht mehr gemeldet.«

»Ja, und das beunruhigt euch nicht? Habt ihr schon mal daran gedacht, ihre Mutter anzurufen?« Max sah die beiden verwundert an.

»Nein. Wieso denn?«, antwortete Babsi und zog dabei eine trotzige Schnute. »Wir haben vor dem Urlaub abgemacht, dass jede machen kann, was sie will. Außerdem wissen wir die Nummer ihrer Mutter gar nicht. Wir kennen Sabine ja erst seit ein paar Wochen. Wir haben nur ihre Handynummer. Aber da geht sie nicht ran.«

»Na, ganz toll. Die eine weiß nichts von der anderen. Und was, wenn einer von euch was passiert? Wann habt ihr Sabine denn zum letzten Mal gesehen?« Er schüttelte empört den Kopf.

»Vor zwei Tagen in so einer Promibar in Kitzbühel. Da ist sie dann mit so einem ausgeflippten Schickimickitypen aus München mitgegangen. Und seitdem ist sie weg. Wir waren der Meinung, dass sie bei ihm ist. Der wohnt hier bei einem Freund. Und dem seine Eltern sollen hier ein Haus haben.« Babsis trotzige Schnute war inzwischen zur Dauerschnute geworden. Max würde sie wahrscheinlich gar nicht wiedererkennen, wenn er ihr morgen ohne begegnen würde.

»Habt ihr denn eine Ahnung, wie der Typ heißt oder sein Freund?«

»Also, er heißt Fridolin, glaube ich, und sein Freund, also der, dessen Eltern hier das Haus haben sollen, heißt Helmut. Helmut Schacherer«, wusste die andere Römerin, Jackie.

»Na, wenigstens was.« Max ließ sich von Maria Stift und Zettel geben. Dann notierte er sich die Namen. »Und es hat euch nicht mal gewundert, dass Sabine ihre Sachen bei euch im Zimmer zurückgelassen hat?« Er wollte immer noch nicht recht begreifen, dass fast erwachsene Menschen derart gleichgültig miteinander umgingen.

»Nein, wieso denn? Wir dachten ja die ganze Zeit über, sie würde wieder zurückkommen.« Jackie setzte ein Gesicht auf, als erklärte sie ihm gerade die Grundlagen des Alphabets.

»Na, sauber. Ihr seid mir ja ein paar ganz tolle Freundinnen. Also, Ladys. Folgendes. Ich hole Sabines Sachen gleich morgen früh bei euch ab, um sie nach Spuren durchzuschauen. Spätestens um zehn. Nicht, dass ihr dann schon wieder über alle Berge seid. Alles klar?«

»Alles klar.«

Max war baff. Also, so was von gleichgültig ist mir ja in meiner ganzen Laufbahn noch nicht untergekommen. Verstehe einer die Kids von heute. Haben die überhaupt kein Verantwortungsgefühl mehr im Leib? Oder sind bloß diese zwei jungen Damen hier besonders dämlich?

Vorsicht, Raintaler, meldete sich eine warnende Stimme in seinem Hinterstübchen. Wer selbst im Glashaus sitzt, sollte nicht mit Steinen werfen. Gut, ja. Zugegeben. Der Zuverlässigste war er auch nicht gerade. Aber die zwei übertrafen ihn um Längen. Man fängt doch an zu denken, wenn eine Freundin zwei Tage nicht mehr zurückkommt, um sich umzuziehen oder die Zähne zu putzen. Das kann man doch nicht einfach ignorieren. Und Annie hätten sie ja wirklich kurz einmal anrufen können. Sie wussten ja sicher von der Wirtin, dass sich Sabines Mutter Sorgen um ihre Tochter machte. Die Nummer hätte man doch leicht rauskriegen können. Wie Sabine mit Nachnamen hieß, wussten sie schließlich. Aber hast du Annie denn angerufen, meldete sich die Stimme in seinem Kopf wieder. Hast du vorhin ihre Nummer bei der Auskunft erfragt, weil dein Handy auf dem Zimmer lag? Natürlich nicht. Und obendrein konnte sie dich nicht erreichen, weil dein Handy den ganzen Tag über ausgeschaltet war. Wie immer. Schäm dich!

Er bezahlte seine Caipirinhas und wollte gerade zum Tisch zurückkehren, als neben ihm ein Streit losging.

»Du kriegst gleich eine in die Fresse, du Arsch!«, blökte ein mit bunten Federn geschmückter, der Aussprache nach offensichtlich norddeutscher Indianer.

Zumindest klang er so ähnlich wie Hein.

»Falsch! Ich hau dir eine auf deine Goschen!«, gab der schneidige österreichische Leutnant aus den Zeiten der K&K Monarchie vor ihm mindestens genauso laut zurück.

Ja, sind denn bald alle wahnsinnig? Max drehte sich zu ihnen um. Wollen die jetzt auch noch das Raufen anfangen? Wer braucht denn so was, mitten in der Nacht?

»Wie wär's denn, wenn ihr zwei Spezialisten beide den Mund haltet und friedlich weiterfeiert wie alle anderen?«, schlug er den Streithähnen vor, stellte seine

Drinks auf der Theke ab und baute sich breitbeinig vor ihnen auf.

Ihm war jetzt alles egal. Sollten sie ihn doch angreifen. Erstens hatte er seine Nerven mit genügend Alkohol zur Ruhe gebracht. Und zweitens würde er sich schon zu helfen wissen. Wie schon etliche Male zuvor in seinen langen Berufsjahren als Bulle.

»Was willst denn du, du Komiker?«, fragte der Indianer.

»Genau. Was willst denn du überhaupt? Dich hat doch gar keiner gefragt.« Der stockbetrunkene Herr Leutnant stand mit erhobenem Zeigefinger da und schaute drein, als hätte er gerade zum ersten Mal im Leben eine echte Erkenntnis gehabt.

»Ich will hier friedlich feiern. Und wenn ihr das nicht könnt, werde ich dafür sorgen, dass ihr ganz schnell vor die Tür fliegt. Und zwar höchstpersönlich. Hamma uns?« Max herrschte sie im schönsten Kasernenhofton an.

Es reichte. Genug ist genug. Da ärgert man sich eh schon den ganzen Tag lang, geht rein höflichkeitshalber auf so einen saublöden Fasching und bekommt es dann auch noch prompt mit irgendwelchen vollgesoffenen Spaßvögeln zu tun, die nicht mehr wissen, wie sie heißen. Das ist genau der Grund, warum mir die sogenannte närrische Zeit so zuwider ist. Weil nur Deppen unterwegs sind.

»Einer gegen zwei. Du traust dich ja was«, stellte der fesche Leutnant fest und sah erstaunt von dem grantigen Münchener Exkommissar zu dem aufgebrachten Häuptling aus dem Norden hinüber. »Oder gehört ihr zwei zusammen?«

»Geh, red keinen Schmarrn!« Max setzte sein altbewährtes Polizistengesicht auf. »Hier gehört niemand zusammen und herumgeplärrt wird auch nicht«, plärrte er. »Verstanden?«

»Na gut.« Der stramme Soldat zog den Kopf ein. »Es wäre ja eh bloß wegen dem nächsten Schnaps«, fuhr er einlenkend fort. »Eigentlich wäre dieser Hamburger Winnetou da an der Reihe, ihn zu bezahlen. Aber gerade hat er einen Rückzieher gemacht. Und was mich betrifft, geht so etwas einfach nicht. Schon gar nicht bei uns da heroben.«

»Also gut. Dann zahl ich halt die nächste Runde«, verkündete der Küstenbewohner im Federkleid daraufhin, als hätte es nie einen Streit gegeben. »Trinkst du einen mit?« Er schielte Max erwartungsvoll aus treuherzigen Dackelaugen an.

»Danke, ich bin schon bedient. Außerdem wartet meine Freundin da hinten auf mich. Und reißt euch bloß zusammen, sonst komme ich wieder. Okay?« Er musterte sie noch einmal mit einem besonders langen mahnenden Blick.

»Jawohl, Herr General. Wird gemacht.« Der stramme Zinnsoldat salutierte und versuchte, die Hacken zusammenzuschlagen. Doch sein rechter Fuß verfehlte knapp den linken und er stürzte schwungvoll auf die Tanzfläche. Seine Frau oder Freundin, die die ganze Zeit über neben ihm gestanden hatte, riss er dabei genauso mit zu Boden wie den tapferen Indianer aus dem hohen Norden.

Max betrachtete das fluchende Knäuel aus Köpfen, Beinen und Armen eine Weile lang kopfschüttelnd. Dann half er ihnen auf und ging mit den Drinks in der Hand zu seinem Tisch zurück.

»Was war denn da los?«, wollte Johanna wissen, als er wieder neben ihr Platz genommen hatte.

»Ach, nichts Besonderes. Nur zwei Gleichgesinnte aus verschiedenen Lagern.«

»Wie bitte?«

»Zwei Blödmänner wollten sich prügeln und ich habe es ihnen ausgeredet. Das war schon alles, Johanna. Nicht so wichtig. Fasching eben.« Er schob ihr lächelnd ihr Glas hin. Sie prosteten ihren Tischnachbarn zu und tranken und feierten mit. Was hätten sie auch sonst tun sollen? Hein war gerade dabei, ihnen zu erklären, warum die kleinen Nordseekrabben zum Pulen nach Marokko geschickt wurden, um danach wieder mit dem Flieger nach Deutschland zurückzukommen, wo sie dann in den Verkauf gelangten, als Maria mit einer Magnumflasche Champagner vor ihnen auftauchte.

»Hallo, Max«, lispelte sie mit einem nicht mehr ganz leichten Silberblick in seine Richtung. »Ich möchte mich bei dir bedanken. Wer weiß, was passiert wäre, wenn du die beiden Streithansel nicht zur Ruhe gebracht hättest.« Sie kippte unfreiwillig leicht vornüber und nutzte die günstige Gelegenheit gleich mal, um die riesige Pulle auf dem Tisch abzustellen. »Übrigens«, fuhr sie dann fort, »die Mutter von dem Mädel, das du suchst, hat angerufen, bevor ihr reingekommen seid.«

»Und das sagst du mir erst jetzt?«

»Tut mir leid. Mein Gedächtnis ist momentan nicht so gut.« Sie stützte sich mit der linken Hand auf seiner Schulter ab und tippte sich grinsend mit dem rechten Zeigefinger gegen die Stirn.

»Egal. Passt schon, Maria. Ich wollte sie sowieso morgen Vormittag anrufen. Heute ist es zu spät. Sie schläft bestimmt schon.«

»Na, wunderbar. Dann kannst du ja noch was trinken.«

»Aber das mit dem Sekt braucht es doch nicht, Maria. Ich habe doch gerne geholfen.«

»Trotzdem danke. Lasst es euch schmecken. Wie viele Gläser soll ich bringen? Vier?«

»Ja, gut. Also, wenn schon, dann vier. Oder?« Max sah seine holländische Fee vom Deich und das kleine Ehepaar aus Hamburg fragend an.

»Okay«, meinte Johanna.

»Wir sind dabei«, versicherte der bissige Clown Hein. »Stimmt's, Häschen?«

Rita nickte nur und lächelte sanft.

15

»Raintaler!«

»Max?«

»Ja, am Apparat!«

»Anneliese hier. Ich konnte dich gestern den ganzen Tag nicht erreichen. Ich hatte schon Angst, dass dir was passiert ist. Warum war denn dein Handy nicht eingeschaltet? Hast du schon etwas von Sabine gehört? Gibt es was Neues?«

»Sabine?« Max wusste im Moment weder, wo er war, noch, was die Stimme am Telefon von ihm wollte. Und eine Sabine kannte er schon gleich gar nicht. Er war bis vor einer Sekunde noch im wilden Kurdistan unterwegs gewesen und hatte einen Kameldieb verfolgt. Tagelang hatte die Jagd schon gedauert. Sein Durst war nicht mehr auszuhalten gewesen. Sein Hals trocken wie die Wüste selbst. Und gerade dann, als er den wunderbaren glasklaren See inmitten einer wunderschönen Oase entdeckt hatte, wurde er von diesem merkwürdigen Geräusch geweckt. Dem neuen Klingelton seines Handys. Dem Beginn von Beethovens Fünfter.

»Max? Bist du das auch wirklich?«

»Ja, ja, ich bin's ... Anneliese?« Er rieb sich die Augen.

»Ja. Ich bin es auch.«

»Entschuldige. Ich habe gerade noch geschlafen.« Irgendwann werde ich schon aufwachen, dachte er. Es kann sich nur noch um Sekunden handeln.

»Um ein Uhr mittags?«, fragte sie. Ihre Stimme hörte sich entsetzt und erstaunt zugleich an.

»Was?«

»Es ist ein Uhr. Ich rufe jetzt schon das fünfte Mal an. Hast du dein Handy denn nicht gehört? Was ist denn nur los bei euch da unten?«

»Äh, was? … Ach so. Fasching.« Max stöhnte auf, während er seinen Kopf zur Seite drehte, um Johanna nicht zu stören. Er verspürte dabei einen schmerzhaften Stich in der rechten Schläfe, den er nicht einmal seinem ärgsten Feind gewünscht hätte.

»Max?« Anneliese klang alles andere als geduldig.

»Ja, Anneliese. Einen kleinen Moment, bitte. Mir geht es gerade nicht so gut.«

»Okay …« Genervt ließ sie ihm eine halbe Minute Zeit, um endgültig zu sich zu kommen.

»Also, ich habe was herausbekommen«, berichtete ihr Max dann mit gesenkter Stimme. »Sabine ist mit so einem Typen …, irgendeinem … Fridolin vor drei Tagen zum letzten Mal gesehen worden. Der wohnt hier bei einem Freund. Einem gewissen … Helmut. Helmut Schacherer. Dessen Eltern sollen hier ein Haus haben. Ich finde seine Adresse raus und besuche ihn später. Dann melde ich mich wieder. Ich schätze, dass sie einfach mit diesem Fridolin zusammen ist. Okay?«

»Okay, Max. Vielen Dank. Das sind ja gute Neuigkeiten. Und erhol dich gut. Es muss ja eine schreckli che Nacht gewesen sein, so wie du dich anhörst.« Sie klang jetzt mehr als erleichtert und auch schon wieder etwas versöhnlicher.

»War es, Annie. War es. Auf jeden Fall. Also dann. Servus.«

»Servus, Max. Und noch mal danke.«

Er legte auf und versuchte wieder in die Rückenlage zurückzugelangen, ohne dabei seine höllischen Kopfschmerzen erneut zu aktivieren. Dann schloss er langsam die Augen und ordnete seine Gedanken. Wie lange war denn diese Fete gestern noch gegangen? An das Gespräch mit Sabines Freundinnen konnte er sich noch wunderbar erinnern. Und an den Soldaten und den Indianer ebenfalls. Dann war er an den Tisch zu Johanna zurückgegangen … Und dann haben sie noch weiter getrunken … Dann ist Maria, die Wirtin, an ihren Tisch gekommen und hat diese Flasche Champagner gebracht … Und später jedem von ihnen noch einen Cocktail mit Strohrum … Und dann noch mal einen … Ja, und dann …

»Hallo, Max. War das die Mutter von dem Mädchen, das du suchst?« Johanna streichelte ihm sanft über sein stacheliges Gesicht und gab ihm einen zärtlichen Kuss auf die Stirn.

»Guten Morgen, schöne Johanna. Ja, das war Anneliese. Sie macht sich andauernd Sorgen. Ich habe sie beruhigt. Habe ihr gesagt, dass ihrer Tochter bestimmt nichts passiert ist.« Ein kleiner, böser Stich fuhr ihm schlagartig durch die Gehirnwindungen. Seine schmerzverzerrte Leidensmiene dabei hätte es mit der jedes Schwerverletzten aufgenommen.

»Aber Mütter machen sich nun mal Sorgen. Das ist ganz natürlich.«

Sie sah aus, als wüsste sie, wovon sie sprach. Hatte sie etwa selbst ein Kind? »Hast du auch ein Kind?«, platzte es aus ihm heraus.

Gleichzeitig ärgerte er sich darüber, dass die indiskrete Frage einfach so, ohne jedes Hindernis, an seiner inneren Zensur vorbeigerauscht war. Vielleicht ist ihrem Kind ja was zugestoßen und sie will nicht daran erinnert werden. Oder sie kann keine Kinder kriegen und leidet darunter. Herrschaftszeiten, Raintaler. So etwas fragt man doch nicht. Wenn sie dir was zu sagen hat, wird sie es schon von selbst tun.

»Nein, aber ich bin eine Frau. Und ich habe selbst eine Mutter.« Das sollte ihm wohl als Antwort genügen. Mehr hatte sie dazu jedenfalls nicht zu sagen. »Wie geht es dir?«, fuhr sie stattdessen mit dem naheliegendsten Thema dieses Morgens fort und gab ihm ein Schmetterlingsküsschen auf die nackte Brust.

»Schlecht.«

»Mir auch. Wollen wir duschen?«

»Ja. Aber lass mich vorher noch schnell meinen Blutdruck messen. Ja?«

»Natürlich. Ich gehe schon mal vor. Bist du krank?«

»Nein, nein, Johanna. Ich habe nur ein bisschen zu hohen Blutdruck. Ich muss ihn regelmäßig kontrollieren.«

»Und wie viel?«, rief sie wenig später vom Bad aus in den kleinen Schlafraum hinüber.

»Ganz schön hoch. 140 zu 90.«

»Ist das nicht normal?«

»Nein, erhöht. Trotz Tabletten. Kommt wohl vom Alkohol. Da nehme ich lieber gleich noch eine.« Er schnappte sich die Packung mit den Blutdrucksenkern und machte die paar Schritte zu ihr ins Bad hinüber.

»Darf man davon schlucken, so viel man will?«, erkundigte sie sich, als er seine Pille mit etwas Wasser vor dem kleinen weißen Spiegelschrank in seinen angegriffenen Magen hinunterspülte.

»Ich glaube schon. Meistens nehme ich nur eine am Tag. Aber wenn Alkohol im Spiel war … Man will ja nicht auf einmal umfallen oder so.«

»So schlimm steht es um dich? Das merkt man gar nicht, wenn man dich Skifahren sieht.« Sie berührte besorgt seine nackte Schulter mit ihrer Hand.

»Halb so wild, Johanna. Halb so wild.« Er machte jetzt dieses bestimmte Gesicht, das er immer machte, wenn sich das Gespräch um seinen labilen Gesundheitszustand drehte. Einerseits spiegelte sich darin nichts, als die reine fatalistische Ergebenheit in sein tragisches Krankenschicksal. Andererseits aber auch der Stolz des unermüdlichen, tapferen Kämpfers, der es nicht zuließ, dass er ganz vor die Hunde ging.

Er stellte sich zu ihr in die Dusche. Als das kalte Wasser seine Haut traf, zuckte er kurz zusammen. Dann blieb er einfach eine Zeit lang neben ihr stehen. Bis der Schmerz in seinem Kopf nachließ. Danach rasierte er sich noch. Wie jeden Dienstag. Johanna ging derweil schon ins Zimmer zurück und zog sich an.

»Haben wir eigentlich?«, fragte er sie, als er wieder zu ihr stieß, so beiläufig wie möglich und spitzte dabei unschuldig die Lippen.

»Männer!« Sie warf den Kopf nach hinten und schnaubte mit einem gutmütigen Lachen auf. »Natürlich haben wir nicht.«

»Ehrlich?«

»Ehrlich.«

»Willst du jetzt?« Er schnitt eine gequälte Grimasse.

»Nein. Ich habe genauso starke Kopfschmerzen wie du. Ich brauche erst einmal eine Aspirin und Kaffee und irgendwas zu essen. Danach können wir ja gerne wieder hier heraufkommen.« Sie grinste und trat zur Tür hinaus.

Er trottete ihr langsam hinterher. Das ist ja wohl der Hammer. Diese Frau scheint in einer Tour zu erraten, was du willst. Und das Schärfste dabei ist, sie will auch noch dasselbe wie du. Das war schon gestern beim Essen so gewesen und heute ging es weiter. Am Ende verliebst du dich noch richtig in sie, wenn du nicht aufpasst.

Als sie am ersten Stock vorbeikamen, klopfte er noch einmal an die Tür der Mädchen. Natürlich ohne Erfolg. Kein Wunder. Er hatte sich gestern ja auch für zehn Uhr angekündigt. Daran konnte er sich noch ganz genau erinnern. Wahrscheinlich waren sie schon längst auf der Piste. Ja, die Jugend. Verträgt halt einfach mehr und erholt sich schneller, dachte er neidisch. Dann stieg er die Treppe zu Johanna hinunter.

Das Gastzimmer war pikobello aufgeräumt und eine glänzend gelaunte Maria in Dirndl und mit frisch geföhnter schwarzer Pagenfrisur fragte, was sie lieber hätten, Kaffee oder Tee.

Hatten die denn hier eine Leber aus Eisen? Das war ja alles gar nicht möglich. Wie konnte sie nur so fit sein? Oder hatte man etwa nur ihnen beiden K.-o.-Tropfen in den Strohrum geschüttet? Max schüttelte fassungslos den Kopf.

Als die fesche Wirtin ihnen kurz darauf ihr spätes Frühstück brachte, deutete sie auf den Ecktisch neben dem Fenster. »Da hinten haben die Mädchen übrigens die Sachen von dieser Sabine, die du suchst, hingelegt. Sie haben mich gebeten, dir Bescheid zu sagen«, erklärte sie Max.

»Ja, wunderbar. Danke, Maria.« Na, so was. Die beiden hatten mitgedacht. War bei ihnen etwa doch noch nicht Hopfen und Malz verloren?

»Und hier ist noch was gegen eure Alkoholspätschäden«, fuhr Maria fort. »Von meiner Mutter gebraut. Ihr werdet sehen. Da ist euer Kater in einer Viertelstunde nur noch ein zahmes Kätzchen. Ganz bestimmt.« Sie stellte einen großen Glaskrug mit einer braunen, undurchsichtigen Flüssigkeit darin sowie zwei Gläser auf den Tisch.

»Noch mal danke, Maria. Sehr lieb von dir. Johannas Essen und Übernachtung zahl ich natürlich. Keine Frage.«

»Mach dir keinen Kopf, Max. Trink das erst mal und dann bringe ich euch noch mal frischen Kaffee.« Johanna nahm die Karaffe mit dem Katermittel hoch und schenkte beiden einen kleinen Schluck davon ein.

»Pfui Teufel, schmeckt das widerlich!«, rief sie aus, als sie ihren ersten Schluck intus hatte.

»Stimmt«, bestätigte Max nach seinem ersten Versuch und schüttelte sich. »Aber dann hilft es wenigstens. Medizin muss schlecht schmecken, sonst ist es keine gute Medizin.«

Als Maria mit dem Kaffee kam, war die Glaskanne

leer und Max und Johanna begannen schon wieder miteinander zu scherzen.

Maria nahm es lächelnd zur Kenntnis. Mutters guter alter Katertrunk. Auf den ist halt immer Verlass. Ich sollte mir das Rezept glatt patentieren lassen und das Zeug in die ganze Welt verkaufen.

Sobald sie mit dem Frühstück fertig waren, rief Max seinen alten Freund und Exkollegen Franz im Revier in der Münchener Innenstadt an und bat ihn um die Adresse von Helmut Schacherers Eltern in Kitzbühel. Und ob etwas über einen gewissen Fridolin aus dessen Freundeskreis bekannt wäre, fragte er ihn noch. Über einen Fridolin ließe sich auf die Schnelle sicher nichts finden, meinte Franz kurz darauf. Aber die Adresse von diesem Helmut in Kitzbühel könne er ihm gleich geben. Max schrieb mit, fragte dann noch, wie es denn so laufe in der alten Tretmühle, wartete die lapidare Antwort »Wie immer halt!« ab und bedankte sich, bevor er wieder auflegte. Wegen diesem Fridolin schaue er noch mal genauer nach, hatte Franz vorher versprochen. Da gleiche er mal ein paar Daten ab. Schule, Geburtsjahrgänge, etwaige Gemeinsamkeiten von diesem Helmut und einem gewissen Fridolin halt. Mal sehen, was sich da finden lasse.

Nach dem Telefonat gingen sie mit Sabines Sachen unter den Armen zurück aufs Zimmer, um das nachzuholen, was sie schon gestern Abend nach der Bar hatten tun wollen. Und genossen es in vollen Zügen. Zärtlich. Verspielt. Leidenschaftlich. Mit freiem Blick auf das schneebedeckte Massiv des Wilden Kaisers.

Als Max danach ganz entspannt seinen Blutdruck prüfte, legte sich ein zufriedenes Lächeln über sein

Gesicht. »110 zu 70. So niedrig war der ja noch nie!«, rief er freudig aus. Das muss wohl an allem zusammen liegen. An meinen Tabletten, an Marias Katertrunk und vor allem an Johanna.

»Das freut mich für dich«, erwiderte die blonde Holländerin, während sie ihre Kleider zusammensuchte. »Aber hör mal. Wärst du mir sehr böse, wenn ich dich jetzt verlasse? Ich würde mich gerne zu Hause umziehen. Und dann mit Ruth noch einmal zum Skifahren gehen. Zum letzten Mal vor der Heimfahrt. Du weißt schon … Wie so was eben ist …«

»Ja, aber wieso sollte ich da böse sein? Kein Problem. Ich wollte ja sowieso am liebsten wieder auf die Piste. Wenn ich schon mal hier bin …«, antwortete Max. »Also, auf geht's!«

Er verstaute Sabines Klamotten, in denen er keine besonderen Hinweise hatte finden können, in seinem Schrank. Dann zog er seine Knickerbocker an und bestellte ein Taxi. Als sie die kleine, verschneite Auffahrt mit knirschenden Schritten zur Straße hinunterspazierten, vermisste er auf einmal etwas. »Komisch. Ich höre den Hund gar nicht«, fiel es ihm ein.

»Keine Ahnung. Vielleicht schläft er ja.«

»Das wäre aber das erste Mal. Warte mal kurz!« Er spurtete flugs die paar Schritte zu der hellbraunen Hundehütte hinüber und schaute hinein. Das Tier lag drin. Aber es rührte sich nicht. »Was ist denn mit dem? Der sieht ja aus wie tot. Komm doch mal!«, rief er ihr zu.

Sie eilte herbei. Dann beugte sie sich ebenfalls in die kleine, mit Stroh ausgelegte Holzbehausung hinein. »Oder er ist total betrunken und schläft«, meinte sie.

»Riechst du das denn nicht?« Sie zog schnüffelnd ihre hübsche kleine Nase kraus.

»Was?«

»Na, das stinkt doch hier total nach Alkohol.« Angewidert wedelte sie ihm eine Handvoll Luft ins Gesicht.

»Ich rieche nichts. Muss aber nichts heißen. Ich habe nämlich chronische Nasennebenhöhlenentzündung und rieche schon seit Jahren so gut wie gar nichts.« Er zuckte resigniert mit den Achseln.

»Da solltest du aber mal zum Arzt gehen.« Johanna legte ihm mitfühlend die Hand auf die Schulter.

»War ich doch schon hundert Mal. Die können einem ja auch nicht gescheit helfen. Der eine sagt dies und der andere sagt das. Und am Ende stehst du doch wieder alleine da mit deinem maroden Körper.« Er lächelte tapfer.

»Ist es so schlimm?«

»Reden wir lieber nicht drüber.« Er hatte wieder diese widersprüchliche Mischung aus Fatalismus und Kampfgeist von vorhin im Blick. Sicher glaubt sie jetzt, ihr Held wäre ein kleiner Hypochonder, so wie sie mich anschaut. Wie Moni daheim. Ist mir aber egal. Schließlich fehlt mir ja unbestritten andauernd was anderes. Und wenn man das bedenkt, bin ich ja wohl wahrlich nicht besonders wehleidig.

»Da. Riech mal hier dran!«, forderte sie ihn auf. Sie hatte den Hundenapf hochgenommen und hielt ihn Max vors Gesicht.

»Ja, brutal!«, rief er aus. »Das rieche sogar ich. Das ist Strohrum. Eindeutig. Welcher Depp hat denn dem armen Tier dieses Zeug da hineingekippt?« Er bedeutete ihr mit einer schnellen Geste, das Corpus Delicti wieder dort abzustellen, wo es hingehörte, bevor noch einem von ihnen schlecht würde. Schließlich waren sie gerade erst dabei, vollständig auszunüchtern.

»Bestimmt ein betrunkener Depp. Oder?«, meinte Johanna.

»Sicher.« Max nickte nachdenklich.

»Aber der Hund lebt noch«, sagte sie. »Schau mal, wie er atmet. Der kommt bestimmt wieder zu sich, wenn er ausgeschlafen hat. Wir sollten Maria aber trotzdem Bescheid geben.«

»Okay. Ich lauf schnell rein und sag es ihr«, verkündete er und war schon weg.

Wenig später kehrte er mit der Wirtin im Schlepptau zurück.

»Tatsächlich. Der ist blau wie ein Veilchen«, bestätigte sie, als sie in die Hütte hineingerochen hatte. »Aber der wird schon wieder, der Rex. Letztes Jahr hat ihm jemand zwei Liter Wein in einer Plastikschüssel vor die Hütte gestellt. Auch beim Hausball. Die hat er bis auf den letzten Tropfen leer gemacht. Er trinkt anscheinend gern, so wie es aussieht. Damals hat er sich ganz schnell wieder erholt.«

Die sind ja echt schräg drauf hier oben, dachte Max. Da muss ich meinem guten alten Vater glatt recht geben. Je näher man der österreichischen Grenze kommt, desto skurriler werden die Leute.

»Auf jeden Fall muss es jemand gewesen sein, der keine nüchternen Hunde mag«, vermutete Johanna.

»Schaut ganz so aus«, entgegnete ihr Maria. »Ich kann mir schon vorstellen, welcher feine Herr das war.

Warte nur. Der wird was zu hören bekommen.« Dann winkte sie den beiden noch einmal zu und ging wieder hinein.

»Das war das erste Mal, dass dieses blöde Vieh nicht gebellt hat, wenn ich vorbeigehe. Vielleicht sollte ich ihm jeden Abend eine Halbe Bier hinstellen«, witzelte Max, als sie kurz darauf im Taxi saßen.

»Bist du verrückt?« Sie sah ihn entsetzt an.

»War doch nur Spaß, Johanna. Nur ein kleiner Spaß. Ich bin absolut kein Tierquäler. Obwohl dieser Hund sich mir gegenüber schon sehr unfreundlich benimmt.«

»Männer!«, entfuhr es ihr kopfschüttelnd.

Als sie bei ihrem Hotel ankamen, staunte Max nicht schlecht. Die hübschen Holländerinnen residierten genau in dem vornehmen Wellnesstempel, an dessen Empfang er gestern seine Abfuhr bekommen hatte. Er bemerkte aber nichts weiter dazu, sondern grinste nur in sich hinein. Bevor sie ausstieg, verabredeten sie sich für drei Uhr nachmittags vor der Hütte, bei der sie sich gestern Nachmittag kennengelernt hatten. Sie küssten sich lang und innig.

»Die Küsse machen übrigens viel mehr Spaß, wenn du rasiert bist«, sagte sie danach lächelnd.

»Da siehst du mal, was du für ein Glück hast, ich rasiere mich nämlich immer nur dienstags und freitags«, klärte er sie schmunzelnd auf.

»Wieso denn das?«

»Alles andere reizt nur unnötig die Haut.«

»Ach, wirklich?« Sie öffnete lachend die Tür und dann trennten sie sich endgültig für die nächsten Stunden. Wenn auch schweren Herzens.

Max ließ sich ohne Umwege zu dem Parkplatz hinter dem ›Lustigen Wirt‹ bringen, um dort schnellstens sein Auto abzuholen. Schließlich gab es einen wichtigen Zeugen zu befragen. Anneliese wartete sicher schon gespannt auf seinen Anruf. Am Ziel angekommen, bat er den Fahrer, kurz zu warten, falls er eine Anschiebehilfe beim Starten bräuchte. Und prompt wurde seine Befürchtung bestätigt. Hätte er doch nur positiver gedacht. Resigniert zückte er einen 20-Euro-Schein und winkte dem älteren Mann damit zu.

Nach 20 Metern sprang der Motor stotternd an und er fuhr direkt zu der Adresse, die ihm Franz genannt hatte. Die imposante Villa im alpenländischen Stil befand sich in exponierter Luxuslage am Hang, etwas außerhalb des Ortes. Er wendete und parkte gleich mit der Front talwärts, sodass er den Wagen zum Anlassen nachher einfach nur rollen lassen müsste. Gleich heute oder morgen fahre ich noch in eine Werkstatt, nahm er sich vor, während er ausstieg. Dann überquerte er die schmale Bergstraße, die in ihrem weiteren, steil ansteigenden Verlauf nach gut 200 Metern hinter einem Hügel verschwand. Er läutete an der Klingel gleich neben dem kleinen Fußgängereingang, rechts der mannshohen, schmiedeeisernen Einfahrt.

»Sie wünschen?« Eine näselnde Stimme quälte sich durch die vergoldete Lautsprecheranlage schräg unter ihm.

»Ja, grüß Gott. Max Raintaler mein Name. Aus München. Ich hätte gerne mit Helmut Schacherer gesprochen, wegen einer Vermisstensache.«

»Sind Sie von der Polizei?«

»Nein, nicht mehr. Ich war mal bei der Polizei. Es geht um die Tochter einer Bekannten von mir.«

»Na gut, kommen Sie rein.«

Das schmale Tor öffnete sich lautlos wie von Geisterhand und Max lief auf einer kleinen Teerstraße die gut 50 Meter zum Haus hinauf, dessen verspielte Erker und Türmchen sich palastartig dem blauen Winterhimmel entgegenstreckten.

Als er bei der Tür ankam, stand diese bereits offen und eine ältere, sehr teuer und sehr vornehm in Kostüm und Nerzmantel gekleidete Frau bat ihn hereinzukommen. Sie deutete nur ein kleines Lächeln an. Nicht mehr. Sie passt bestimmt auf, dass ihr frisch geliftetes Gesicht keine Risse bekommt. Aber Respekt, Herr Chirurg. Gute Arbeit. Nur die Falten am Halsansatz lassen ihr wahres Alter vermuten.

»Hat er etwas angestellt, unser Helmut?«, erkundigte sie sich mit leiser Besorgnis in der Stimme.

»Grüß Gott, noch mal«, sagte Max zunächst höflichkeitshalber und streckte ihr die Hand hin. Dann fuhr er mit der Beantwortung ihrer Frage fort. »Nein, er hat nichts angestellt. Aber ich hoffe, dass er mir bei der Suche nach der Tochter einer Bekannten helfen kann. Die ist anscheinend mit einem Freund Ihres Enkels auf und davon. Und ihre Mutter macht sich größte Sorgen, weil sie sich nicht mehr bei ihr daheim meldet.«

»Ach so. Na, Gott sei Dank. Warten Sie. Ich rufe ihn eben. Und dann muss ich auch schon los. Wie Sie sehen, war ich gerade schon auf dem Weg nach draußen. Ich muss nämlich zum Friseur.« Sie strich sich kurz mit ihren beigefarbenen Lederhandschuhen über ihre lilafarbenen Locken.

»Wunderbar. Vielen Dank, gnädige Frau.«

»Helmut, kommst du bitte einmal? Ein Herr Raintaler will dich sprechen!«

»Ja, Oma. Ich bin gleich unten«, kam es von irgendwo oberhalb der breiten Marmortreppe, die im hinteren Bereich der imposanten Empfangshalle in das nächste Stockwerk hinaufführte.

»Sie haben es selbst gehört, mein Herr. Er wird gleich da sein. Und mich entschuldigen Sie jetzt bitte. Auf Wiedersehen.«

»Auf Wiedersehen.«

»Bernhard, wir können!«, rief sie gebieterisch und wesentlich lauter, als Max es ihr zugetraut hätte.

Ein Chauffeur in schwarzer Uniform und Mütze trat daraufhin aus einer der zahlreichen Türen, die zum Vorraum führten. Er nickte Max im Vorbeigehen kurz artig zu. Als er seine Chefin erreicht hatte, hakte sie sich wortlos bei ihm unter und beide begaben sich gemessenen Schrittes hinaus.

»Hallo!« Der zirka 20-jährige junge Mann in Jeans und weißem Hemd, der kurz darauf die Treppe herunterkam, sah Max neugierig durch dicke, runde Brillengläser an.

»Hallo, Helmut. Ich bin Max Raintaler aus München. Und ich hätte da mal eine Frage an dich. Kennst du einen gewissen Fridolin?«

»Ja … Schon … Wieso?« Helmut überkreuzte seine Arme vor der Brust und lehnte sich abwartend an das Treppengeländer hinter ihm.

»Es ist so«, fuhr Max lächelnd fort, »ich bin ein guter Freund der Mutter von Sabine, dem Mädchen aus München, das vor drei Tagen mit euch in Kitzbühel in der

Kneipe war. So eine hübsche Blonde. Hier, schau her. So sieht sie aus.« Er näherte sich ihm und hielt ihm Sabines Foto unter die Nase.

»Die kenne ich, stimmt. Das ist Bine. Die ist doch mit Fridolin nach München gefahren.« Helmut stellte sich wieder gerade hin. Er nahm das Foto in die Hand, um es genauer zu betrachten.

»Was sagst du da?« Max glaubte, sich verhört zu haben.

»Na, das ist Bine. Eindeutig.« Er schüttelte seine langen, blond gelockten Haare nach hinten und zeigte mit seinem Finger auf ihr Gesicht. »Die zwei sind vorgestern nach München gefahren«, fuhr er fort. »So gut kenne ich Fridolin auch wieder nicht. Ich hatte ihn nur für ein verlängertes Wochenende eingeladen, weil meine Eltern nicht da waren. Aber ich weiß, dass er eine Wohnung gleich bei der Isar hat. Und da wollte er mit ihr hin.« Helmut schien nichts zu verbergen zu haben. Er blickte Max offen in die Augen.

»Bist du dir ganz sicher?«, hakte der noch mal nach. »Sabine hat nämlich ihre ganzen Sachen bei ihren zwei Freundinnen im Hotelzimmer liegen lassen. Und sich nicht mehr bei ihnen gemeldet. Auch bei ihrer Mutter nicht.«

»Das wundert mich nicht«, erwiderte Helmut. »Die waren ja andauernd unter Strom, die beiden. Entweder haben sie gekifft oder was getrunken. Oder beides. Da hätte ich wahrscheinlich auch vergessen, jemanden anzurufen. Gott sei Dank kommt meine Oma nie zu mir ins Dachgeschoss hinauf. Die hätte wahrscheinlich der Schlag getroffen.«

»Na, da weiß ich ja jetzt schon mal mehr. Ich hatte

schon befürchtet, es wäre ihr etwas zugestoßen. Da wird sich ihre Mutter aber freuen. Na, wunderbar.« Max steckte das Bild wieder ein und atmete erleichtert auf. Eine Liebschaft unter jungen Leuten. Er hatte mal wieder recht behalten. Dann war es also vielleicht doch Sabine gewesen, die er in Mühldorf gesehen hatte, als er gerade den Reifen wechseln ließ. Könnte doch sein. Anneliese würde bestimmt vor Freude weinen, wenn sie das hörte. Das mit dem Kiffen musste er ihr ja nicht unbedingt auf die Nase binden.

»Sag mal, weißt du, wie Fridolin mit Nachnamen heißt?«, fragte er dann noch.

»Nein, leider nicht. Ich kenne ihn nur als Fridolin. Aus unserer Stammkneipe hinter dem Ostbahnhof.« Helmut schüttelte bedauernd den Kopf.

»Aha. Und wo er genau wohnt, weißt du nicht, oder?«

»Nein. Er hat nur gesagt, dass es in der Nähe vom alten Grünwalder Stadion ist. Gleich unten bei der Isar. Nicht weit von irgend so einem Sportplatz und einem Schwimmbad entfernt. Mehr weiß ich nicht. Ehrlich. Vielleicht ist es ja Untergiesing.«

»Und wie heißt eure Stammkneipe am Ostbahnhof?«

»Single Bar.«

»Aha.« Max notierte alle Angaben des Jungen auf einem Zettel. Dieser Fridolin würde leicht aufzutreiben sein, freute er sich. Da müsste man ja nur in der Bar nachfragen. Und Franz müsste halt noch einmal einen genauen Namensabgleich von allen gemeldeten Giesingern in der Nähe der Isar machen. Das sollte dann reichen. Und schon hätte man sie wieder, die Sabine.

»War das alles?«, fragte Helmut jetzt.

»Ja, mein Junge. Das war alles. Ich danke dir vielmals. Wie lange machst du denn noch Urlaub hier?«

»Noch zwei Wochen. Dann geht es wieder nach München zu meinen Eltern. Meinem Vater in der Firma helfen.«

»Na, dann wünsch ich dir noch viel Spaß bei deiner Oma. Lass dich schön verwöhnen. Servus.« Max öffnete die Tür und trat fröhlich pfeifend in den klaren, sonnigen Wintertag hinaus. Ich muss auf der Stelle Anneliese anrufen und ihr Bescheid sagen, dachte er, als er die Auffahrt hinunterlief. Und Franz ruf ich gleich danach an. Der soll diesen Fridolin auftreiben. Gott sei Dank. Mein wohlverdienter Urlaub ist gerettet.

»Auf Wiedersehen!«, rief ihm Helmut nach, drehte sich um und schloss die Tür.

16

Anneliese verstaute schnell die verderblichen Lebens-mittel im Kühlschrank, bevor sie den kleinen Umschlag ohne Absender, den sie eben aus ihrem Briefkasten geholt hatte, öffnete. ›100.000 Euro oder deine Tochter stirbt. Auf keinen Fall Polizei einschalten. Genaueres folgt.‹

Als sie die Botschaft auf dem kleinen weißen Zettel gelesen hatte, musste sie sich vor Schreck erst mal auf einen ihrer handgedrechselten hellbraunen Küchenstühle setzen. Sie spürte ihr Herz bis in den Hals hinauf klop-fen. Das konnte doch gar nicht sein. Max hatte doch vor-hin am Telefon gesagt, dass alles in Ordnung sei. Sabine sei bei einem neuen Freund, gleich nebenan, in Giesing. Sein Kollege würde nur noch die genaue Adresse raus-finden und dann würde sie hinfahren und ihre Toch-ter zur Rede stellen. So hatte sie es sich vorgenommen. Und jetzt das. Sollte Max sich etwa geirrt haben? Has-tig wählte sie seine Nummer. Doch er hatte das Handy schon wieder ausgeschaltet. Kann dieser Mensch denn sein Telefon nicht ein einziges Mal anlassen, haderte sie.

Genaueres folgt, hieß es in dem Erpresserschreiben. Na gut, bis dahin konnte sie ja sowieso nichts tun. Sollte sie bei der Polizei anrufen? Lieber nicht. Da stand ja schwarz auf weiß, dass sie das auf keinen Fall tun dürfe. Aber Monika! Die könnte sie doch auf jeden Fall anrufen.

»Moni?«

»Hallo, Annie. Na, wie geht's? Hast du schon etwas Neues von Sabine, respektive Max?«

»Ach, Moni. Es ist ganz schrecklich. Du wirst es nicht glauben. Aber ich habe eben einen Erpresserbrief bekommen. 100.000 Euro oder deine Tochter stirbt, steht darin. Dabei hat Max doch vorhin noch gemeint, dass alles in Ordnung wäre. Und Sabine wäre in München.« Anneliese wischte sich mit ihrer freien Hand zitternd die Tränen aus dem Gesicht.

»Hast du schon die Polizei verständigt?«

»Nein. Keine Polizei, steht in dem Brief.«

»Verstehe. Und was meint Max dazu?«

»Den kann ich schon wieder nicht erreichen. Der hat wie immer sein Handy ausgeschaltet.« Stiller Vorwurf und pure Verzweiflung mischten sich in ihrer Stimme.

»Der alte Faulpelz will nur wieder Akku sparen. Sonst müsste er das Ding ja ab und zu mal aufladen«, motzte Monika genervt. »Und das wäre ihm viel zu stressig. Manchmal geht er mir gewaltig auf den Wecker mit seiner ökonomischen Lebensweise.«

»Aber was soll ich denn jetzt tun?« Normalerweise war Anneliese durch nichts so leicht zu erschüttern. Aber im Moment wusste sie wirklich nicht mehr ein noch aus.

»Am besten kommst du erst mal zu mir in die Kneipe. Und dann sehen wir weiter. Okay?«

»Gut, Moni. Danke. Ich bin in einer halben Stunde bei dir.« Sie legte auf und putzte sich kräftig die Nase.

17

Max fuhr in die Pension zurück und holte seine Skiaus-
rüstung aus dem Keller. Den Motor ließ er so lange laufen.
Als er wieder im Auto saß und zur Talstation der Hahnenkammbahn unterwegs war, bestätigte das Radio den
gestrigen Anschlag auf die Rennstrecke vom Wochenende. Direkt unterhalb der Einfahrt in den Zielhang sei
ein zwei Meter tiefes und zirka fünf Meter breites Loch
in die Piste gesprengt worden, berichtete der Sprecher.
Das Bundesheer sei aber bereits dabei, den Schaden mit
vereinten Kräften zu beheben. Auch habe man die Attentäter bereits gefasst, deshalb seien weitere Terrorakte
nicht zu befürchten. Damit das Rennen ordnungsgemäß
durchgeführt werden könne, müssten die Einlass- und
Personenkontrollen jedoch gründlich verschärft werden. Die Gäste aus nah und fern wurden gebeten, die
ihnen dadurch entstehenden Unannehmlichkeiten schon
im Voraus zu entschuldigen. Aber es wäre der einzige
Weg, die Sicherheit aller Beteiligten und aller Besucher
zu garantieren.

Na, schau mal an, dachte der Münchener Exkommissar.
Dann hat der wilde Vogel im Restaurant gestern Abend ja
doch recht gehabt. Mein lieber Scholli. Das ist ja diesmal
der reinste Urlaub mit Hindernissen. Wer für die Spren-
gungen verantwortlich war, sagten sie nicht. Das würde
später noch bekannt gegeben werden, hieß es. Ja, Herr-

schaftszeiten. Jetzt verderben die einem schon das Skifahren mit ihrem Scheißterror. Was ist das nur für eine kranke Welt geworden. Er schaltete sein Handy ein, um Johanna Bescheid zu geben, dass er gleich bei ihr oben wäre. Im selben Moment ertönte der Klingelton. Er hatte in seinem alten R4 natürlich keine Freisprechanlage. Deshalb sah er sich erst kurz um, ob Gendarmen in der Nähe waren. Als er keine entdeckte, hob er ab.

»Raintaler!«

»Monika hier. Servus, Max.«

»Ja, Moni! Servus. Und wie geht's?«

»Mir geht's gut. Und dir?«

»Auch gut. Danke. Ein bissel einsam ist es halt ohne dich. Aber schön ist es schon. Das Wetter passt.« Raintaler, Raintaler. Wieso musst du bloß immer so schamlos schwindeln, meldete sich sein Gewissen. Das mit der Einsamkeit glaubt sie dir doch sowieso nicht.

»Aha. So, so. Pass auf, Max! Weswegen ich anrufe: Annie sitzt gerade hier neben mir. Sie hat einen Erpresserbrief bekommen. ›100.000 Euro oder deine Tochter stirbt‹, steht drinnen. Und jetzt wollten wir dich fragen, was wir tun sollen. Bloß keine Polizei einschalten, steht nämlich auch noch dabei.«

»Aber das kann ja gar nicht sein«, antwortete er mit fester Stimme. »Das ist bestimmt nur ein dummer Lausbubenstreich. Oder Sabine selbst will ihre Mutter ärgern. Ich war doch vorhin extra bei dem Haus von diesem Helmut und er hat mir gesagt, dass sie mit ihrem neuen Freund, diesem Fridolin, in München ist. Irgendwo in Giesing, gleich bei der Isar. Und Annie habe ich deswegen doch schon Bescheid gesagt.« Hört das denn nie auf, fragte er sich, während er abbremste, um in die kleine, vereiste Zufahrtsstraße zur Talstation einzubiegen.

»Das weiß ich ja alles, Max«, sagte Monika. »Und wir haben gerade vorher auch Franzi noch mal angerufen und ihn gefragt, ob er jetzt schon weiß, wie der Bursche genau heißt und wo er wohnt, damit Annie hinfahren kann. Aber er hat nur gemeint, dass es in ganz Giesing niemanden in diesem Alter mit dem Vornamen Fridolin gäbe. Und in dieser Stammkneipe hinter dem Ostbahnhof könne man erst heute Abend nachfragen. Die sei im Moment nämlich noch geschlossen.«

»Das ist ja saublöd. Aber wieso sollte mich dieser Helmut denn anlügen?« Max verstand die Welt nicht mehr. Gerade hatte sich doch eins noch so schön ins andere gefügt.

»Und wieso nicht?«

»Äh … Stimmt. Da hast du natürlich recht. Aber ich glaube nicht, dass er gelogen hat. Das hätte ich gemerkt. Und die Mädchen, also Sabines Freundinnen, haben mir auch von einem Fridolin erzählt. Und warum die lügen sollten, wüsste ich beim besten Willen nicht.« Er bremste vorsichtig ab, um nicht in die Gruppe junger Snowboarder hineinzurutschen, die sich vor ihm breitgemacht hatte.

»Es muss ja gar nicht sein, dass irgendjemand gelogen hat. Vielleicht ist Fridolin nur ein Spitzname und der Kerl heißt in Wirklichkeit ganz anders. Hake diesbezüglich doch noch mal nach. Okay?« Monika hatte manchmal einen Ton drauf wie sein früherer Chef.

»Dich hätten sie damals meinen Job bei der Kripo machen lassen sollen, Moni«, erwiderte er. »Du wärst

die Karriereleiter bestimmt in Nullkommanichts rauf-
gefallen. Aber Respekt. Gar nicht dumm, was du da
sagst. Weißt du was? Ich fahr da gleich noch mal hin.«

»Tu das, Max. Und bitte lass dein Handy eingeschaltet. Auch wenn du es später wieder laden musst.
Okay?«

»Alles klar.« Er musste grinsen. Sie hat dich ertappt,
Raintaler. So ist das halt, wenn einen ein anderer Mensch
besser kennt als man sich selbst.

»Und reiß dich beim Flirten zusammen.«

Wie kam sie denn auf so was? »Natürlich. Bis nachher. Ich melde mich bei euch«, versprach er und musste
noch mehr grinsen.

Er wendete auf dem Parkplatz der Bergbahn und fuhr
zum Haus der Schacherers zurück. Dass Johanna oben
bei der Hütte auf ihn wartete, hatte er zwar noch im Kopf.
Aber in der Hektik vergaß er völlig, sie anzurufen, um
Bescheid zu geben, dass er später kommen würde. Und
er dachte auch nicht daran, dass sie ihn nicht erreichen
konnte. Sie hatte ja keine Nummer von ihm. Hatte ihm
gestern nur ihre gegeben.

Er parkte wie schon vorhin in Fahrtrichtung bergab,
streifte Mütze und Handschuhe über und stieg aus. Dann
läutete er zum zweiten Mal an diesem Tag beim Fußgängereingang neben dem riesigen Einfahrtstor.

Helmut empfing ihn an der Haustür. »Haben Sie etwas
vergessen?«, fragte er arglos.

»Nein. Ich habe nur ein kleines Problem. Deinen Fridolin gibt es gar nicht. Zumindest nicht in Giesing.« Max
setzte seinen durchdringendsten Expolizistenblick auf.

»Aber mir hat er das so erzählt. Dass er bei der Isar

wohnt, nicht weit von einem Schwimmbad und von einem Sportplatz. Ich schwöre es.«

Der Junge lügt nicht, Raintaler. Du hast in deinem Berufsleben genügend Schwindler kennengelernt. Der hier ist keiner. Der ist viel zu anständig. »Aber dann könnte er ja genauso gut im Glockenbachviertel wohnen. Auf der anderen Isarseite. Oder?«, fragte er.

»Ja, klar. Stimmt. Das mit Giesing vermutete ich halt, wegen dem Schwimmbad und dem Sportplatz. Aber über die Isarbrücke drüber könnte er natürlich auch wohnen. Logisch.« Helmut nickte eifrig und rückte gleich darauf routiniert seine Brille wieder zurecht, die ihm dabei ein Stück weit den Nasenrücken hinuntergerutscht war.

»Okay, dann klären wir das gleich mal. Darf ich dazu kurz reinkommen? Hier draußen ist es doch ziemlich kalt.«

»Ja, natürlich.« Der junge Hausherr hielt ihm die Tür auf.

Drinnen zog Max seine Handschuhe aus, kramte sein Handy aus der Anoraktasche und rief bei seinem alten Freund und Exkollegen Franz an. »Franzi? Servus. Max noch mal. Sag mal, hast du zufällig auch im Glockenbachviertel wegen einem Fridolin geschaut?«

»Nein, hab ich nicht. Du hast ja nur was von Giesing gesagt.«

»Ich weiß. Aber es hat sich herausgestellt, dass es auch das Glockenbachviertel sein könnte. Das liegt ja direkt nebenan.« Max zog ungeduldig die Stirn kraus. Da hätte er eigentlich auch selbst drauf kommen können, der gute Franzi. Schließlich ist er Polizist. Oder?

»Okay, ich gehe das noch durch. Geht ja schnell mit

unserem neuen Computersystem. Aber dann muss es erst mal wieder gut sein mit den persönlichen Gefallen. Ich hab ja noch was anderes zu tun. Brotzeit holen zum Beispiel.« Franz lachte schallend über seinen gelungenen Witz.

»Alles klar, Franzi. Ich gebe einen aus, wenn ich wieder zu Hause bin«, versprach Max. »Danke dir, mein Bester. Ich rühre mich dann in einer halben Stunde noch mal.«

»Alles in Ordnung?«, erkundigte sich Helmut neugierig. Er hatte das Gespräch natürlich unfreiwillig mitgehört.

»Alles in Ordnung, Helmut. Danke noch mal für deine Hilfe.« Max steckte sein Handy ein, warf dem Jungen eine Grußhand zu, drehte sich um und trat zur Tür hinaus. Halb vier, fast zu spät für die Piste. Ach, du Schande. Siedendheiß fiel ihm Johanna wieder ein. Die sitzt ja seit einer halben Stunde da oben und wartet auf mich. Also, Handy wieder raus, Pin eingeben und wählen. Er ließ es läuten, bis sich ihre Mailbox meldete. Er sprach ihr drauf, dass ihm etwas Wichtiges wegen des gesuchten Mädchens dazwischengekommen sei und entschuldigte sich vielmals. Wenn sie ihm ausnahmsweise verzeihen könne, wäre er auf alle Fälle heute Abend in der Bar anzutreffen, in der sie gestern waren. Er würde sich riesig freuen, wenn sie dorthin käme. Und es täte ihm wahnsinnig leid, aber die Sache mit Sabine, dem Mädchen, das er suche, würde leider immer verzwickter werden.

Du verdammter Vollidiot, haderte er danach im Auto mit sich selbst. Da findest du schon mal eine, die dir wirklich super gefällt, und dann versaust du es wieder. Mit Monika war das nämlich so eine Sache. Er hatte sie schon hundertmal gefragt, ob sie nicht fest zusammen sein sollten. Zusammen in eine Wohnung ziehen und später vielleicht heiraten und sich ein paar Kinder anschaffen. Aber sie wollte sich partout nicht dafür entscheiden. Meinte sogar, sie könne sich generell überhaupt nicht an einen einzigen Menschen binden. Das ginge bei ihr nun mal nicht. Aber ganz alleine bleiben wolle sie halt auch nicht. Also hatten sie im Laufe der Jahre diesen Kompromiss gefunden, mit dem sie jetzt lebten. Und über den Max alles andere als glücklich war. Wie auch, wo doch jeder weiß, dass halbe Sachen nur selten funktionieren, sagte er sich immer wieder. Und das erst recht, wenn es um die Liebe geht.

Da er keine Ahnung hatte, was er, bis Franz zurückrief, sonst machen sollte, parkte er vor dem nächstbesten Café, setzte sich an einen der weißgedeckten, runden Tische und bestellte einen kleinen, koffeinfreien Kaffee, um sein Herz zu schonen, und ein Stück Apfelkuchen ohne Sahne. Wegen der Kalorien.

Keine halbe Stunde später rief sein alter Freund und Exkollege an. Zuverlässig wie immer. Er hätte einen Fridolin Glanzeder im Glockenbachviertel ausgemacht. Der wohne in der Klenzestraße 19f. Und wenn Max das wolle, würde er nach Feierabend kurz dort ganz privat vorbeigehen und nachschauen, ob der junge Mann zu Hause wäre und ob da eventuell auch noch ein Mädel in der Wohnung wäre. Er könne ja den alten Trick mit den Stadtwerken anwenden und ihm erzählen, er müsse den Zähler überprüfen. Ganz legal wäre das natürlich nicht.

Aber bisher hätte es immer noch geklappt. Der Bursche würde schon keinen Verdacht schöpfen.

»Das wäre ja super, wenn du das machen könntest, Franzi. Für Anneliese könnte es vielleicht zu gefährlich sein. Ich sage ihr Bescheid, dass du dich um die Sache kümmerst. Vielen Dank. Ich gebe nicht nur einen, sondern zwei aus, wenn ich zurück bin. In Ordnung?«

»Klingt gut, Herr Exkollege Raintaler. Klingt sogar sehr gut. Also dann, ich melde mich wieder, sobald ich in der Wohnung war.«

»Super. Danke, Franzi. Servus.« Max legte auf und rief umgehend Anneliese an, um ihr die Neuigkeiten zu berichten. Sie bedankte sich überschwänglich bei ihm und wünschte ihm noch einen wunderschönen, erholsamen Urlaub. Nachdem er daraufhin, mit sich selbst und der Welt zufrieden, aufgelegt hatte, holte er sich eine Zeitung vom Tresen. Sie schrieben, dass sich jeder bald privat gegen Krankheiten versichern müsse. Die Geschenke des Sozialstaates an Simulanten und Faulenzer könnten nicht länger finanziert werden, hatte ein frisch gewählter Landeshauptmann aus dem Süden Österreichs verkündet und in dieser Richtung zeitnah weitergehende Schritte angekündigt. Genau wie daheim in Deutschland. Allein wie die schon reden, diese Politiker, dachte Max. Die können ja nicht ganz sauber sein. Egal, von welcher Partei. Die wollen doch alle nur Macht. Nur ihr Stück vom Kuchen abhaben. Und dafür legen sie sich dann von morgens bis abends krumm. Und lügen und betrügen, was das Zeug hält. Na gut, vielleicht nicht alle. Ein paar von ihnen sind bestimmt ganz anständig. Trotzdem. Meine Welt ist das nicht.

»Das mit der Explosion gestern auf der Streif. Das sollen ja gar keine Taliban gewesen sein. Sondern Einheimische.« Der kahlköpfige ältere Herr am Nebentisch flüsterte seinem schwerhörigen Tischnachbarn die brisante Neuigkeit so laut ins Ohr, dass sie das halbe Café deutlich mithören konnte.

»Ja, wieso jetzt das?«, wollte der daraufhin wissen.

»Hast du schon mal einen Taliban die Streif hinunterfahren gesehen? Ich nicht. Das können ja nur die Unseren gewesen sein«, kam die prompte Antwort, gefolgt von einem krächzenden Lachen.

»Stimmt, Josef. Da hast du auch wieder recht.«

Natürlich konnten sich die restlichen Besucher des Cafés ein ausgiebiges Grinsen nicht verbeißen. Einschließlich Max. Er hatte beruflich nie groß mit Terroristen zu tun gehabt. Dafür hatte es immer die Sondereinsatzkommandos und Antiterrortruppen gegeben. Bei ihnen im Kriminaldauerdienst war es mehr um die ›ganz normalen‹ Erpressungen, Morde und andere Gewalttaten gegangen. Oder auch mal um kleine Gauner, wie Falschspieler, Zuhälter, Taschendiebe, Betrüger und so weiter.

Seine Aufklärungsquote war immer gut gewesen. Und dem Himmel sei Dank, hatte er nie einen Menschen töten müssen. Nur einmal wäre es fast so weit gekommen. Da hatte er einen durchgedrehten Zuhälter angeschossen. Weil der gerade dabei gewesen war, ein ganzes Lokal in Schutt und Asche zu legen. Es war ihm gar keine andere Wahl geblieben, sonst wären vielleicht ein paar der anwesenden Gäste gestorben.

Als die Sanis den langhaarigen, muskelbepackten Übeltäter später abtransportierten, brüllte er vor Schmerzen wie ein Baby. Danach war Max erst mal mit Franz auf ein Bier gegangen. Und hatte sich schwere Vorwürfe gemacht. Einfach auf einen Menschen zu schießen! Wie könne man nur? Gott sei Dank hätte er ihn nur ins Bein getroffen! Er hätte ihn ja auch umbringen können, wenn es dumm gelaufen wäre! Franz hatte nur gemeint, dass Max alles richtig gemacht habe.

»Wir sehen uns morgen. In alter Frische«, hatte er zum Abschied gerufen und Max ein paarmal kräftig auf die Schulter geklopft. Der Franzi ist ein echter Freund, hatte Max damals gedacht. Der ist für dich da, wenn du ihn brauchst. Und so war es auch heute noch.

18

Sie war hungrig. Seit Stunden hatten sie ihr nichts mehr zu essen gebracht. Jetzt kam wieder einer von ihnen. Sie kannte seine Schritte schon. Es war der mit dem widerlichen Schnaps- und Knoblauchatem. Er war besonders brutal. Er war gekommen, um ihr Wasser zu geben. Und um sie zu schlagen. Immer und immer wieder. Sie spürte seine Hände schon gar nicht mehr. Und sie spürte ihr Gesicht nicht mehr. Am Anfang hatte sie die Angst fast um ihren Verstand gebracht. Sie war entsetzt und wütend gewesen. Hatte getobt, sobald sie sie nur berührten. Jetzt war ihr alles egal. Sie versuchte nur noch, ihre Gefühle abzuschalten. Sollten sie doch mit ihr anstellen, was sie wollten. Ihre Seele würden sie nicht verletzen. Nur ihren Körper. Diesen Spruch hatte sie mal in einem Film gehört und sie fand, dass er absolut gut zu ihrer jetzigen Situation passte.

Als sie den ersten kleinen Schluck getrunken hatte, nahm er ihr die Flasche gleich wieder weg und schüttete ihr den Rest über den Kopf. Dann trat er ihr mit seinen Stiefeln in den Unterleib, sodass ihr vor Schmerz die Luft wegblieb. Wieso machen die das nur? Was habe ich ihnen denn getan? Bringen sie mich etwa doch um? Sollen sie doch. So will ich gar nicht mehr weiterleben. Das hält doch kein Schwein aus. Warum hilft mir denn niemand? Sie ließ bestimmt zum zehnten Mal Wasser, seit sie hier war. Nahm wie nebenbei wahr, wie es über ihre Beine lief. Dann spürte sie ein heißes Brennen auf ihrem Oberarm. Und schrie vor Schmerzen wie ein Tier. Mit ihrem Schrei war auf einmal die Angst wieder zurück, davor, dass sie ihr weitere Schmerzen zufügen würden. Dass dieser Wahnsinn niemals aufhörte. Dass sie sterben müsse. Sie konnte nicht mehr klar denken. Hatte er sie mit einem Messer geritzt und streute Pfeffer in die Wunde? So fühlte es sich jedenfalls für sie an. Sie zitterte am ganzen Körper. Doch es war kein Messer. Es war nur eine weitere Spritze. Das gibt es doch alles gar nicht. Bitte, lieber Gott, um Himmels willen, hilf mir doch, bettelte sie, bevor sie erneut ohnmächtig wurde.

Jemand schlug ihr mit der flachen Hand ins Gesicht, bis sie wieder wach war. Sie hörte nur ihre Stimmen. Es mussten wieder mehrere sein. Sie schienen sich zu streiten. Einer von ihnen begann, ihr die Jeans herunterzuziehen. Nein! Bitte nicht, schrie es in ihr. Sie bäumte sich auf. Versuchte sich mit aller Kraft zu wehren. Dann wurde ihr die Hose wieder hochgezogen. Und zugeknöpft. Gott sei Dank, dachte sie. Hatten sie ihre Gedanken gelesen? Der Stoff der Hose war überall feucht. Vom vielen Einnässen. Er klebte unangenehm an ihrer Haut. Groß gemacht hatte sie auch schon ein paar Mal. Sie stank wie eine Kloake. Sicher hatte ihnen das die Lust auf sie verdorben. Und sie gerettet. Die Stimmen entfernten sich. Sie sperrten die Tür zu. Ließen sie auf dem eiskalten Boden liegen. Sie fühlte sich schmutzig. Zitterte immer noch vor Angst. Und vor Kälte. Dann begann sie erneut zu beten. Lieber Gott, bitte hilf mir doch. Bitte mach, dass ich gerettet werde. Bitte, bitte! Ich will noch nicht sterben.

148

19

»Ja, grüß Gott. Stadtwerke München. Wurmdobler mein Name. Ich müsste bei Ihnen den Zähler überprüfen.« Franz sprach laut und deutlich in die Gegensprechanlage vor der Klenzestraße 19f. Der etwas zu kurz geratene, dafür aber leicht übergewichtige Kriminaler hatte gerade bei Fridolin Glanzeder geklingelt.

»Um die Zeit?«, fragte der. »Es ist kurz nach acht. Und was gibt es da zu überprüfen? Die Zahlen trage ich doch immer im Internet ein.«

»Reine Routine. Das machen wir alle fünf Jahre einmal. Wir schauen bloß, ob alles noch funktioniert.« Franz hoffte, dass der junge Mann die Lüge schluckte. »Tut mir leid, dass ich Sie noch so spät störe«, fuhr er fort. »Aber ich konnte meine Tour heute erst am Nachmittag beginnen.«

»Na gut. Kommen Sie rauf.«

Der Summer ertönte und Franz ging hinein. Vor der Wohnungstür im zweiten Stock angekommen, läutete er erneut. Fridolin öffnete ihm. »Kommen Sie rein. Gleich hier rechts im Flur finden Sie, was Sie suchen.«

Der kleine Undercoverkommissar grüßte noch einmal freundlich, entschuldigte sich abermals für die späte Störung und trat vor den Zähler. Dort zog er einen Schraubenzieher aus seiner Brusttasche und setzte ihn auf eine der kleinen Schrauben, die das Guckfenster hielten.

»Brauchen Sie mich noch für irgendetwas?«, fragte Fridolin.

»Nein, vielen Dank. Ich komme klar.« Franz lächelte kurz.

»Aha. Gut. Dann viel Spaß. Ich muss in der Küche noch was erledigen. Wenn Sie mich brauchen, rufen Sie einfach.«

»Kein Problem. Ich bin sowieso gleich fertig.«

Als Fridolin verschwunden war, lief Franz schnell zu den anderen zwei Zimmern, die vom Flur abzweigten, und warf einen Blick hinein. Im ersten Zimmer lagen Klamotten und Zeitschriften auf dem Boden verstreut. Und ein Schrank stand noch drin. Mehr war nicht zu sehen. Als er das zweite Zimmer öffnete, entdeckte er nur einen Fernseher und eine vergammelte Matratze. Sonst nichts. Dann spürte er einen heftigen Schlag auf seinem Hinterkopf und es wurde ihm schwarz vor Augen.

Fridolin stellte den Baseballschläger ab, mit dem er den unangemeldeten Besucher gerade ausgeknockt hatte. Von wegen Stadtwerke. Du bist garantiert von irgendeiner anderen Fraktion. Warum spionierst du sonst hier rum, kleiner Glatzkopf. Er drehte den ohnmächtigen Franz auf den Rücken und holte die Brieftasche aus dessen Sakko. Sah nach, ob irgendein Ausweis darin steckte. Er meinte, ihn schon einmal gesehen zu haben. In seinem Stammlokal hinter dem Ostbahnhof. Könnte sogar sein, dass er ein Bulle war. Bingo, dachte er, als er den Polizeiausweis fand. Franz Wurmdobler, Hauptkommissar. Hab ich doch wieder mal recht gehabt. Komisch, er hat gar keine Waffe dabei. Die haben doch sonst immer eine dabei. Was kann er nur von mir gewollt haben? Habe ich einen Fehler beim Dealen begangen? Oder hat etwa Sabine was damit zu tun? Sie hat ja gesagt, dass ihre Mutter sie auf alle Fälle finden würde. Egal, wo sie wäre. Mann. Was tue ich bloß mit dem Arschloch? Verdammter Mist, fluchte er laut vor sich hin.

Er band Franz die Hände auf den Rücken. Jetzt kommen schon die Bullen hier reingelatscht. Wenn ich ihn umbringe, wandere ich sicher lebenslänglich in den Knast. Aber wenn die rauskriegen, was ich hier alles an illegalen Geschäften abziehe, sitze ich mindestens genauso lange. Verflucht noch mal. Wahrscheinlich wissen seine Kollegen längst Bescheid. Und warten nur darauf, dass er sich meldet. Oder auch nicht. Er ging in seine Küche zurück und drehte sich mit fahrigen Fingern einen Joint, damit er ruhiger denken konnte.

Die Jungs, von denen er seinen Stoff bekam, würden jeden Moment auftauchen, um eine neue Lieferung zu bringen. Wenn die den Bullen hier bei ihm entdeckten, war alles aus und vorbei. Die würden garantiert nicht mehr mit jemandem arbeiten, an dem die Polizei schon dran war. Eher würden sie ihm die Lichter ausblasen, noch bevor er irgendwas ausplaudern konnte. Das wusste er genau. Er kannte sie schließlich lange genug. Und dass der Typ auf dem Flurboden Polizist war, würden sie garantiert herausfinden. Diese Russen waren nicht dumm. Die fanden alles raus. Und sie fackelten nicht lange. Eine winzige Ungereimtheit im Geschäftsablauf genügte denen schon, dann hieß es: aus die Maus. Sie kontrollierten inzwischen die ganze Stadt. Kannten alles und jeden. Vor denen konnte niemand etwas verbergen. Aber zumindest versuchen musste er es.

Er legte den fertigen Joint auf den Tisch, ging in den Flur, schleppte Franz von dort in das Zimmer mit dem Schrank, nahm die unteren Einlegebretter aus demselben heraus und stopfte ihn stattdessen hinein. Vorher hatte er ihm sicherheitshalber noch einen Knebel verpasst. Für den Fall, dass er aufwachen sollte. Nicht, dass er noch die ganze Nachbarschaft zusammenschrie. Danach sperrte er die Schranktür ab und steckte den Schlüssel in seine Hosentasche.

Bleib bloß ruhig, wenn die Jungs kommen. Du musst unbedingt total cool bleiben, Mann. No worries. Einfach nur den Stoff entgegennehmen und die Lieferung bezahlen. Wie immer. Und dann möglichst schnell von hier verschwinden. Bevor die Kollegen von diesem Wurmdobler die Bude stürmen. Verdammt noch mal. Jetzt wird es aber wirklich eng. Er nahm seine Papiere von der Anrichte im Flur und steckte sie in die Hosentasche. Dann holte er schnell das Geld und den Stoff, den er noch übrig hatte, aus der Matratze in seinem karg eingerichteten Schlafzimmer, packte alles in die Sporttasche, zog sich an, setzte sich an den Küchentisch, rauchte den Joint an und wartete. Keine zwei Minuten später läutete es zum dritten Mal an diesem Abend. Er eilte zur Tür und öffnete.

»Alles klar, Alter?« Die zwei jungen russischen Männer in Schwarz, die vor ihm standen, sahen ihn fragend an. Er hatte sie gleich wiedererkannt. Der mit der Kappe war Sergei. Der andere hieß Iwan. Beide waren groß und kräftig gebaut. Beide hatten kantige Gesichter, in denen nicht das Geringste zu lesen war.

»Alles klar, Leute. Kommt rein.« Er führte sie in die Küche und grinste, so cool er konnte. »Wollt ihr?«, fragte er und zeigte auf die einsam vor sich hin qualmende Haschischzigarette im Aschenbecher.

»Jetzt nicht«, wehrte Sergei ab. »Erst das Geschäft.«

»Klar. Und? Habt ihr den neuen Stoff für mich?«

»Klar. Hast du die Kohle?« Sergei redete. Iwan schwieg. Er stand einfach nur da.

»Klar, Mann. Hier.« Fridolin gab Sergei die 20.000 Euro, die sie gestern am Telefon abgemacht hatten.

»Cool, Mann. Und hier ist die Ware. Koks, Heroin, Shit und ein paar Tabletten. Alles wie besprochen. Sieh ruhig nach.« Sergei reichte ihm eine prall gefüllte Plastiktüte.

»Brauch ich nicht. Ich vertraue euch, Jungs. Wir arbeiten jetzt schon so lange zusammen …«

»Was ist los, Mann? Hast du etwa keine Zeit für uns?« Sergei baute sich bedrohlich vor ihm auf.

»Doch. Natürlich. Aber etwas eilig habe ich es auch. Ich bin gleich verabredet. Die Ware soll ja an den Mann gebracht werden. Oder?«

»Okay, Mann. Geschäfte. Verstehen wir doch. Na gut. Wir gehen dann mal wieder.« Der Russe entspannte sich wieder.

»Alles klar, Jungs. Ich bring euch noch zur Tür.« Gerade als Fridolin öffnen wollte, um sie herauszulassen, hörte man ein lautes Klopfen aus dem Zimmer mit dem Schrank.

»Was war das, Alter?« Sergei blieb stehen und blickte in die Richtung, aus der das Geräusch gekommen war.

»Was meinst du?«

»Na, das Klopfen. Da hat doch gerade jemand geklopft. Oder spinne ich schon?«

»Ach so, das. Das ist mein Nachbar. Der renoviert gerade seine Bude.«

Es klopfte wieder und man hörte jemanden dumpf schreien.

»Aha. Renovieren tut er. Und jetzt hat er sich auf den Daumen geklopft, oder was?«

»Ja, klar, sicher. Der Typ hat echt zwei linke Hände. Der kann nicht mal seine Tür aufsperren, ohne dass ihm sein Schlüssel dabei zweimal runterfällt.« Fridolin war davon überzeugt, dass er gerade ein Gesicht machte, das nicht den geringsten Zweifel an seiner Ehrlichkeit zuließ.

»Red doch keine Scheiße, Mann. Willst du uns verarschen?« Sergei traute ihm offensichtlich trotzdem nicht über den Weg.

»Also gut, ich geb's zu. Ihr habt mich erwischt. Ich habe einen Bullen im Schrank versteckt.« Er grinste frech, als hätte er einen besonders guten Witz gemacht.

»Einen Bullen im Schrank versteckt?« Sie sahen ihn mit todernsten Mienen an. Das war's, dachte er. Jetzt ist alles aus und vorbei.

»Ha, ha, ha. Geil, Mann!«, brach es dann gleichzeitig aus ihnen heraus.

»Du bist vielleicht ein verrückter Vogel«, dröhnte Sergei. Er fuhr sich mit der Hand über seine Kappe und rückte das Schild zurecht. »Einen Bullen im Schrank versteckt. Ich schmeiße mich weg. So sagt man doch?« Er wollte gar nicht mehr aufhören zu lachen.

»Mann, oh Mann. So eine Scheiße!«, rief Iwan und klopfte Fridolin ein paarmal kräftig anerkennend auf die Schulter. »Wahnsinn, Alter«, fuhr er fort. »Alles klar. Mach's gut. Bis zum nächsten Mal.«

Sie drehten sich um und polterten bestens gelaunt die Treppe hinunter. Gott sei Dank. Gerettet. Fridolin packte hastig den Stoff zu seinen anderen Sachen in die Sporttasche, zog seine wärmsten Klamotten an und verließ schnell die Wohnung. Diesen Wurmdobler ließ er sicherheitshalber im Schrank liegen. Er würde später die Polizei anrufen und ihnen sagen, wo sie ihn finden konnten. Jetzt wollte er erst mal zu dem leer stehenden Haus am Stadtrand fahren, in dem er schon öfter Zuflucht gefunden hatte, wenn er einmal untertauchen musste. Es zog dort um diese Jahreszeit zwar eiskalt durch die Ritzen. Aber er wäre wenigstens in Sicherheit. Und dann würde er schon sehen, wie alles weiterging. Auch das mit diesem Mädchen, dieser Sabine.

20

Es war neun Uhr. Max saß am Tresen der Bar, in der er gestern mit den Holländerinnen gefeiert hatte, und wartete auf Johanna. Er hatte den ganzen Nachmittag und Abend über versucht, sie anzurufen. Doch ihr Handy war nach wie vor abgeschaltet. Noch eine Nachricht wollte er ihr nicht hinterlassen. Das hätte ja regelrecht aufdringlich ausgesehen. Also war er vorhin mit dem Taxi hierher gefahren und hatte sich an die Bar gesetzt. In der stillen Hoffnung, dass sie seine erste Nachricht abgehört hatte und ebenfalls kam.

Franz hatte sich nicht mehr gemeldet. Und war auch selbst nicht mehr zu erreichen. Wieso haben eigentlich alle Leute ein Handy, wenn sie sowieso nicht rangehen oder es dauernd nur ausgeschaltet lassen, fragte er sich kurz und gab sich selbst die Antwort. Weil die, genau wie du, keine Lust haben, andauernd mit so einem ungesunden funkenden Herzschrittmacher durch die Gegend zu laufen. Und aufladen musste man es ja schließlich auch noch andauernd, wenn es im Dauerbetrieb lief. Und dabei vergaß man es dann natürlich wieder irgendwo. Zum Beispiel im Badezimmer, unter dem frischen Wäscheberg auf der Waschmaschine, wo man es vorhin an das Netzgerät angeschlossen hatte. Und, und, und …

Wahrscheinlich hatte Franz niemanden in der Klenze-straße 19f angetroffen und war gleich zu sich nach Hause oder noch auf ein Bier gegangen. Gleich morgen Vormit-tag würde er es wieder bei ihm versuchen. Er hätte wirk-lich zu gern gewusst, wo Sabine denn nun abgeblieben war. Dann würde er endlich seinen Urlaub in aller Ruhe genießen können. War sie bei ihrem neuen Freund? Oder ganz woanders? Herrschaftszeiten. Man verschwand doch nicht einfach so. Ohne irgendjemandem irgend-etwas zu sagen. Oder doch? Und jetzt auch noch dieser merkwürdige Erpresserbrief. Und diese andauernden Anrufe von Anneliese und Monika. Der reinste Stress. Durfte man denn selbst gar nicht mehr leben?

Beim letzten Anruf Monikas hatte er ihr dann auch gesagt, dass genug telefoniert worden sei und dass er sich schon von selbst melden würde, wenn er etwas Neues wüsste. Franz habe ihm versprochen, er schaue bei diesem Glanzeder in der Klenzestraße 19f vorbei. Und sobald der sich wieder bei ihm rührte, wüsste man bestimmt mehr. Aber bis dahin hätte er keine Lust mehr, andauernd ans Telefon zu gehen. Und das müsste sie bitte auch verstehen. Schließlich hätte er Urlaub. Und etwas ganz Schreckliches würde Sabine schon nicht pas-siert sein. Junge Leute würden eben manchmal einfach Dinge tun, die ihre Eltern und andere Erwachsene nicht verstehen könnten. Monika hatte daraufhin zwar belei-digt aufgelegt, aber das war ihm egal. Genug ist genug, hatte er sich gesagt. Irgendwann muss ich auch mal an mich denken.

Doch als er jetzt so allein am Tresen saß, holten ihn die Gedanken an die leidige Sache wieder ein. Und ein paar Zweifel gesellten sich dazu. Warum rief Franz nicht an? War ihm etwas zugestoßen? Ist Sabine doch entführt worden? Und war der Erpresserbrief etwa gar kein dummer Lausbubenstreich, wie er die ganze Zeit über angenommen hatte? Möglich wär's. Oder war es ganz anders? Dann holte ihn die Realität wieder ein. Jemand stand hinter ihm und klopfte ihm sanft auf die Schulter. Er drehte sich um.

»Gott sei Dank!«, rief er erleichtert aus. »Da bist du ja, Johanna. Ich hatte schon ein schlechtes Gewissen, weil ich nicht bei der Hütte war. Aber den ganzen Tag läutete mein Telefon wegen dem Mädchen, das ich finden soll. Und dann war es schon zu spät zum Skifahren. Und du bist nicht an dein Telefon gegangen, obwohl ich es immer wieder versucht habe …«

Sie unterbrach seinen Wortschwall, indem sie ihm ihren Zeigefinger auf den Mund legte und ihn einfach nur anlächelte. Und innig küsste. »Sorry, Max. Aber ich war mit Ruth in Kufstein«, erklärte sie, als sie wieder reden konnte. »Wir waren beim Shoppen und haben uns die Burg angeschaut. Und Essen waren wir auch. Ich hatte mein Handy im Hotel vergessen. Und konnte deine Nachricht erst vorhin abhören.«

»Ach, dann warst du nicht bei der Hütte oben?«

»Nein, tut mir leid. Ich wollte dir noch Bescheid geben. Aber leider hatte ich deine Nummer nicht, und dann vergaß ich es ganz in der Hektik.«

»Macht nichts, Johanna«, sagte er. »Ich war ja, wie gesagt, auch nicht dort. Hauptsache, du bist jetzt hier.« Er strahlte sie selig an und nahm sie noch einmal in die Arme.

»Hast du sie gefunden?«

»Wen?«

»Das Mädchen. Sabine. Du hast in deiner Nachricht gemeint, dass es viel Hektik wegen ihr gab.«

»Ach so. Nein. Aber sie ist wieder in München. Für mich ist der Fall hier oben abgeschlossen. Super. Oder?«

»Toll. Gott sei Dank ist ihr nichts passiert.«

»Ja. Das nehme ich auch schwer an. Aber jetzt zu uns beiden. Was möchtest du trinken?« Anderes Thema, Raintaler. Sabine hat dir eh schon den halben Urlaub versaut.

»Dasselbe wie gestern?«

»Klar. Super. Machen wir. Wie geht es dir?« Er lachte sie überglücklich an.

»Hervorragend.«

»Super. Moment, bitte.« Max drehte sich zu dem jungen Barmann im Trachtenjanker um und bestellte zwei Caipirinha.

»Der ekelhafte Katertrunk von Marias Mutter hatte durchschlagende Wirkung«, meinte sie, als er damit fertig war. »Mir geht es schon den ganzen Tag lang gut wie seit Jahren nicht mehr. Oder sollte das etwas mit uns beiden zu tun haben?«

Sie sah ihn lange an und sie küssten sich gleich noch einmal. Danach gab er ihr seine Handynummer. Für alle Fälle. Eine halbe Stunde darauf traf Ruth mit ihrem Skilehrer, der sich ihnen als Markus vorstellte, ein. Und schon bald darauf herrschte wieder die allerbeste Urlaubs- und Partystimmung.

»Was bist du eigentlich für ein Sternzeichen?«, fragte Ruth Max, nachdem sie allen vorher verkündet hatte, dass sie selbst ja nur deshalb eine so erfolgreiche Geschäftsfrau sei, weil sie im Sternzeichen des Skorpions geboren sei.

»Das sage ich dir nur, wenn du mir sagst, was für eine Art Geschäftsfrau du bist.« Er grinste sie an.

»Das ist kein Geheimnis. Ich bin Galeristin in Amsterdam. Und unsere liebe Johanna hier ist eine meiner erfolgreichsten Künstlerinnen.«

»Künstlerin?« Max sah Johanna überrascht an.

»Es stimmt. Ich bin Malerin, um genau zu sein.«

»Ja, da schau her.« Er staunte nicht schlecht. »Wenn man es ganz genau nimmt, bin ich ja auch so was wie ein Künstler«, gestand er dann und kratzte sich verlegen an der Nase.

»Nein!« Jetzt waren Johanna und Ruth an der Reihe, überrascht die Augen aufzureißen.

»Doch. Ich spiele Gitarre und singe. Blues, Country und ausgewählte Rock- und Folknummern. Seit meiner Jugend. Vor ein paar Jahren habe ich sogar ein paar Platten mit selbstgeschriebenen Songs aufgenommen.«

»Ehrlich? Da musst du ja unbedingt auf Johannas nächster Vernissage spielen«, schlug Ruth sofort vor.

»Na klar. Mach ich doch glatt!« Max gefiel sich in der Rolle des begehrten Stars, obwohl er natürlich ganz genau wusste, dass das Musikspielen inzwischen nur noch ein geliebtes Hobby für ihn war. Seine Ambitionen, damit zu Ruhm und Reichtum zu kommen, hatte er schon vor 20 Jahren aufgegeben. Als seine damalige Plattenfirma ihn fallengelassen hatte, da sich seine zweite Single nicht besonders gut verkaufen ließ. Er hatte in den zwei Jahren darauf noch ein paar Stücke bei einem kleineren Label herausgebracht. Gleichfalls ohne großen kommerziellen Erfolg, da denen das Geld für die nötige Promotion fehlte. Daraufhin hatte er dann eingesehen, dass seine Bemühungen in dieser Richtung wohl nicht sehr weit führen würden, und den vergleichsweise sicheren Beruf bei der Polizei ergriffen. Er spielte und sang aber nach wie vor gerne. Mal bei Monika in der Kneipe, mal in Schwabing. Mal in Rosenheim. Ganz, wie es sich ergab.

»Aber die Kunst des Skifahrens ist auch eine Kunst. Dass ihr das bloß wisst.« Markus wollte unter so vielen kreativen Berühmtheiten natürlich nicht wie ein Depp dastehen.

»Ja, logisch. Auf jeden Fall«, bestätigte Max und nickte heftig mit dem Kopf. »Skifahren ist sogar eine hohe Kunst.«

»Das wissen wir doch alle, Markus!«, gurrte Ruth und schmatzte ihrer stolzen Eroberung ein verliebtes Bussi auf die Backe.

»Also, Max. Jetzt aber raus mit der Wahrheit. Welches Sternzeichen?«

»Also gut. Ich bin Waage.«

»Na, wie charmant. Das passt doch wie die Faust aufs Auge. Ein Liebhaber der schönen Künste und eine Frau, die die Malerei zu ihrem Lebensinhalt erhoben hat. Johanna, du bist ja ein noch größerer Glückspilz, als ich bis jetzt dachte.« Ruth gab Markus gleich noch schnell ein Küsschen, damit bei ihm bloß keine Eifersucht aufkam.

»Waage …, total schön«, sagte Johanna zu Max. »Ich bin nämlich Zwilling. Und Zwilling und Waage passen super zusammen.« Sie sah ihm in die Augen und prostete ihm zu.

»Trinkt ihr immer alleine?« Ruth hatte ebenfalls ihr Glas gehoben und alle stießen bestimmt zum achten Mal miteinander an.

Was war denn Monika eigentlich für ein Sternzeichen? Stier oder Krebs? Nein, keins von beidem. Genau. Jetzt fiel es ihm wieder ein. Sie war Widder. »Und wie passen Waage und Widder zusammen?«, fragte er in die Runde.

»Wieso willst du das denn wissen, Max? Hast du uns etwas verheimlicht?« Ruth hob im Scherz ihren rechten Zeigefinger und drohte ihm damit.

»Natürlich nicht. Aber ein alter Freund von mir ist Widder.« Max machte ein neutrales Gesicht. Er wusste nicht, warum er das so ins Spiel brachte. Er hätte ja genauso gut ›Eine alte Freundin von mir ist Widder‹ sagen können. Aber das wollte ihm anscheinend nicht über die Lippen kommen.

»Na gut. Wenn das so ist«, meinte Johanna erleichtert und lachte. »Also, Widder und Waage passen normalerweise überhaupt nicht zusammen. Das funktioniert in der Regel gar nicht, sagen die Astrologen. Aber es gibt auch Ausnahmen. Das hat dann etwas mit dem Aszendenten zu tun.«

»Ach, wirklich? Ja, da schau her.«

»Bestimmt. Ich schwöre es.« Johanna hob die rechte Hand und legte die linke auf seinen Unterarm.

»Ich glaube nicht an den ganzen Hokuspokus«, mischte sich Markus wieder ins Gespräch.

»Ich auch nicht«, stimmte ihm Max zu.

»Aber die Sterne lügen nicht«, beharrte Johanna. »Niemals.«

»Stimmt!«, pflichtete Ruth ihr bei. »Markus ist zum Beispiel ein Fisch. Und das passt perfekt zu einer Skorpionfrau wie mir. Ihr seht also, dass den Sternen durchaus zu trauen ist.«

»Wenn ihr Lust habt, lade ich euch später alle noch zu mir nach Hause ein. In den Partyraum. Ich sage noch ein paar Freunden Bescheid. Und dann feiern wir dort weiter. Hier ist heute eh nicht viel los. Was meint ihr?« Der skifahrende Fisch glubschte gut gelaunt in die Runde.

»Super Idee!« Max war alles recht, was nicht weiter mit den Themen Sternzeichen und gut zueinander passende Liebespaare zu tun hatte. Es berührte ihn gerade irgendwie unangenehm.

»Jawohl! Ich bin natürlich dabei!«, rief Ruth.

»Ich komme auch mit.« Johanna nahm Max fest in den Arm und küsste ihn erneut. Der fühlte sich nicht unbedingt unwohl dabei. Aber das andauernde Knutschen begann ihm doch ein kleines bisschen zu viel zu werden. Warum das so war, hätte er nicht sagen können. Waren seine Gedanken an Monika daran schuld? Wohl eher nicht. Es war einfach so. Ohne besonderen Grund. Oder war es doch wegen Monika?

Als sie eine halbe Stunde später vor der Tür in der kalten Nachtluft standen und auf ihr Taxi warteten, fuhr die schwarze Limousine, die ihm gestern schon aufgefallen war, zufällig wieder vorbei. Er sah nur den Fahrer und zwei Männer im Fond. Die Frau, die die beiden das letzte Mal zwischen sich gehabt hatten, war diesmal nicht dabei. Irgendwas ist doch faul mit denen. Ich weiß zwar nicht, was. Aber mein Spürnäschen sagt mir das einfach.

Egal, Raintaler. Du hast Urlaub, denk daran. Und pensioniert bist du außerdem. Und im Ausland noch dazu. Also, was geht's dich an. Obwohl …

21

Die Tür öffnete sich. Die Schritte, die sich ihr näherten, waren leiser als sonst. Und schneller. Und die Hand, die ihren Hinterkopf anhob, damit sie trinken konnte, war kleiner. Sie bekam zum ersten Mal ausreichend Wasser. Durfte die ganze Flasche austrinken. Bekam keine Faustschläge. Keine Tritte. Die Stimme klang nicht wie sonst, sondern viel höher und weicher. Sie musste einer Frau gehören. Sie sprach leise und beruhigend auf sie ein. Wieder in dieser fremden Sprache. Jedoch ohne zu schimpfen. Dann bekam sie zu essen. Schlang gierig herunter, was ihr auf der Gabel gereicht wurde. Das Essen war gut. Sie schmeckte Nudeln heraus und Gulasch. Aß alles auf.

Dann hörte sie, wie sich die leisen Schritte ein Stück weit entfernten und gleich darauf wieder zurückkamen. Sie spürte etwas Weiches, Warmes auf der Haut. Eine Decke. Ihre Fesseln wurden ein Stück weit gelöst, sodass der Schmerz in ihren offenen Wunden etwas nachließ. Sie stöhnte kurz erleichtert auf. Wollte sich bedanken, brachte jedoch kein Wort heraus. Irgendetwas schien ihre Gedanken auf dem Weg nach draußen zu blockieren. Obwohl sie genau wusste, was sie sagen wollte, hatte sie im Moment nicht die geringste Ahnung, wie man das ausdrückte. Sie brachte lediglich ein kurzes Röcheln zustande. Dann weinte sie. Die kleine Hand strich ihr über den Kopf. Dann entfernten sich die leisen Schritte wieder. Die Tür wurde geöffnet und gleich wieder geschlossen. Sie war allein.

Als kleine Kinder hatten sie und ihre Schwester sich einen Spaß daraus gemacht, mit verbundenen Augen durch das Haus der Eltern zu gehen. Möglichst ohne dabei etwas umzuwerfen. Sie hatten sich nur auf ihr Gehör, ihren Geruch und ihren Tastsinn verlassen. Genau wie sie das im Moment auch tat. Nur mit einem kleinen Unterschied. Damals konnten sie ihre Binden jederzeit wieder abnehmen. Hier konnte sie das nicht. Egal, wie sehr sie sich bemühte. Unter starken Schmerzen versuchte sie, ihre Fesseln loszuwerden. Jetzt, da sie gelockert waren, könnte es ihr gelingen. Mist. Es gelang nicht. Jedenfalls noch nicht. Erschöpft legte sie sich auf die Seite und wartete, bis sich ihr keuchender Atem wieder einigermaßen beruhigt hatte. Dann startete sie einen neuen Versuch. Sie musste hier raus, bevor sie ihr noch Schlimmeres antaten als bisher. Unbedingt. Koste es, was es wolle.

22

Max war vor zehn Minuten aufgewacht, hatte kurz seinen Blutdruck gemessen und eine Tablette eingenommen, sich dann angezogen und war ohne Johanna, die noch tief schlief, in den Frühstücksraum an seinen Tisch hinuntergegangen. Er musste einfach mal wieder für ein paar Minuten alleine sein. Als Maria ihm den Kaffee hinstellte, betrachtete sie ihn mit einem kurzen, kritischen Blick, ging wieder in die Küche und kam mit einem frisch gefüllten Krug von Omas Katergetränk zurück. Sie stellte den Tiroler Wundertrank lächelnd auf dem Tisch ab, legte eine Tageszeitung daneben und verdrückte sich hinter ihren Tresen.

Eine gute Wirtin spürte einfach, wann ein Gast nicht reden wollte. Max schluckte ein Glas von der kalten braunen Brühe hinunter, goss sich anschließend einen Kaffee ein und wollte gerade sein Frühstücksei köpfen, als ihm auf einmal Franz einfiel. Er rief gleich auf dessen Handy und in seinem Büro an. Und hatte kein Glück. Auch zu Hause bei seiner Frau war er nicht zu erreichen. Sandra raunzte nur irgendeine abfällige Bemerkung über Männer und ihre Midlifecrisis in den Hörer. Um sie nicht noch mehr aufzuregen, verriet er ihr nichts von der Abmachung, die er und ihr Mann gestern Abend getroffen hatten, sondern rief lieber gleich bei Monika an. Die Kollegen von Franz wollte er zunächst aus der

Sache heraushalten. Er war sich nicht sicher, ob es seinem Freund recht gewesen wäre, vor seinem Chef eventuell eine, streng genommen, illegale Hausdurchsuchung rechtfertigen zu müssen.

Monika gab sich zwar am Anfang noch verschnupft wegen ihres letzten Telefonates gestern, bei dem er sie ja so genervt abgewürgt hatte. Dann lenkte sie aber gleich ein, weil ihr bewusst wurde, dass Max und Franz die ganze Zeit über auch nichts anderes als helfen wollten, und versprach, gleich mal rüber in die Klenzestraße zu fahren, um dort nach dem Rechten zu sehen. Ihr würde schon einfallen, wie sie sich Zugang zu der Wohnung von diesem Glanzeder verschaffen würde. Sobald sie mehr wüsste, würde sie sich wieder bei ihm melden.

Er legte auf und vertiefte sich in die ›Kleine Zeitung‹, die hier jeder gerne las, weil sie über alles Mögliche aus der Region berichtete. Der Aufmacher auf Seite eins war: ›Der Anschlag auf die Streif! Bekennerschreiben aufgetaucht. Radikale Splittergruppe der Tiroler Bergbauern fordert mehr Unterstützung von der EU!‹ Das Attentat auf die Skipiste sei erst der Anfang, um auf die Existenznot der vernachlässigten Randgruppe aufmerksam zu machen, hieß es in dem Artikel darunter. Weitere Aktionen würden folgen, wenn nicht bald etwas geschähe, sprich umfangreiche Subventionen flössen. Die anderen Bergbauern distanzierten sich deutlich von dem Attentat. Ihr Sprecher bezeichnete die Aktivisten als depperte Chaoten, die sich nur wichtig machen würden. Mit den wahren Bergbauern hätten sie nicht das Geringste zu tun. Ja, da schau her, staunte Max. Die waren das also. Manche Leute machen es sich schon verdammt einfach.

168

Was wäre denn los, wenn jeder, der mit seiner Situation unzufrieden ist, gleich damit anfinge, Bomben zu schmeißen? Dann könnten wir uns doch bald alle von unserer schönen Welt verabschieden. Oder etwa nicht? Gott sei Dank ist bei der Explosion vorgestern ja niemand verletzt worden, sagte er sich und blätterte kopfschüttelnd weiter. Dabei blieben seine Augen auf dem Bild einer toten Frau und der kleinen Schlagzeile darüber hängen.

›Tote Frau am Fuße der Streif aufgefunden!‹

Er sah sich die Aufnahme genauer an und war sich fast sicher, dass er sie schon einmal gesehen hatte. Er konnte sich im Moment nur nicht genau daran erinnern, wo das gewesen sein könnte. Kein Wunder, bei dem dicken Kopf, den er aufhatte.

Sie waren gestern noch bei Markus gewesen. Hatten dort etliche Honoratioren der Stadt mitsamt ihren pelzgeschmückten Gattinnen oder Freundinnen kennengelernt und natürlich mit ihnen getrunken. Dann hatte ein süddeutscher Wurstfabrikant mit sehr viel Geld alle noch auf eine Party in einem angesagten Kitzbüheler Club eingeladen. Eintritt, Getränke und Essen gingen auf seine Kappe, hatte er gemeint. Ruth war ganz wild darauf gewesen, mit dem Wurstmenschen und seinem bunten Schnorreranhang mitzugehen, und hatte Max und Johanna regelrecht genötigt, auch dabei zu sein. Okay, hatte er sich gedacht, wenn ich sowieso schon unterwegs bin, kann ich auch noch eine Weile weiterfeiern. Vielleicht hört dann wenigstens die ununterbrochene Knutscherei auf. Johanna hing inzwischen nur noch wie eine Klette an ihm. Sie hatte ihn mit niemand anderem mehr reden lassen, mit Frauen schon gar nicht.

Als er dann in dem schick mit dunklem Holz eingerichteten, gut besuchten Nachtlokal auf die Toilette gehen musste, hatte er seine Chance genutzt und war erst eine halbe Stunde später wieder an seinen Platz zurückgekehrt. Johanna hatte alleine dagesessen und finster vor sich hingestiert. Hatte ihn gefragt, ob er etwas gegen sie habe. Wenn ja, dann könne er das gleich zugeben. Schließlich müsse er nicht neben ihr sitzen und sich mit ihr unterhalten. Und ein Liebespaar müssten sie auch nicht werden. Und wenn ihn ihre Zärtlichkeiten stören würden, könne sie sich ebenso gut jemand anderen suchen, mit dem sie ihren letzten Urlaubsabend verbringen würde, bevor es morgen wieder nach Hause ginge.

Gleich nach dem letzten Satz waren ihr die Tränen in die Augen geschossen und sie hatte sich sofort bei ihm entschuldigt. Es stehe ihr nicht zu, ihn für sich alleine haben zu wollen. Aber sie sei halt nun mal so schrecklich verliebt in ihn und morgen müsse sie zurück. Und deswegen sei sie so traurig. Max hatte sie tröstend in den Arm genommen. Und von da an war sie für den Rest des Abends weiterhin wie ein beschwipster Wintermantel an ihm drangehangen.

»Herrschaftszeiten, das bist doch du? Ich kenne dich doch«, stieß er jetzt im halbvollen Frühstücksraum aus.

Er hatte immer noch das Bild der Toten vor sich. Sie wäre mit mehreren Schüssen in den Kopf umgebracht worden, hieß es ein paar Zeilen weiter unten.

»Du bist doch die junge Lady, die mit den zwei Gangstertypen in die schwarze Limousine gestiegen ist. Oder? Zumindest könntest du es sein. Wusste ich es doch, dass mit denen etwas nicht stimmt«, murmelte er leiser vor sich hin. »Aber vielleicht täusche ich mich auch und du warst es gar nicht. Woher soll man das so genau wissen? Es war ja jedes Mal dunkel, wenn ich euch sah.«

Er blätterte weiter. Aber interessiert hätte ihn die Sache mit der toten Unbekannten schon. Wenn der Raintaler die Fährte aufgenommen hat, ist er nicht mehr zu stoppen, hatten seine Kollegen früher immer gesagt. Ach was. Schluss mit dem Unsinn. Du bist zum Skifahren hier. Und genau das wird heute getan. Sonst nichts. Verdächtige Russen hin, verdächtige Russen her.

23

Franz trat bestimmt zum hundertsten Mal gegen die Holzwand zu seinen Füßen und rief, so laut es sein Knebel zuließ, um Hilfe. Er wusste nicht, wie lange er schon eingeklemmt dalag. Es war dunkel um ihn herum. Lediglich durch einen schmalen Spalt links von ihm kam von Anfang an etwas Licht in sein enges Verlies. Als er aufgewacht war, hatte er sich kurz umgesehen und gleich gewusst, dass ihn dieser Mistkerl von Glanzeder in einen Schrank gesperrt haben musste, nachdem er ihn ausgeknockt hatte. Und ganz offensichtlich in einen äußerst stabilen Schrank. Seit Stunden versuchte er, die Seitenwand mit den Füßen wegzutreten. Keine Chance.

Glanzeder selbst schien nicht mehr in der Wohnung zu sein. Die ganze Zeit über war nicht das geringste Geräusch zu vernehmen. Keine Schritte, kein Schnarchen, kein Atmen. Nichts. Langsam war er mehr als angefressen von der unerfreulichen Situation. Sein Getrampel und Geschrei schienen nicht viel zu nützen. Alles tat ihm weh. Und seine auf den Rücken gefesselten Arme spürte er schon lange nicht mehr. Zigmal hatte sein Handy geläutet und er hatte nicht rangehen können. Da werde ich wohl oder übel darauf warten müssen, dass mich jemand vermisst. Er hielt inne. Was war das? Hatte er gerade ein Geräusch gehört. Nein. Mist. Doch. Da war es wieder. Da näherten sich doch Stimmen. Dann hörte er, wie die Wohnungstür geöffnet und gleich darauf wieder geschlossen wurde. Er trat und schrie, was das Zeug hielt. Auf einmal öffnete sich die Schranktür und er sah zunächst nur helles Licht. Dann entdeckte er jemanden darin. Monika. Ganz in Weiß. In Anorak und Jeans. War sie es wirklich? Logisch. Woher wusste sie, dass er hier war? Bestimmt von Max. Gott sei Dank.

»Ja, Franzi!«, rief sie offensichtlich sehr erleichtert. »Da hast du dir aber kein sehr bequemes Nachtlager ausgesucht.«

»Servus, Moni. Was machst du denn hier?«, krächzte er heiser, nachdem sie seinen Knebel entfernt hatte.

»Max hat mich vorhin angerufen und mir die Adresse hier gegeben«, erwiderte sie. »Und nachdem du seit gestern weder bei dir zu Hause noch im Büro gesehen wurdest, bin ich gleich hergefahren. Ich lass doch meinen zweitbesten Stammgast nicht einfach so in einem Kleiderschrank verkümmern. Wo denkst du nur hin?«

»Gott sei Dank. Das war knapp. Noch ein paar Jahre länger und ihr hättet nur noch meine Knochen da drin gefunden. Aua, mein Kopf. Der Kerl hat mir voll eins draufgegeben.«

Sie löste flink seine Fußfesseln. Dann half sie ihm auf die Beine und befreite seine tauben Arme. »Geht's?«, erkundigte sie sich besorgt.

»Nicht so gut. Ich war ohnmächtig. Wie lange, weiß ich nicht.« Er blickte kurz nachdenklich ins Leere.

»Da solltest du aber unbedingt zum Arzt.«

»Nur, damit der mich dann ein paar Wochen lang krankschreibt? Nix da. Erst erwisch ich diesen Burschen.«

»Aber nicht in deinem Zustand. So hast du keine Chance gegen ihn. Lass uns lieber so schnell wie möglich abhauen. Nicht, dass der Kerl auf einmal mit Verstärkung zurückkommt und wir landen beide im Schrank.«

»Wäre doch auch mal lustig. Aber du hast recht, Moni. Lass uns verschwinden.«

Sie grinste flüchtig über seinen blöden Spruch. Dann legte sie ihren Arm um ihn und schob ihn eilig zum Zimmer hinaus. »Du gehst auf jeden Fall zum Arzt«, sagte sie leise, als sie die Tür zum Treppenhaus öffnete.

»Ach was. Unkraut verdirbt nicht.«

»Psst.« Sie horchte ins Treppenhaus hinunter, ob ihnen jemand entgegenkäme. Nichts. Gott sei Dank. Während sie die ersten Stufen betraten, versuchte er, seine Arme durch vorsichtiges Heben und Senken wieder zum Leben zu erwecken.

Als sie im Erdgeschoss ankamen, war es so weit. Wie von tausend winzigen Nadelstichen begann es in ihnen zu stechen und zu brennen. Sie traten auf den Gehsteig hinaus. Gott sei Dank. Geschafft. Kein Glanzeder samt Verstärkung weit und breit.

»Wieso grinst du schon wieder?«, wollte er wissen, während sie zu Monikas Auto auf die andere Straßenseite hinübergingen.

»Ach, nichts.«

»Aber du grinst doch.«

»Na gut. Ich musste gerade an das Bild von dir in diesem engen Schrank denken. Und da musste ich grinsen.« Sie gackerte los.

Alberne Nudel, dachte er gutmütig. Da ist man um Haaresbreite dem Tod entronnen und die hat nichts Besseres zu tun, als einen auszulachen. Na ja. Sah wohl auch merkwürdig aus. Gefühlt hab ich mich jedenfalls wie zwei Zentner Presswurst. Beim Thema Gewicht fiel ihm siedend heiß seine sportliche, schlanke und ihn immer wieder gerne nervende Frau und persönliche Diätberaterin ein. »Ach du Schande! Sandra. Die hat bestimmt kein Auge zugemacht. Ich muss sie sofort anrufen.« Hektisch wühlte er sein Handy aus der Anoraktasche.

»Ich glaube ja nicht, dass sie gut auf dich zu sprechen ist«, gab Monika zu bedenken. »Warte lieber noch damit. Wenn ich das bei meinem Anruf vorhin richtig verstanden habe, ist sie nämlich der Meinung, dass du wieder mal gründlich um die Häuser gezogen bist.«

»Äh, wie? Was?« Er blickte irritiert zu ihr hinüber.

»Ich glaube, sie denkt, du wärst fremdgegangen.«

»Ja, so ein Schmarrn! Ich habe doch nichts mit anderen Frauen. Das weiß sie doch ganz genau. Gut, das ein oder andere Bier schmeckt mir schon. Das ist ja bekannt. Aber mit anderen Frauen ins Bett. Niemals!« Franz lief vor lauter Empörung rot an.

»Ich glaube dir das ja. Aber glaubt sie es?« Monika hörte gar nicht mehr auf zu grinsen. Irgendetwas schien sie königlich zu amüsieren. Glaubte sie ihm etwa doch nicht? Oder fand sie die Vorstellung, dass er fremdging, so komisch?

»Ja, Herrschaftszeiten! So ein Mist.« Er stöhnte laut vor Wut und Schmerz auf, als er sich den haarlosen Kopf am Türrahmen stieß, und animierte Monika damit zu einer erneuten Lachsalve. Mit beiden Händen auf das Steuer einschlagend, kicherte und gluckste sie in sich hinein.

»Geh, Monika , jetzt hör halt mal mit dem saublöden Lachen auf. Beruhig dich halt wieder. Wie spät ist
es eigentlich?« Wer den Schaden hat, braucht für den
Spott nicht zu sorgen, dachte er.

»Zehn!«, kam es prustend aus ihrem Munde. »Entschuldige mein Gegacker, Franzi. Aber du hast wirklich
so blöd aus der Wäsche geschaut in diesem Schrank. Ich
reiß mich gleich zusammen. Wahrscheinlich ist es ja nur
die Erleichterung darüber, dass dir nichts passiert ist.«

»Aha. Also, ich brauche auf jeden Fall erst mal eine
Dusche. Sag mal. Wie bist du denn überhaupt in die Wohnung von diesem Glanzeder reingekommen?«

»Ich habe dem Hausmeister erzählt, dass ich seine
Mutter wäre und die Wäsche abholen müsste. Und habe
ihn gefragt, ob er mir aufsperren könne. Das war alles.«

»Und das hat der dir ohne Weiteres abgenommen?«

»Na klar. Können diese Augen etwa lügen?« Sie sah
ihn lange lächelnd an.

»Nein … Jessas! Herrschaftszeiten. Ich muss ja unbedingt die Kollegen anrufen. Dieser Fridolin Glanzeder
kommt sofort auf die Fahndungsliste. Der Mistkerl ent-
kommt mir nicht. Und wenn ich dafür ganz Bayern auf
den Kopf stellen muss. So viel ist sicher.«

Vorher rief er aber doch erst mal Sandra an, erklärte
ihr kurz, was vorgefallen war und dass er gleich nach
Hause kommen würde, um einen Bissen zu essen und
sich umzuziehen. Er merkte an ihrem Ton, dass sie ihm
glaubte. Sie versprach, mit dem Frühstück auf ihn zu
warten. Dann wählte er die Nummer des Präsidiums
und ordnete an, sofort eine Fahndung nach einem gewissen Fridolin Glanzeder rauszugeben. Wegen schwerer

Körperverletzung und Freiheitsberaubung eines Kollegen. Er wusste, dass alle Polizisten noch wachsamer und gründlicher bei ihrer Arbeit vorgehen würden, wenn es sich um ein Opfer aus ihren eigenen Reihen handelte. Der Gesuchte sei ungefähr einsachtzig groß, habe lange, dunkle Haare, einen langen, geflochtenen Kinnbart und sei um die 85 Kilo schwer. Dann gab er die Adresse von Fridolins Wohnung durch und wies an, auch gleich noch die Jungs von der Spurensicherung hinzuschicken, damit sie nach Fingerabdrücken und sonstigen Hinweisen auf den Entflohenen suchten.

Als er fertig telefoniert hatte, wollte er nur noch nach Hause. Seine Kopfschmerzen wurden immer stärker. Monika, die inzwischen völlig mit ihrer nervösen Alberei aufgehört hatte, lieferte ihn mit dem Auto vor seiner Haustür ab und empfahl ihm, den Dienst heute ausnahmsweise mal Dienst sein zu lassen. Er solle lieber doch noch zu seinem Hausarzt gehen und nachsehen lassen, ob er eine Gehirnerschütterung abbekommen habe. Spätfolgen seien in so einem Fall nicht auszuschließen. Und einen Dienstunfall sollte man generell immer amtlich feststellen lassen.

»Einen Dienstunfall schon, Moni«, erwiderte er, bevor er ausstieg. »Blöderweise war ich aber sozusagen in privater Mission unterwegs. Aber du hast schon recht. Nachschauen lass ich auf jeden Fall. Na, da wird Max ein paar schöne Runden ausgeben dürfen, für diesen kleinen persönlichen Gefallen, den ich ihm getan habe.«

»Sei nicht zu streng mit ihm«, bat ihn Monika. »Er wollte doch nur Anneliese helfen. Aber wie ich ihn kenne, gibt er dir trotzdem nur allzu gerne einen aus. Dann könnt ihr zwei wenigstens einmal wieder ungestört beieinandersitzen und über alte Zeiten reden.«

24

Max war gerade dabei, sich seine zweite Tasse von Marias köstlichem Kaffee einzuschenken, als Johanna wie aus dem Nichts vor dem Tisch stand.

»Guten Morgen, Max. War ich sehr schlimm?«, murmelte sie zerknirscht.

»Guten Morgen«, erwiderte er. »Nein. War schon okay.«

»Noch eine Kanne Katertrunk?«, rief Maria gleichzeitig fröhlich vom Frühstücksbüffet herüber, wo sie gerade die Wurst- und Käseplatten auffüllte.

»Oh Gott, bloß nicht! Igitt.« Die hübsche blonde Holländerin, die sich der Welt heute Morgen von ihrer zerknitterten Seite präsentierte, schüttelte sich. »Oder doch!«, räumte sie gleich darauf ein. »Ich habe solche Kopfschmerzen. Dann halte ich mir eben die Nase zu. Was war denn das nur für eine komische Party gestern?«

»Das Übliche, würde ich sagen. Ich kenne so was von München. Und hier in Kitzbühel ist es wohl nicht anders. Die Leute haben Geld. Sie wollen lachen. Sie trinken und essen. Und um das Renommee geht es dabei natürlich auch. ›Mein Haus, mein Boot, mein Auto.‹ Und darum, wer die besten und die meisten Hasen abschleppt. Zumindest bei den Männern.«

Johanna verzog unter Schmerzen ihr Gesicht, während sie sich zu ihm setzte. »Wie sind wir überhaupt hierher gekommen?«, erkundigte sie sich.

»Mit dem Taxi.« Max hob kauend seine Tasse an den Mund und trank einen großen Schluck, um damit den letzten Rest seiner Marmeladensemmel hinunterzuspülen.

Maria kam an den Tisch, schenkte Johanna ein gerüttelt Maß braune Wunderbrühe in ein großes Glas und reichte es ihr lächelnd, bevor sie gleich darauf wieder in ihre Küche zurückkehrte.

»Danke, Maria!«, rief ihr Johanna mit zittriger Stimme nach.

Sie leerte den geheimnisvollen Zaubertrank in einem Zug und verzog ihr Gesicht zu einer angewiderten Grimasse. »So viel Alkohol und so viele hohle Sprüche«, murmelte sie dann. »Das würde ich keinen Tag länger aushalten. Und mein armer Kopf erst recht nicht.«

»Müsst ihr zwei ja auch nicht.«

»Stimmt, Max«, fuhr sie fort. »Ich muss nicht auf blöde Promipartys gehen. Aber eins muss ich. Nach Hause. Und zwar schnell, fällt mir gerade ein. Wir fahren ja schon am Mittag. Und vorher muss ich noch packen. Könntest du mich zu meinem Hotel bringen?«

»Na klar. Kein Problem. Wenn meine Karre anspringt. Jetzt gleich?«

»Ja, bitte. Das wäre supernett von dir.«

»Na, dann komm«, forderte er sie auf und rief Maria ein kurzes »Bin gleich zurück!« zu.

Johanna umarmte die freundliche Wirtin zum Abschied und sauste ihm hinterher. Vorbei am längst wieder genesenen, in gewohnter Hochform dauerkläffenden Rex. Als sie zu Max in den Wagen stieg, gab sie ihm ein schnelles Bussi auf die inzwischen schon wieder leicht stachelige Backe.

»Entschuldige bitte meine übertriebene Anhänglichkeit gestern«, sagte sie dann. »Das war nicht in Ordnung. Aber ich war einfach zu blau. Ruth und ich haben schon am Nachmittag zu trinken angefangen. Ruth weniger, ich mehr. Bitte trag mir da nichts nach. Okay?«

Ihre Hände und ihre Stimme zitterten dabei wieder wie vorhin, als sie sich zu ihm gesetzt hatte. Sie muss ein sehr schlechtes Gewissen haben. Oder hat sie größere Probleme mit unserem kleinen Flirt, als ich bisher dachte? Ist sie am Ende verheiratet und hat mir bloß nichts davon gesagt? Wie auch immer. Ist ja sowieso vorbei. Nachher fährt sie heim.

»Aber natürlich trage ich dir nichts nach«, beruhigte er sie und lächelte sie offen, aber, wenn man ganz genau hinsah, nach wie vor auch ein kleines bisschen distanziert an.

Dann drehte er den Anlasser und staunte nicht schlecht. Der Motor schnurrte wie ein Kätzchen. Was haben Autos und Frauen gemeinsam, Raintaler, fragte er sich und gab sich gleich selbst die Antwort. Beide sind ein Buch mit sieben Siegeln für einen einfachen Mann wie dich.

Wenig später standen sie vor Johannas Luxusunterkunft mit den großzügigen Balkonreihen aus dunkel gebeiztem Holz, die auch einmal seine Bleibe hätte werden sollen. Er stellte seinen R4 am Rand der schneefreien Auffahrt ab, ließ den Motor sicherheitshalber laufen, stieg mit aus und umarmte sie fest.

»Schön war es mit dir, schöne Johanna. Wunderschön«, flüsterte er ihr ins Ohr. »Wenn alles passt, komme ich dich mal besuchen, da oben im flachen, hohen Norden. Was meinst du?«

»Ich würde mich sehr freuen, Max. Hier, meine Karte. Ruf einfach vorher an. Du bist immer willkommen.« Sie küsste ihn zärtlich auf den Mund, lächelte ihn danach noch einmal fröhlich an, drehte sich schnell um, bevor er ihre Tränen sehen konnte, und strebte mit wackeligen Schritten dem Eingang des Hotels entgegen. Max sah ihr eine ganze Weile lang nach. Stand da, wie bestellt und nicht abgeholt. Dann stieg er langsam in sein gutes, altes Auto.

Das war es also mit Holland. Na gut. Ihre Handynummer habe ich, und ihre Adresse und die Privatnummer jetzt ebenfalls. Vielleicht fahre ich wirklich mal zu ihr hoch. Warum auch nicht? Wenn ich es genau betrachte, ist sie doch sehr nett. Gestern Abend hat sie halt einfach zu viel getrunken. Genau wie vorgestern. Genau wie ich. Da ist man eben schräg drauf. Denke ich zumindest mal. Was soll's? Hat sie eigentlich meine Adresse? Wohl nicht. Es sei denn, ich hätte sie ihr gestern gegeben. Aber das wüsste ich. So blau war ich auch wieder nicht. Man wird sehen. Meine Handynummer hat sie auf jeden Fall. Er fuhr nach St. Johann zurück. Auf geht's, Raintaler. Schauen wir doch mal, wie sich die Pisten und Hänge an der Nordseite des Kitzbüheler Horns fahren lassen.

25

Anneliese öffnete den unfrankierten Umschlag, den sie gerade von ihrem Briefkasten mit hereingebracht hatte. Er sah genauso aus, wie der, in dem der Erpresserbrief gesteckt hatte. Und auch der Zettel darin war identisch. Mit zittrigen Fingern fischte sie ihn heraus.

›Um Punkt zwölf Uhr Hauptbahnhof‹, stand in der gleichen Computerschrift wie gestern darauf. ›Leg die 100.000 Euro in das Schließfach Nummer zehn und wirf den Schlüssel anschließend in einem braunen Umschlag in den Mülleimer neben dem Würstchenstand bei den Gleisen. Keine Polizei. Sonst geht's deiner Tochter schlecht.‹

Jetzt zitterte sie am ganzen Leib. Der kalte Schweiß brach ihr aus. Sie bekam kaum noch Luft. Zwei Stunden Zeit bleiben dir also, um das Geld abzuholen und zum Bahnhof zu fahren. Ruhig bleiben, Annie. Es nützt Sabine gar nichts, wenn du jetzt einen Herzinfarkt bekommst. Reiß dich zusammen. So schnell es ging, zog sie sich an, ließ alles stehen und liegen und lief aus dem Haus. Monika war zu Hause nicht zu erreichen. Na gut. Dann entscheidest du das halt jetzt alleine. Sie beeilte sich, auf die Bank zu kommen.

»Schönen guten Tag, Frau Rothmüller.« Die junge Frau mit dem streng zurückgekämmten Haar hinter dem Serviceschalter lächelte zuvorkommend. Sie war angehalten, sich Kunden gegenüber, die viel Geld auf ihren Konten hatten, besonders zuvorkommend zu erweisen. Und Anneliese hatte viel Geld. Jedenfalls genug, um am Bankschalter ein Extralächeln zu bekommen. Der etwas zittrige Rentner, der gerade vor ihr abgefertigt worden war, hatte dagegen die übliche, kurz angebundene Behandlungsweise abbekommen. Von derselben jungen Frau im lindgrünen Jackett, vor der sie jetzt stand, war er in einem geradezu unerträglichen, schulmeisterhaft arroganten Ton abgekanzelt worden, als wäre er ein kleines Kind oder zumindest nicht ganz zurechnungsfähig.

»Guten Tag, Frau …«, schnarrte Anneliese von oben herab. »Sagen Sie mal, ist man hier immer so ausgesucht freundlich zu älteren Herrschaften? Da muss man ja Angst haben, dass man selbst einmal älter wird.« Trotz ihrer angespannten Lage ärgerte sie sich darüber, wie der Mann vor ihr behandelt worden war. Oder vielleicht gerade deswegen. Extremsituationen schärften ja oft die Sinne.

»Nein, um Gottes willen, Frau Rothmüller. Aber manche Kunden verstehen uns so schlecht.«

»Skandalös, Ihr respektloses Benehmen. So, und jetzt holen Sie mir Ihren Chef. Aber ein bisschen plötzlich. Ich habe es eilig.«

Die Schalterbeamtin lief knallrot an. »Ja, aber können wir das nicht unter uns …«

»Nein, können wir nicht. Ihren Chef, den Herrn Rose. Machen Sie schon.« Annies Ton konnte zwingend sein. Wenn sie unter Druck stand, sogar sehr zwingend. Sabine hätte die junge Frau zur Genüge darüber aufklären können.

»Jawohl, Frau Rothmüller. Natürlich. Sofort.« Sie schien es auch so zu ahnen und lief zügig in den hinteren Bereich des Großraumbüros, wo der Zweigstellenleiter seinen Platz hatte.

»Frau Rothmüller, ich grüße Sie. Sie wollten mich sprechen?« Herr Rose kam mit dem reizendsten Lächeln der Welt auf Anneliese zu und deutete zur Begrüßung einen Handkuss an. Ganz Gentleman alter Schule. Alter Schleimer, dachte sie.

»Ja, Herr Rose. Aber wenn es geht, unter vier Augen. In aller Ruhe.«

»Aber gerne. Darf ich bitten?« Er steuerte einen kleinen, abgetrennten Raum am Rand des Büros seitlich vom Schaltertresen an.

»Bitte nehmen Sie doch Platz, liebe Frau Rothmüller«, sagte er, als er die Tür hinter ihnen geschlossen hatte. »Was kann ich für Sie tun?«

»Passen Sie auf, Herr Rose. Ich brauche auf der Stelle 100.000 Euro in bar. Kleine Scheine. Nicht nummeriert.« Anneliese setzte sich an den Schreibtisch in der Mitte des Zimmers.

»Ja, um Gottes willen! So viel Geld, Frau Rothmüller? Ja, werden Sie denn erpresst? Ha, ha, ha.«

»Nein, Herr Rose. Natürlich nicht. Ich möchte das Geld einfach nur ausbezahlt bekommen. Und wenn es geht, möglichst schnell.« Sie klopfte ungeduldig mit den Fingern auf die Tischplatte.

»Wenn Sie eine Anlagemöglichkeit suchen, ich hätte da was für Sie, liebe gnädige Frau. Eine todsichere Sache mit sehr hoher Rendite.« Er leckte sich kurz mit der Zunge über die Lippen.

»Nein, Herr Rose. Danke. Wie lange dauert es, bis Sie die Summe fertig abgezählt haben?«

»Nun, wenn Sie warten wollen, können Sie es gleich mitnehmen. Ich brauche ungefähr eine halbe Stunde, um es zu holen. Das hat aber hoffentlich nichts mit unsrer jungen Schalterbeamtin zu tun? Wir wissen, dass sie ein gewisses Problem im Umgang mit Kunden hat. Aber was soll ich machen? Sie ist die Tochter meines Chefs.« Herr Rose, der Annelieses kleine Ansprache am Schalter vorhin von seinem Platz aus mitbekommen hatte, rückte seine goldene Brille zurecht und fuhr sich verlegen über die akkurat geschnittenen, kurzen Haare.

»Hat es nicht«, versicherte ihm Anneliese knapp. »Obwohl ihr Benehmen durchaus beanstandungswürdig ist. Und jetzt wäre ich sehr froh, wenn Sie …«

»Natürlich, Frau Rothmüller. Bitte warten Sie hier auf mich. Ich muss nur schnell runter in den Tresorraum.«

»Tun Sie das, Herr Rose. Danke schön. Und beeilen Sie sich.«

Nach einer dreiviertel Stunde war er mit dem Geld zurück. Anneliese, die schon wie auf Kohlen saß, packte es zügig in den schwarzen Aktenkoffer, den sie eigens dafür mitgebracht hatte, und verabschiedete sich schnell.

Es war kurz nach elf. Sie hatte noch eine Stunde Zeit, um den Hauptbahnhof zu erreichen. Das war mehr als genug. Gott sei Dank. Sie entschied sich dafür, zu Fuß zu gehen. Vielleicht würde das ihre flatternden Nerven etwas beruhigen. Obwohl ihr wirklich nicht ganz wohl dabei zumute war, mit so viel Geld im Gepäck. Einem Dieb dürfte sie heute nicht in die Arme laufen.

Sie nahm den Weg über das Sendlinger Tor und den Stachus. Bemerkte die Leute, die ihr dabei begegneten, vor lauter Aufregung nicht. Blieb flüchtig vor ein paar Schaufenstern stehen und gelangte schließlich auf den Bahnhofsvorplatz. Um kurz vor zwölf deponierte sie den Koffer in dem Schließfach mit der Nummer zehn und sperrte ab. Dann schlenderte sie unauffällig zu der aus Glas und Metall konstruierten, futuristisch anmutenden Würstchenbude bei den Gleisen hinüber, stellte sich neben den Mülleimer, warf den braunen Umschlag mit dem Schließfachschlüssel hinein und entfernte sich wieder. Kurz vor dem Ausgang versteckte sie sich hinter einem anderen Imbissstand und wartete gespannt darauf, was geschehen würde. Nach einer Weile beobachtete sie, wie jemand seinen Arm in den Mülleimer mit dem Schlüssel steckte. Als sie genauer hinsah, erstarrte sie. Alles hätte sie für möglich gehalten. Nur das nicht.

26

Max genoss die Piste auf dem Harschbichl bei St. Johann. Und es ging ihm dabei so, wie es ihm immer ging, wenn er auf der Piste war. Einfach nur gut. Ohne jedes Wenn und Aber. Sein Blutdruck war bestens. Er hatte das vorhin gleich noch einmal im Auto kontrolliert. Die Kopfschmerzen waren seit dem zweiten Glas von Marias Katertrunk wie weggeblasen, sein Magen grummelte nicht im Geringsten und sein Puls bewegte sich locker im Rahmen dessen, was die Weltgesundheitsorganisation vorgab. Was wollte er mehr? Laut singend sauste er über den griffigen Pulverschnee und war eins mit sich und der Welt. Der frisch präparierte Steilhang lud dazu ein, weite, elegante Riesentorlaufschwünge zu fahren und dabei immer mehr ins Carven zu kommen. Überhaupt diese Carver. Genial. Ihre Kanten schnitten sich wie Rasierklingen in den Untergrund. Man fuhr wie auf Schienen. Egal, wie eisig es war.

Als Kind hatte er noch auf Holzskiern angefangen zu lernen. Mit Kabelzugbindung. In Skistiefeln aus Leder, die man noch schnüren musste. Erst Jahre später hatten ihm die Eltern die ersten richtigen Rennski zu Weihnachten geschenkt. Und rote Plastikskistiefel mit Schnallenverschluss. Er wäre fast vor Stolz geplatzt, als er damit zum ersten Mal zum Training gekommen war. Alle hatten die neuen Sachen bewundert. Der Trainer hatte sogar gemeint, dass er mit so einer tollen Ausrüstung wohl bald nicht mehr zu schlagen sei.

Sein Handy musizierte in der Brusttasche. Er fuhr schnell an den Rand in den Tiefschnee und hob ab. Das musste Monika sein. Bestimmt hatte sie Franzi gefunden. Hoffentlich war alles in Ordnung mit ihm. »Moni? Bist du's?«, brüllte er, noch ganz taub vom Fahrtwind, als müsste er über die Berge hinweg nach München hineinschreien.

»Ja, Max. Plärr nicht so.«

»Und?«

»Alles klar. Ich habe Franzi.«

»Gott sei Dank.« Er stieß erleichtert die Luft aus den Lungen.

»Aber er hat sauber eins auf den Kopf bekommen.« Jetzt klang sie nicht mehr ganz so zuversichtlich wie am Anfang.

»Schlimm?«

»Ich glaube, er hat eine saubere Gehirnerschütterung. Er war ohnmächtig. Und die ganze Nacht gefesselt in einem Schrank gelegen ist er.«

»Autsch!« Max bekam ein schlechtes Gewissen. Herrschaftszeiten, und das alles bloß wegen diesem blöden Gör von der Annie, lenkte er aber gleich darauf die Schuld wieder von sich ab. Bloß weil Sabine ihr Liebesleben entdecken muss, wird mein bester Freund halb umgebracht.

»Genau. Autsch!«

»Aber jetzt steht er wieder?«

»Ja. Er hat gemeint, Unkraut vergeht nicht.«

Gott sei Dank, nichts wirklich Ernstes. »Ach, dann überlebt der alte Holzkopf das schon. Soll er halt zum Arzt gehen.«

»Will er aber nicht. Du kennst ihn ja besser als ich.«

»Spinnt der?«

»Schaut ganz so aus.« Monika klang jetzt beinahe fatalistisch.

»Ich ruf ihn gleich mal an, Moni. Danke, dass du ihn befreit hast. Bist halt doch meine beste Assistentin, wenn's ums Kriminalistische geht.« Er rutschte ein kleines Stück mit dem Talski weg und geriet ins Straucheln. Dabei fiel ihm das Handy aus der Hand. Pass halt auf, Raintaler, alter Depp. Er bückte sich und hob es schnell wieder auf. Als er es ans Ohr hielt, um weiter zu sprechen, war die Verbindung unterbrochen. Aufgelegt, dachte er. Egal. Alles Wichtige ist eh gesagt. Er wählte Franz' Nummer. Als sein alter Freund und Exkollege abnahm, beglückwünschte er ihn erst einmal lachend zu seinen gelungenen Ermittlungen.

»Verarsch mich nur, Max«, sagte Franz. »Aber das kann ich dir sagen, in so einem Schrank ist es verdammt ungemütlich. Das würdest du genauso sehen. Glaube mir. Gerade du mit deiner andauernden Jammerei wegen deinen Krankheiten.«

»Ich würde im Gegensatz zu dir kleinem Kugelblitz ja gar nicht reinpassen«, entgegnete ihm Max und lachte noch lauter.

»Warum machen sich eigentlich andauernd alle über mich lustig?«, wollte Franz daraufhin wissen. »Aber wart's nur ab. Diesen Glanzeder schnappe ich mir. Und dann gnade ihm Gott. Wir besuchen nachher gleich mal seine Schwester am Pariser Platz. Vielleicht weiß die ja, wo wir ihr sauberes Brüderchen finden können.«

»Super Idee, Franzi. Und am Ende findet ihr Sabine hoffentlich auch noch und ich kann hier endlich in aller Ruhe meinen Urlaub genießen.« Max blickte über die endlose, glitzernde Schnee- und Eislandschaft rund umher.

»Schauen wir mal, dann sehen wir schon. Also dann, mach's gut, Max. Ich melde mich, wenn es was Neues gibt.«

»Mach's besser, Franzi. Pass auf deinen Kopf auf. Servus.« Er legte auf. Gott sei Dank. Mein Franzi ist einigermaßen wohlauf, dachte er erleichtert, steckte sein Handy weg und fuhr weiter. Er wechselte jetzt von seinen anfänglich weiten, großzügigen Kurven zu immer kürzeren Parallelschwüngen. Und ließ sich dabei ausgiebig von den Skihaserln und der männlichen Konkurrenz am Pistenrand und in den Liften bewundern. Diese Carver! Die reinste Revolution. Eigentlich braucht man sich nur draufzustellen. Den Rest machen sie fast von alleine.

Mittags entschied er sich für eine kleine Pause vor einer einladenden kleinen Hütte. Zeit für Nahrungsnachschub. Er holte sich eine Gulaschsuppe und ein Weißbier, setzte sich draußen in die Sonne und genoss den herrlichen Ausblick auf die schneebedeckten Gipfel ringsumher. Endlich Ruhe und mal richtig ausgiebig Ski fahren, schwärmte er. Bisher war es ja eher ein reiner Telefon- und Partyurlaub gewesen. Und dann gestern auch noch die beschwipste, anhängliche Johanna. Er mochte die blonde Holländerin. Wirklich. Aber das Dauerknutschen und ihr plötzlicher Eifersuchtsanfall hatten ihn irritiert.

Und ihn, wenn er ehrlich war, fast ein kleines bisschen beängstigt. So nah muss ein Urlaubsflirt dann auch wieder nicht an einen rankommen. Egal. War ja sowieso gelaufen. Sie war bestimmt bereits unterwegs zu den Deichen. Im selben Moment musizierte sein Handy. Er legte seinen Löffel weg und hob ab. »Raintaler.«

»Hallo, Max. Hier ist Annie.« Sie klang sehr aufgeregt.

Also doch keine Ruhe. Herrschaftszeiten. »Hallo, Annie, was gibt's? Habt ihr Sabine gefunden?« Er fischte den Löffel, der inzwischen vom Tellerrand in die Suppe gerutscht war, wieder heraus, leckte ihn ab und aß, während er mit ihr sprach, weiter.

»Das kann man wohl sagen, Max. Du wirst mir allerdings nicht glauben, was hier gerade los war. Ich weiß nicht mehr, was ich machen soll.« Sie begann leise in den Hörer zu schluchzen.

»Ja, in drei Teufels Namen. Was ist denn jetzt schon wieder los?« Max hatte die Nase von der ganzen Sache langsam gestrichen voll. In einer Tour kamen neue Horrormeldungen durch den Äther. Das ist ja das reinste Irrenhaus da drüben in München, fluchte er in sich hinein. Kaum ist man mal ein paar Tage weg, schon geht alles drunter und drüber. Da kann ich meinen Urlaub ja gleich bleiben lassen.

»Also, pass auf. Ich sag's dir. Es ist der absolute Hammer.« Annie nahm sich, so gut es ging, zusammen, schnäuzte sich und sprach dann mit immer noch vor Aufregung zitternder Stimme weiter. »Ich habe doch gerade dieses Geld, das die Erpresser von mir wollten, in einem Aktenkoffer zum Bahnhof gebracht.«

»Was hast du? Ohne Polizei? Ja, bist du noch gescheit?«

Diese Amateure. Nichts als Schmarrn im Kopf. Weiß sie denn nicht, wie gefährlich so etwas ist?

»Ich dachte, es ist am besten so. Weil sie ja geschrieben haben, dass ich keine Polizei verständigen soll. Was hättest du denn getan, verdammt noch mal? Stell dir doch bloß mal vor, Sabine wäre deine Tochter!« Sie wurde laut.

Max hielt den Hörer ein paar Zentimeter vom Ohr weg.

»Aber einfach so das viele Geld weggeben …« Er setzte sich aufrecht hin und schüttelte fassungslos den Kopf. Dass die Leute derart wenig Vertrauen in die Staatsmacht haben. Woher kommt das nur? Die Münchener Kripo zum Beispiel hat doch nun wahrlich eine sehr hohe Aufklärungsquote bei all ihren Fällen. Vor allem, als ich noch dabei war. Da war sie sogar noch höher. Egal. Das gehört jetzt nicht hierher.

»Pass auf, Max. Lass mich bitte einfach nur weiterreden. Es fällt mir schwer genug. Okay? Ich habe den kleinen Koffer also, wie es mir aufgetragen wurde, in ein Schließfach gesperrt und den Schlüssel in einem Umschlag in einen Mülleimer neben der Würstchenbude bei den Gleisen geworfen. Du weißt schon, dieses hässliche Ding aus Glas und Metall.«

»Ja, und dann?«

Wahrscheinlich ist die Kohle für immer weg. Und wo Sabine steckt, weiß immer noch kein Mensch. Herrschaftszeiten.

»Dann habe ich mich versteckt und darauf gewartet, wer sich den Schlüssel und das Geld holt.«

»Und?«

»Sabine!«

»Wie, Sabine …?«

»Sabine hat den Umschlag aus dem Mülleimer gefischt und dann den Koffer aus dem Schließfach …«

»Was? Sabine hat sich die 100.000 Euro gekrallt?« Vor Schreck fiel ihm der Löffel aus der Hand und tauchte erneut in der ungarischen Spezialität nach Hausmacherart auf seinem Teller unter.

»Genau.«

Er nahm erst mal einen großen Schluck Weißbier zur Beruhigung. Unglaublich. Sabine hätte ich so was wirklich nicht zugetraut. Dabei kenne ich sie schon so lange. Sie war eigentlich immer ein braves und vernünftiges Mädel. Bestimmt handelt sie im Auftrag von diesem Glanzeder und weiß gar nichts von dem Geld. Es kann aber auch anders sein. Wenn zum Beispiel Drogen im Spiel sind, da kann so ein junger Mensch schon mal ganz schnell umkippen. Und dann noch die erste große Liebe und so. Ei, ei, ei. Knifflige Sache.

»Ja, und jetzt?«, fragte er etwas ratlos.

»Jetzt stehe ich vor einem Haus am Pariser Platz. Da ist sie gerade reingegangen. Glanzeder steht an der Tür. Aber Anna Glanzeder. Nicht Fridolin. Und ich weiß beim besten Willen nicht, was ich tun soll.«

Sie klang zwar immer noch sehr aufgeregt, schien sich aber wieder etwas gefasst zu haben. Endlich hat sie gemerkt, dass sie hier mit Angst oder Hysterie auf keinen Fall weiterkommt, dachte Max. Obwohl man natürlich verstehen kann, dass sie Angst hat. Das Ganze ist ja kein Spaß. Schließlich geht es um ihr Kind. Herrschaftszeiten.

»Das ist seine Schwester«, erwiderte er schnell. »Und jeden Moment können Franzi und seine Kollegen wegen

ihrem Bruder bei ihr auftauchen. Und dieser Glanzeder selbst natürlich auch. Wenn er nicht sowieso in der
Wohnung ist.«

»Ja, um Gottes willen. Und was schlägst du nun vor?«
Ihre Stimme hörte sich sofort wieder panisch an.

»Wenn du deine Tochter und dich selbst aus Schwierigkeiten raushalten willst, dann rennst du wie ein geöl-
ter Blitz da rein und holst sie raus. Und dein Geld am
besten gleich mit. Und zwar sofort. Aber ich warne dich.
Ungefährlich ist das nicht. Vor allem, wenn dieser Fridolin bei ihr sein sollte. Vielleicht holst du besser doch
Franzi zur Hilfe.«

»Damit er Sabine drankriegt? Sie sah aus, als wäre sie
unter Drogen gestanden. Nein, auf gar keinen Fall hol
ich Franzi. Der muss ja offiziell reagieren, auch wenn wir
noch so dicke Freunde sind. Ich könnte höchstens Moni
fragen. Die wäre ideal mit ihrer Kampfkunst. Aber bis sie
hier ist, war Franzi vielleicht auch schon hier. Nein. Ich
geh selbst rein, Max. Ich beeile mich. Und dieser Glanzeder wird schon nicht da sein. Hoffe ich mal.« Annelieses Stimme zitterte zwar immer noch. Aber gleichzeitig klang sie zu allem entschlossen.

»Wie du willst, Annie. Dann viel Glück.«

»Das werde ich brauchen. Vielen Dank, Max. Wenn
ich dich und Moni nicht hätte.«

Er legte auf. Sein vor Erregung und Wut hochroter Kopf
leuchtete wie eine Verkehrsampel in die weiße Bergland-
schaft hinein. Und von diesem saublöden Gör lass ich mir
meinen schönen Urlaub versauen, fluchte er innerlich vor
sich hin. Unvorstellbar, dass sie ihre Mutter tatsächlich
erpresst. Obwohl, möglich wäre es. Reichlich unwahr-

scheinlich, aber möglich. Geh, Schmarrn. Bestimmt hat
sie von dem Geld wirklich nichts gewusst. Sicher hat ihr
der Glanzeder einfach nur aufgetragen, einen Aktenkoffer am Bahnhof für ihn abzuholen. Und ihr gar nichts von
der Erpressung erzählt. Das Risiko, dass sie dabei nicht
mitmachen könnte, wäre ihm bestimmt zu hoch gewesen. Doch, doch. So muss es gewesen sein. Alles andere
ist Blödsinn. Oder? Zu sicher soll man sich ja nie sein.
Hoffentlich passiert Anneliese nichts. Riskant ist das ja
schon, was sie da macht. Ja, leck mich doch am Arsch.
Eigentlich ist mein Auftrag ja erledigt. Aber man kann
einen Menschen auch nicht wie einen Computer an- und
ausschalten. Logisch macht man sich Sorgen. Ich ruf sie
in einer halben Stunde gleich noch mal an. Dann wird
sie ja hoffentlich mit Sabine von da verschwunden sein.
Herrschaftszeiten. Und jetzt ruf ich schnell Franzi an
und erzähle ihm, dass sich das Mädchen inzwischen bei
Anneliese gemeldet hätte. Und dass alles in Ordnung
wäre. Keine Entführung. Mit etwas Glück haben sie es
mit diesem Fridolin dann nicht ganz so eilig und ich
verschaffe Annie und Sabine einen kleinen Vorsprung.
Gutes Gefühl hab ich ja keins dabei. Aber was will man
machen? Mitgegangen, mitgefangen, mitgehangen. Und
sobald das Mädel wieder daheim bei seiner Mutter ist,
bleibt das Handy ein für alle Mal aus. Zumindest in diesem Urlaub. Schluss mit dem Leben unter der Terror-
herrschaft andauernder Erreichbarkeit. Ich bin doch kein
Depp. Die Zeiten des Kriminaldauerdienstes sind vorbei.
Und zwar schon lang. Und endgültig. Ja, Herrschaftszeiten noch einmal. Hoffentlich geht alles gut.

27

»Glanzeder. Da haben wir es ja. Also gut.« Anneliese drückte hastig den viereckigen Plastikklingelknopf neben der Tür im ersten Stock. Kurz darauf wurde ihr geöffnet.

»Mama?« Sabines Mund blieb offen stehen. Ihre Augen blickten leer durch ihre Mutter hindurch. Bis auf ihr erstes Wort schien sie die Sprache verloren zu haben. »Wie … kommst du denn … hierher? … Das … ist ja … voll witzig«, brachte sie dann schließlich doch noch sehr langsam heraus und kicherte albern.

»Witzig ist das ganz sicher nicht, Sabine. Ich mache mir seit Tagen Sorgen um dich, weil du dich nicht meldest. Und zu erreichen bist du auch nicht. Bist du eigentlich noch ganz bei Trost?« Anneliese schob hektisch die Tür auf, drängte sich an ihrer Tochter vorbei in den Flur der Wohnung und blieb neben ihr stehen. Aus dem Zimmer gleich links von ihnen kam ein weiteres Mädchen. Sie mochte etwa 20 Jahre alt sein. Das ganze Gesicht voller Piercings, wilde Punkerfrisur, Schottenrock und Springerstiefel. Ihr Blick ließ eindeutig darauf schließen, dass sie sich momentan nicht im selben Raum-Zeit-Kontinuum bewegte wie der Rest der Welt.

»Hey, Bine. Wer is'n das?«

»Eine Freundin. Geh schon mal vor, Anna. Ich komm gleich wieder zu dir rein.«

»Okay.« Die pummelige Punkerin drehte sich um und marschierte wie ein hirnloser Roboter dahin zurück, wo sie gerade hergekommen war.

»Jetzt hör mir mal gut zu, Sabine«, zischte Anneliese, sobald sie verschwunden war. Sie packte ihre Tochter bei den Schultern und schüttelte sie. »Die Polizei kann jeden Moment hier sein. Sie sind auf der Jagd nach diesem Fridolin Glanzeder, weil sie denken, der hätte dich entführt. Und weil er unseren Franzi niedergeschlagen hat. Wenn du also in deinem benebelten Zustand nicht mit aufs Revier gehen willst, um ein paar unangenehme Fragen zu beantworten, dann holst du ganz schnell den Aktenkoffer und …«

»Woher weißt du …«

»Unwichtig. Hör mir zu, verdammt!« Anneliese schüttelte sie noch einmal. »Du holst jetzt sofort den Koffer und ziehst dich an«, befahl sie in ihrem strengsten Ton. »Und dann nichts wie weg hier. Dieser Anna kannst du ja erzählen, dass wir kurz runter zu McDonalds gehen.«

»Aber ich lebe doch jetzt hier.« Sabine sah ihre Mutter mit dem gleichen entrückten Blick an, wie ihn ihre kleine Punkerfreundin gerade aufgehabt hatte.

»Blödsinn, Sabine. Also, entweder du kommst auf der Stelle mit oder du gehst ins Gefängnis.«

»Dann geh ich lieber ins Gefängnis.«

Was war denn das? Sabine bockte? Zum ersten Mal! Anneliese erkannte ihre Tochter gar nicht wieder. Jetzt riss ihr endgültig der Geduldsfaden. »Ja, spinnst denn du? Was willst du denn da? Lesbe werden? Einen Schaden fürs Leben kriegen?«, brüllte sie aufgebracht.

»Ja!«, brüllte Sabine trotzig zurück und stampfte mit dem Fuß auf. »Schließlich ist es mein Leben und nicht deins. Du verdirbst mir doch nur alles. Andauernd kommandierst du mich rum. Nichts erlaubst du mir. Immer soll ich nur brav sein. Daheim ist es viel schlimmer als im Gefängnis!« Während des letzten Satzes bekam sie fast keine Luft mehr. Ihr Gesicht hatte rote Flecken vor Zorn bekommen.

»Alles in Ordnung?« Anna steckte im Zeitlupentempo ihre Nase zur Tür hinaus.

»Alles okay«, entgegnete ihr Anneliese schnell. »Sabine kommt gleich.«

Die Tür schloss sich wieder. Anneliese schnaubte genervt.

»Woher willst du denn wissen, wie schlimm es im Gefängnis ist?«, fragte sie dann ihre Tochter.

»Fridolin hat es mir erzählt.« Sabine lächelte auf einmal völlig unvermittelt. Als hätte es die heftige Auseinandersetzung gerade nie gegeben. Brachte sie etwa der Gedanke an ihren Entführer dazu? Oder kam das von den Drogen? Mein Gott. Die hat ja echt nicht mehr alle beisammen, dachte Anneliese.

»So ein Schwachsinn!«, zischte sie leise, um Anna nicht erneut aus ihrem Zimmer zu locken. »Jetzt komm schon endlich. Bevor es noch für uns beide gefährlich wird. Wo ist der Koffer?«

»Sag ich nicht. Der gehört dem Fridolin. Er hat gesagt, ich soll ihn für ihn abholen. Der wäre ganz wichtig für ihn.« Die schmale, kleine Sabine stand jetzt bockbeinig, wie zur Salzsäule erstarrt, mit den Händen in den Jeanstaschen, gegen die Wand gelehnt.

»Wirklich? Stimmt das? Schau mich mal an!«

»Ja. Es geht um etwas Geschäftliches, hat er gemeint. Mehr musste er mir auch nicht sagen.«

Anneliese wusste sofort, dass ihre Tochter nicht log. Dazu kannte sie sie zu gut. Haschisch hin, Haschisch her. Sie hat ganz klar von nichts gewusst. Natürlich war es dieser Glanzeder gewesen, der die Erpressung geplant hatte. Gott sei Dank, dachte sie erleichtert. Und du hast schon gedacht, deine eigene Tochter wäre zur Verbrecherin geworden. Schäm dich.

»Pass auf, Schatz. Der Koffer gehört nicht dem Fridolin. Das ist meiner«, versuchte sie ihr so ruhig wie möglich mit gesenkter Stimme zu erklären. »Da ist mein Geld drin. Ich habe ihn in dieses Schließfach gelegt und bin dir nachgegangen. Nur deshalb bin ich jetzt hier. Das musst du mir einfach glauben. Ich erkläre es dir später! Also. Hol ihn jetzt bitte und zieh endlich deinen Anorak an! Und zwar schnell. Zum letzten Mal! Die Polizei kann jeden Moment hier sein.«

»Nein! Ich will lieber Bob Marley hören. Der hat den Menschen auf ihrem spirituellen Weg geholfen.«

Anneliese war kurz davor, völlig zu verzweifeln. Viel Zeit blieb ihr bestimmt nicht mehr, um ihre zugedröhnte Tochter hier herauszubekommen. Sie eilte zur Garderobe hinüber und griff sich Sabines Anorak von der Ablage. Dabei entdeckte sie ihren Aktenkoffer, der die ganze Zeit darunter gelegen hatte, und nahm ihn ebenfalls schnell an sich. »Komm schon endlich!«, herrschte sie Sabine erneut ungeduldig an und hastete wieder in Richtung Tür. »Ewig kannst du hier sowieso nicht bleiben. Die schmeißen dich bestimmt bald raus.«

»Ich will aber nicht. Außerdem schmeißt mich keiner raus. Und Fridolins Koffer darfst du auch nicht mitnehmen. Das ist Diebstahl.« Sabine rührte sich keinen Millimeter vom Fleck.

»Ist es nicht. Weil es mein Koffer ist. Glaube mir. Also gut. Ich habe hier deinen neuen Anorak. Und ich gehe jetzt damit zu dieser Tür hinaus. Und wenn du mitkommst, verspreche ich dir, dass wir zu Hause vernünftig über die ganze Angelegenheit reden. Sobald du wieder einigermaßen klar im Kopf bist. Also, überlege es dir. Aber schnell. Andernfalls, viel Spaß im Knast.«

Anneliese drehte sich blitzartig um, wischte zur Tür hinaus und stieg im Sturmschritt die Treppe hinunter. Als sie fast beim Ausgang angekommen war, hörte sie plötzlich kleine, schnelle Schritte hinter sich. »Warte doch, Mama. Ich komme ja schon.« Sabine schwebte wie ein ferngesteuerter Rauschgoldengel auf sie zu. Anneliese zog ihr erleichtert aufatmend den Anorak über, lief mit ihr zum nächsten Taxistand und zerrte sie in den nächstbesten Wagen.

»Nach Sendling«, bat sie den langhaarigen älteren Fahrer mit letzter Kraft.

Dann blickte sie nur noch geradeaus. Zwischen den vorderen Kopfstützen zur Windschutzscheibe hinaus. Gott sei Dank. Das wäre geschafft, dachte sie. Der reine Wahnsinn das alles. Bin ich wirklich so schlimm? Halte ich die Zügel bei Sabine wirklich so straff?

»Der Bob Marley, der hat den Menschen auf ihrem spirituellen Weg geholfen«, murmelte Sabine noch einmal ihre tiefschürfende Erkenntnis von vorhin. Sie begann leise zu summen. Es klang nach ›No Woman, No Cry‹.

»Aha. Wie schön für ihn und für die Menschen.«

»Ja. Echt.« Sie lehnte ihren Kopf an Annelieses Schulter und schlief mit einem friedlichen Lächeln im Gesicht ein.

28

Sie hatte ihre Fesseln weiter gelockert. Unter starken Schmerzen zwar. Aber letztendlich war es ihr gelungen. Sie versuchte, ihre linke Hand herauszuziehen. Stöhnte dabei. Gab auf. Versuchte es erneut. Und schaffte es. Ihre Hände waren frei. Schnell griff sie auf ihren Kopf, um endlich das Dunkel um sie herum loszuwerden. Das Ding, das sie ihr umgebunden hatten, ließ sich jedoch nicht so einfach entfernen. Klebeband, dachte sie, als sie ihren Hals abtastete. Sie versuchte, das Ende zu erspüren. Irrte mit den Fingern immer wieder rund um ihren Hals herum. Stoppte. Hier war was. So etwas wie eine kleine Kante. Sie pulte mit dem Fingernagel daran. Erst von der falschen Seite aus. Dann von der richtigen. Bekam das Band zu fassen. Löste es. Packte ihre Kopfbedeckung. Zog sie weg. Und sah so gut wie nichts. Nur undeutliche Umrisse und Schatten.

Bin ich jetzt auch noch blind? Bevor sie sich ihre Frage beantworten konnte, entdeckte sie den schmalen Spalt, durch den das wenige Licht hereinschien. Da musste die Tür sein. Sie löste die Fesseln von ihren Füßen und begann, Arme und Beine zu reiben. Langsam, damit es nicht zu sehr wehtat. Dann wartete sie. Überlegte, was sie wohl am besten tun könnte. Laut um Hilfe schreien? Aber damit würde sie bestimmt die Aufmerksamkeit ihrer Peiniger auf sich lenken. Die waren sicher in der

Nähe. Doch was dann? Sie könnte sich neben der Tür verstecken. Könnte versuchen, so schnell es nur ging davonzulaufen, wenn sie das nächste Mal geöffnet wurde. Aber so schwach, wie sie war, würden sie sie bestimmt gleich wieder einfangen. Also los, nächste Idee.

Erst mal Licht machen. Sie kroch schwerfällig zur Tür, um dort irgendwo den Schalter zu finden. Ertastete ihn. Drückte ihn nach unten gegen die Wand. Das grelle Licht traf ihre Augen wie ein Blitz. Sie schloss sie schnell, um sie erst nach einer Weile vorsichtig wieder zu öffnen. Jetzt konnte sie die Gegenstände erkennen, die hier abgestellt waren. Eine Schubkarre voller Müll und Schutt, Einmachgläser, Flaschen. Dann entdeckte sie in dem Durcheinander im hinteren Teil ihres Verlieses einen Hammer. Ein richtiger Hammer! Super. Jetzt weiß ich auch, was ich tun muss. Ich stelle mich neben die Tür. Und wenn dieser ekelhafte Typ wieder kommt, um mir mein Essen zu bringen, schlage ich ihm mit dem Hammer auf den Kopf. So fest ich nur kann. Und dann laufe ich davon und schreie laut um Hilfe. So mache ich es. Genau. Hoffentlich dauert es nicht zu lange, bis er wieder kommt. So richtig fit bin ich nicht. Am besten setze ich mich erst mal wieder hin. Bis ich seine Schritte höre.

29

20-mal mit dem großen Schlepplift und 15-mal mit dem kleinen. Das reicht für heute, beschloss Max und steuerte die Abfahrt zur Talstation in St. Johann an. Am Ende war doch noch etwas aus dem Tag geworden. Gleich nachdem Annie mittags Bescheid gegeben hatte, dass Sabine und sie soweit wohlauf wären, hatte sein Urlaub endlich begonnen. Keine nervenden Anrufe, keine Verpflichtungen, kein Partygetöse. Nur noch Skifahren pur. Genial. Aber Durst auf ein schönes Bier hätte ich ja schon, wenn ich wieder unten bin. Da war doch gleich unten beim Parkplatz dieses Après-Ski-Dings. Da schau ich gleich noch auf ein oder zwei Gläser rein. Zur Pension kann ich auch zu Fuß rübergehen. Die ist keine zehn Minuten entfernt. Genau. So wird's gemacht. Ski, Skistiefel und Auto lass ich einfach hier stehen. Dann ist morgen früh gleich alles vor Ort. Nach Kitzbühel rüber brauch ich außer zum Rennen am Samstag gar nicht mehr zu fahren. Hier am Harschbichl sind die Abfahrten mindestens genauso gut. Und außerdem spar ich mir das Anschieben, wenn die Karre wieder nicht anspringt.

Von wegen kein Partygetöse, dachte er, als er in das freundlich mit hellem Holz eingerichtete, großräumige Lokal eintrat. Das kann ich mir wohl gleich wieder abschminken. Hier ist ja die Hölle los.

Eine Gruppe Jugendlicher hatte den Laden, was die Lautstärke betraf, fest im Griff. Sie sangen, tranken und tanzten um die drei runden Stehtische vor der breiten Fensterfront rechts vom Eingang herum. Max stellte sich zu dem älteren, rundlichen Gendarmen in Uniform, der abseits von ihnen am linken äußeren Rand des Tresens saß, und orderte ein Bier.

»Ja, da schau her. Wenn das mal nicht unser Exkriminaler aus München ist«, begrüßte ihn der offensichtlich schon gut angetrunkene Uniformierte neben ihm. Er blickte ihn dabei aus dem Spiegel hinter dem Tresen an.

»Äh, wie bitte?« Max sah irritiert zu ihm hinüber. Und erkannte ihn jetzt auch. Es war der ältere Mann, der ihn bei der Verkehrskontrolle am Montag vor dem heißblütigen Jungspund gerettet hatte. Dürfen die hier in Uniform trinken? Na sauber. »Ach, Sie sind das!«, rief er mit einem freundlichen Lächeln im Gesicht. »Ja, grüß Gott. Na? Außendienst für heute beendet?«

»Es ist doch sowieso alles nur ein Riesenscheiß. Oder?«

»Wie man's nimmt. Nicht unbedingt.« Max bekam sein Bier und prostete ihm zu.

»Sagen Sie mal, wieso war Ihr junger Revolverheld bei der Verkehrskontrolle eigentlich gar so nervös?«, fragte er ihn dann. »Ganz normal ist so etwas ja nicht.«

»Ach, der Gerald. Ja, mei. Den Deppen haben sie am Abend zuvor ausgeraubt, als er mit 10.000 Euro Gewinn aus der Spielbank kam. Zwei Mann müssen es gewesen sein. Und von hinten sollen sie angegriffen haben, sodass er sie nicht richtig erkennen konnte. Nur so ungefähr.« Der Gendarm hob seine Hand und wackelte damit hin und her. »Und dann hat er sie bloß noch in so einem …

großen, schwarzen Wagen davonfahren sehen«, fuhr er fort. »Und so wie es aussieht, hat er das Ganze bis heute nicht gepackt. Er spinnt immer noch total … Mit dem will keiner Streife fahren. Überall sieht der nur noch Terroristen und Schwerverbrecher.«

»Na, hoffentlich kriegt er sich wieder ein, bevor noch irgendeinem Unschuldigen etwas passiert.«

»Der kriegt sich schon wieder. Aber wenn ich Ihnen sagen würde, was ich außer der Sache mit dem Gerald noch weiß, dann würden Sie es mir bestimmt nicht glauben.« Er hob vielsagend die Brauen und streckte seinen rechten Zeigefinger in die Luft.

»Aha. So, so. Und was wissen Sie?«

»Psst«, zischte der Tiroler, sah sich mit einem auffällig unauffälligen Verschwörerblick im Lokal um, holte seinen kräftigen Zeigefinger aus der Luft zurück und legte ihn vor den Mund. »Dringende Geheimsache. Da darf nichts verraten werden. Nicht das Geringste.«

»Aha. Verstehe«, sagte Max, runzelte die Stirn und trank noch einen Schluck Bier. Er hatte richtig Durst nach dem vielen Sport.

Gleich darauf begann der blaue Gendarm wieder zu reden. Trotz seiner strengen Geheimhaltungsverpflichtung. »Kennen Sie die Streif?«, fragte er Max.

»Ja, sicher. Wer kennt die nicht?«, antwortete der.

»Aber Sie wissen nicht, was ich weiß.«

»Stimmt.« Max wurde das langatmige Geschwafel zu blöd. Er drehte sich weg und sah zu den tanzenden Jugendlichen hinüber.

»Und wer das Attentat nicht verhindert hat, das wissen Sie sicher auch nicht«, hörte er es auf einmal von hinten.

Der Mund des Gendarmen befand sich höchstens noch drei Zentimeter von seinem Ohr entfernt. Für einen kurzen Moment lang war er von der hochprozentigen Fahne, die in sein Gesicht schwappte, regelrecht betäubt. Er nahm die Pranke des Betrunkenen von seiner Schulter, drehte sich zu ihm um und sah ihn an.

»Passen Sie auf, guter Mann«, knurrte er. »Wenn Sie mir etwas zu sagen haben, dann tun Sie das. Aber hören Sie auf, mich anzutatschen oder mir ins Ohr zu sabbern. Hamma uns?«

»Verzeihung, Herr Hauptkommissar. Entschuldigen Sie vielmals. Tut mir leid. Darf ich Ihnen ein Bier ausgeben?«

Das letzte Mal, als Max einen so treuherzigen Blick gesehen hatte, war neulich in einem Bericht über die Schweizer Bergrettung gewesen. Sie hatten da am Ende der Sendung eine ewig lange Einstellung von einem Bernhardiner samt Fässchen um den Hals gezeigt. Dazu war die Melodie von Bergvagabunden zu hören gewesen.

»Nein, danke«, wehrte er, zwischen nachlassendem Unwillen und beginnender Sympathie für seinen Gesprächspartner hin- und herschwankend, ab. »Ich habe schon ein Bier vor mir stehen. Lassen Sie es gut sein. Ich weiß ja nicht, welche Sorgen Sie haben, aber ich habe im Moment ausnahmsweise einmal keine. Ich war Ski fahren und will einfach nur meinen Urlaub genießen. Sonst nichts.«

»Natürlich, Herr Polizeipräsident …«

»Exkommissar.«

»Äh, sicher … Richtig. Jawohl. Aber ich sage Ihnen eins. Ich weiß etwas, was Sie garantiert nicht wissen.« Der

Gendarm erhob erneut den Zeigefinger. Seine Augen versuchten, Max' Gesicht zu fixieren, was ihnen aufgrund seines benebelten Zustandes aber nur leidlich gelingen wollte.

»Ja, dann sagen Sie es halt endlich! Herrschaftszeiten noch einmal!« Max haute mit der flachen Hand auf den Tresen. Nicht sehr fest, aber immer noch fest genug, um den desolaten Schandi dazu zu bringen, einen Moment lang geradeaus zu schauen.

»Also gut. Sie haben es so gewollt. Wissen Sie, warum ich heute so viel getrunken habe?« Der abgefüllte Alpencop sah ihn aus blutunterlaufenen Augen an wie ein Quizmaster, der die Hunderttausend-Euro-Frage stellte.

»Nein, natürlich nicht. Weil Sie immer so viel trinken?« Max stöhnte innerlich auf. Wie lange würde der Schwachsinn hier wohl noch weitergehen? Sein Bier war schließlich noch fast voll. Und er hatte nicht die geringste Lust, es in diesem nahezu jungfräulichen Zustand hier stehen zu lassen. Bloß weil der betrunkene österreichische Ganovenfänger neben ihm einfach nicht damit aufhören wollte, wirren Schmarrn an ihn hinzureden.

»Ich habe das Attentat nicht verhindert. Weil ich nicht gut genug aufgepasst habe.«

»Das ist schlecht. Und welches Attentat meinen Sie genau?«

»Welches Attentat werde ich wohl meinen? Das auf die Streif natürlich.« Jetzt war es raus. Der übergewichtige Gendarm nickte mit aufgestützten Unterarmen betrübt in den Tresen hinein.

»Was? Das hätten Sie verhindern können? Und warum haben Sie nicht gut genug aufgepasst?« Max verdrehte die Augen und sah zur Decke hinauf. Wenn Suff und Einfalt zusammenkommen … Schlimm, philosophierte er. Sehr schlimm. Vor allem für die nicht ganz so einfältigen Nüchternen.

»Weil ich nur ganz kurz auf einen winzigen Schluck zum Wirt rüber bin. Ich habe meinen Wachtposten sicher nicht länger als für ein paar Sekunden verlassen. Und genau in dem Moment ist es passiert. Bums!«

»Man soll im Dienst auch nicht trinken.«

»Das hat mein Chef dann auch gesagt und mich für den Rest der Woche zum Innendienst verdonnert. Plus Wochenende. Jetzt kann ich nicht einmal beim Rennen zuschauen.«

»Ja, mei. Der Mensch macht Fehler und wird bestraft. Was soll ich da sagen?«

»Nichts sagen, Herr, äh, … Polizeirat … Nichts sagen. Bloß zuhören. Ich weiß nämlich noch was.« Sein Zeigefinger stieg zum dritten Mal in die Luft.

»Na, dann immer raus damit.«

»Gerne. Aber vorher trinken wir noch eins. In Ordnung?«

»In Ordnung.« Max' Neugier war endgültig geweckt. Und sein neuer Freund bemühte sich inzwischen sogar, in zusammenhängenden Sätzen zu reden. Also sei nicht so streng mit ihm, Raintaler. Du kennst ihn doch gar nicht. Wer weiß schon, was er sonst noch für Sorgen hat. Ganz einfach ist das Leben als kleiner Beamter in so einem reichen Touristenort sicher nicht. Und so blöd, wie er am Anfang getan hat, ist er gar nicht. Eigentlich ist er sogar ganz nett. Von seinem Vollrausch einmal abgesehen. Und bei der Verkehrskontrolle war er ebenfalls fair und großzügig zu dir. Stell dir bloß mal vor, wie das abgegangen wäre, wenn der durchgedrehte Jungdepp damals einen gleichaltrigen Kollegen dabei gehabt hätte. Das darfst du nicht vergessen. Also, trink ruhig noch ein Bier mit ihm. Vielleicht bekommst du dabei sogar noch etwas wirklich Interessantes zu hören.

Die Sonne war gerade hinter dem Horizont verschwunden und der Wirt setzte zusätzlich zu den krachenden Stimmungsschlagern, die, wie überall auf den Pisten und Hütten, auch hier pausenlos aus den Lautsprechern wummerten, eine knallbunt blitzende Lightshow in Gang. Max nahm es mit einem kleinen inwendigen Seufzer resigniert zur Kenntnis. Das ist keine Musik, das ist die reine akustische Umweltverschmutzung, dachte er genervt. Die Berge halten sie sauber. Aber was ist mit unseren Ohren? Obwohl. Es gibt Schlimmeres. Zum Beispiel billige volkstümliche Herz-an-Herz-Balladen. Die schlagen wirklich alles.

»Rudi! Bring uns noch zwei Bier auf meinen Deckel!«, plärrte der Gendarm hinter die Theke und winkte unbeholfen mit den leeren Gläsern.

»Kommt sofort, Alois.« Der Schankkellner hob den Daumen als Zeichen des Verstehens. Als die Biere kamen, bot der ältere Alois dem jüngeren Max das Du an. Dann stießen sie miteinander an und der Münchener spitzte gespannt die Ohren.

»Also, ich sag es dir. Das darf aber niemand erfahren. Auf keinen Fall. Das ist absolut total geheim.«

»Schon recht, Alois. Von mir erfährt niemand was. Kein Sterbenswörtchen. Mein Ehrenwort.«

»Also gut. Ein Mädchen ist entführt worden.«

»Was? Schon wieder?«

»Wie meinen?«

»Nichts, Alois. Red weiter.«

»Also, ein Mädchen aus einer reichen Familie von außerhalb ist entführt worden. Die haben sich hier eine Villa hingestellt. Mann, oh Mann. So ein Prachtbau. Und die Entführer wollen fünf Millionen Lösegeld. Wahnsinn, oder?« Da war er wieder, der wackelige Blick, der einfach nicht an Max' Gesicht haften bleiben wollte. Immer wieder rutschte er nach unten oder zur Seite weg. Oder nach oben. Das allerdings seltener. Logisch. Die Schwerkraft.

»Das klingt allerdings wahnsinnig. Weiß man, ob die Kleine noch lebt?« Max versuchte, Alois' unkontrollierte Augenbewegungen zu ignorieren. Ihm wurde schon ganz schwindlig.

»Nein, weiß man nicht. Aber alle Polizeikräfte der Gegend arbeiten an dem Fall. Bis auf die, die das Rennen am Wochenende bewachen müssen.«

»Da kann man euch ja nur Glück wünschen. Entführung ist etwas Ekelhaftes. Schlimm für die Eltern.«

»Jawohl. Ganz schlimm«, lallte Alois und rutschte seitlich von seinem Barhocker auf den Boden hinunter.

Dort blieb er mit dem Rücken gegen die Theke gelehnt sitzen. Sein Kopf kippte nach vorn, wobei ihm die Uniformmütze in den Schoß fiel. Dann rührte er sich nicht mehr. Max sah zuerst ihn verblüfft an und dann Rudi, der am anderen Ende des Tresens Gläser putzte.

»Passt schon. Der Alois macht bloß eine kleine Pause!«, rief der Wirt ihm über die dröhnende Musik hinweg zu.

»Ich tät dann trotzdem gern zahlen.«

»Passt schon. Wenn du ein Freund vom Alois bist, geht das aufs Haus.« Rudi hob noch einmal den Daumen. Anscheinend seine Lieblingsgeste. Wahrscheinlich aus dem Fernsehen, vermutete Max.

»Ja, dann. Super. Danke. Und ja … Servus, bis morgen.« Er warf einen letzten Blick auf den schnarchenden Alois, drehte sich um und marschierte schnurstracks zur Tür hinaus.

»Servus«, rief ihm Rudi gutgelaunt hinterher.

30

Als Max nach einem kurzen Fußmarsch durch die Kälte bei seiner Pension ankam, musste er immer noch über den betrunkenen Gendarmen lachen. Ließen die den Alois doch glatt auf dem Boden schlafen, bis er wieder weitertrank. Und dann auch noch in Uniform. Hoffentlich bekam er deswegen nicht noch mehr Ärger. Manche haben schon einen mächtigen Durst. Diese absolut geheime Geheimsache fand er weniger lustig. Ein Mädchen aus reichem Hause entführt. Herrschaftszeiten. Aber halt. Hatte er an seinem ersten Abend nicht gesehen, wie ein Mädchen von diesen zwei finsteren Typen in diese schwarze Limousine geschleppt worden war? Blödsinn, das war doch die Tote aus der Zeitung gewesen, korrigierte er sich gleich wieder. Oder auch nicht. So genau hatte er das ja im Dunkeln nicht erkennen können. Aber die beiden Burschen hatten wirklich finster ausgesehen. Die hätten locker von der Russenmafia sein können. Verdächtig waren sie auf jeden Fall. Jedes Mal, wenn er an sie dachte, stellten sich ihm die Nackenhaare auf. Vielleicht hatten die ja den durchgedrehten Jungbullen, diesen Gerald, ausgeraubt. Ein dickes schwarzes Auto hatte der doch auch davonfahren gesehen. Könnte doch durchaus sein, dass es dasselbe gewesen ist, das ihm am Montag aufgefallen war. Warum nicht?

»Das ist ja ein richtig kriminelles Pflaster, dieses Kitzbühel«, murmelte er vor sich hin, während er den Garten vor dem Haus durchquerte. »Als normaler Tourist bekommt man das bestimmt gar nicht so richtig mit.«

Den kläffenden Rex ignorierte er wie gewöhnlich, sperrte auf und steuerte den Gastraum an. Jetzt noch ein schönes Bier und eine Kleinigkeit zu essen, dachte er. Und dann nichts wie ab unter die Dusche und ins Bett. Er trat ein und schaute sich nach einem freien Platz um. Und stutzte. Was ist denn das? Das gibt es doch gar nicht. Er wusste nicht recht, ob er sich freuen oder erschrocken sein sollte. Johanna saß an genau dem Tisch, an dem sie bisher immer gefrühstückt hatten, und winkte ihm fröhlich zu.

Unentschlossen stakste er zu ihr hinüber. »Ja, Johanna. Äh, was machst du denn … Also, das ist ja wirklich … äh, eine Überraschung. Na, so was! Wie kommst du denn hierher?« Er blieb mit offenem Mund vor ihr stehen.

»Mit dem Zug, Max. Ganz einfach. Aber bitte, setz dich doch. Ich denke, ich bin dir eine Erklärung schuldig.«

»Okay … Aber wo ist denn dein Gepäck? Ist das alles?« Er deutete ungläubig auf die kleine Reisetasche, die neben ihr auf dem Boden stand. Auf der einen Seite freute er sich sehr, dass sie da war. Sie sah hübscher aus denn je in ihrem dunklen Jackett und mit den hochgesteckten Haaren. Andererseits mochte er aber einfach nun mal keine Überraschungen, auch keine angenehmen. Das war bei ihm noch nie anders gewesen. Schon als Kind. Überraschungen brachten ihn aus dem Konzept. Er konnte dann nicht mehr klar denken. Was er im Moment fühlen sollte, wusste er sowieso nicht. Gespannt nahm er den Platz ihr gegenüber ein.

»Pass auf, Max. Erst mal, keine Angst. Mein Zug für morgen Abend ist bereits gebucht. Und mein Gepäck fährt schon längst mit Ruth zusammen nach Hause. Ich habe nur ein paar Sachen zum Wechseln dabei. Du wirst also noch genug Zeit zum Skifahren haben.«

»Na ja …«

»Moment. Ich bin noch nicht fertig. Also, ich werde dich nicht von deinem Urlaub abhalten. Versprochen. Aber ich möchte wenigstens eine Nacht nüchtern mit dir verbringen. Du musst ja sonst was von mir denken, so seltsam, wie ich mich die letzten Tage benommen habe. Ich will nur, dass du mich in guter Erinnerung behältst. Sonst nichts.« Sie hob entschlossen das Glas Mineralwasser, das vor ihr stand, zum Mund und kippte den letzten Schluck daraus hinunter.

»Ja, aber, Johanna. Das tue ich doch. Wie kommst du denn bloß darauf, dass das nicht so sein könnte? Wir haben doch alle ein bisschen zu viel getrunken.«

Als sie ihn jetzt ansah, wusste er auf einmal wieder, was er fühlte. Da war nichts als Zuneigung für sie in ihm. Der erste Eindruck hatte nicht getäuscht. Egal, was gestern in dieser Schickimicki-Bar vorgefallen war. Er nahm sie in den Arm und gab ihr einen zärtlichen Kuss.

»Das musste einfach mal raus«, sagte sie lächelnd und hatte dabei zwei kleine, glitzernde Tränen in ihren wunderschönen blauen Augen.

»Ich freue mich, dass du extra wegen mir zurückgekommen bist, Johanna. Ehrlich.« Er lächelte zurück.

»Und jetzt würde ich gerne was zu essen bestellen und noch ein Bier trinken. Möchtest du einen Wein?«

»Aber nur einen!«

»Selbstverständlich. Und Hunger hast du doch bestimmt auch. Was meinst du? Wollen wir zum Essen einfach hier bleiben? Und nachher hoch aufs Zimmer gehen?«

»Ja, Max. Liebend gerne.«

Er rief nach Maria und sie bestellten zweimal den Tiroler Wildschweinbraten mit Knödeln. Als ihre Teller kamen, aßen sie schweigend. Berührten sich zwischendurch immer wieder mit den Händen. Und lächelten sich an. Die Nachspeise ließen sie ausfallen. Stattdessen eilten sie nach oben. Noch in der geöffneten Tür rissen sie sich gegenseitig die Kleider vom Leib und fielen wie hungrige Raubtiere übereinander her. Es war noch viel schöner als das erste Mal. Kein Wunder. Sie waren beide nüchtern und trotzdem verliebt.

Als sie danach eng aneinandergeschmiegt im Bett lagen, erzählte ihr Max von seinen Eltern, von seiner Zeit bei der Polizei und wie gern er seinen Job ausgeübt habe. Aber irgendwann sei dann eine Zeit gekommen, da habe ihn alles nur noch genervt. Als gar nichts mehr half, sei er zum Arzt gegangen.

»Der hat dann ein Burn-out-Syndrom bei mir festgestellt und mir einen ausgiebigen Urlaub empfohlen. Und eine Therapie obendrein«, erinnerte er sich.

»Und, hast du sie gemacht, diese Therapie?« Sie legte ihren Kopf in seinen Arm und streichelte sanft seine Brust.

»Ja. Erst die Therapie und dann den Urlaub. Und danach bin ich in den Dienst zurückgekehrt. Aber nichts war seitdem mehr so wie davor.« Er strich ihr mit seiner Hand über die Haare.

»Und das Mädchen? Hat man sie eigentlich nun endgültig gefunden?«, fiel es ihr ein.

»Wo wir gerade beim Thema sind, was? Ja, Sabine ist gerettet. Gott sei Dank.«

»Gratuliere. Das freut mich wirklich.« Sie gab ihm ein Küsschen. »Wann war das alles mit deinen beruflichen Problemen und mit der Therapie?«, fuhr sie dann fort.

»Vor gut zehn Jahren. Das mit meinem hohen Blutdruck hat genau zu dieser Zeit angefangen.«

»Wir sind meistens viel sensibler, als wir denken«, flüsterte sie und küsste ihn zärtlich auf die Stirn.

»Damals war er sogar noch höher als heute. Einmal hat es mich sogar mit einem Kreislaufkollaps umgehauen.«

»Und da strengst du dich heute noch so an?«

»Wie meinst du das, Johanna?« Er stützte sich auf seinen Ellbogen und sah sie neugierig an. Natürlich wusste er ganz genau, wie sie es meinte.

»Das weißt du doch ganz genau«, erwiderte sie und grinste, weil sie ganz genau wusste, dass er es wusste.

Er beugte sich zu ihr hinunter und küsste sie. »Na ja. Heute bin ich ja wieder fit«, fuhr er danach fort und ließ sich rückwärts in sein Kissen zurücksinken. »Und meine Tabletten hab ich obendrein. Die sind meine kleinen Lebensretter. Da darf ich mich ruhig auch mal anstrengen. Nicht zu viel halt.«

»Und was ist zu viel?« Sie legte sich auf ihn und küsste ihn ebenfalls. Nur viel länger als er sie gerade geküsst hatte.

»Weiß ich nicht genau. Müsste man ausprobieren«, meinte er, als er wieder Luft bekam. »Ja, und vor zwei Jahren habe ich mich dann frühpensionieren lassen. Das hatte aber vor allem andere Gründe, über die ich nicht reden will.«

»Dann liege ich hier also mit einem echten Rentner im Bett«, scherzte sie. »Komisch, dass ich bisher noch gar nichts davon gemerkt habe.«

Sie spielte mit den Haaren auf seiner Brust. Dann wanderte ihre Hand abwärts. Die Gründe für seine Kündigung schienen sie gar nicht weiter zu interessieren. Es schien ihr zu genügen, dass er nicht darüber reden wollte. Ganz anders als Monika. Die versuchte ihn seit zwei Jahren darüber auszuquetschen. Wie unterschiedlich die Menschen doch sein konnten.

»Wirst du auch nicht, solange du so weiter machst«, witzelte er zurück.

Dann liebten sie sich erneut. Nicht mehr ganz so wild und ungestüm wie zuvor. Für Max' Geschmack aber auf jeden Fall immer noch wild genug. Nachdem sie erschöpft und schwitzend wieder voneinander abgelassen hatten, standen sie auf und stellten sich zu zweit unter die Dusche. Dann kehrten sie ins Bett zurück. Nach einer Weile des Schweigens und zärtlichen Knutschens begann sie von sich zu erzählen.

»Meine Eltern hatten nic viel Geld. Mein Vater war ja nur ein kleiner Streifenpolizist. Mir geht es heute zum ersten Mal im Leben finanziell gut. Seit Ruth so viele Bilder von mir verkauft. Und das freut mich natürlich.«

»Das ist auch erfreulich. Ich meine, Geld macht zwar nicht unbedingt glücklich, aber es beruhigt doch ungemein.« Max wusste genau, wovon sie sprach. Seit er seine Pension bekam und dann noch Tante Isolde beerbt hatte, ging es ihm im Prinzip genau wie ihr.

»Nicht immer, Max. Manchmal beruhigt es nicht einmal.«

»Wieso das?«

»Ich war einmal reich verheiratet.«

»So, so! Hab ich's doch geahnt. Eine gefallene Prinzessin.« Er küsste zärtlich ihre nackte Schulter.

»Das war leider nicht lustig. Ich wollte es nur besser haben als meine Eltern. Die stritten den ganzen Tag lang, weil sie so gut wie nichts hatten. Und ich dachte, das mache ich auf jeden Fall besser. War aber nicht so.« Sie starrte ernst zur Zimmerdecke hinauf. Anscheinend machten ihr die Schatten aus ihrer Vergangenheit immer noch sehr zu schaffen.

»Entschuldige, Johanna. Ich wusste nicht, dass der Stachel noch so tief sitzt.« Behutsam legte er seinen Arm über ihren nackten Oberkörper.

»Schon gut, Max. Woher sollst du das wissen. Auf jeden Fall stellte sich Fritz, so hieß mein Mann, Fritz van Eikeren, am Ende als ein widerliches Ekel wie aus dem Bilderbuch heraus.«

»Man kann nicht immer Glück haben, stimmt's?« Max fiel wieder mal ein, dass Monika ums Verrecken nicht fest mit ihm zusammen sein wollte. Aber er verdrängte den Gedanken gleich wieder. Was hat die alte Dame in der Metzgerei noch gesagt? Man soll nicht mit seinem Schicksal hadern. Das war es doch. Oder? Also halt dich auch dran und nimm was du kriegst, Raintaler.

»Da hast du wohl recht.«

Eine Zeitlang lang schwieg sie mit geschlossenen Augen, als dächte sie über etwas nach. Dann sprach sie aus heiterem Himmel weiter. »Sein Vater ist sehr reich. Ein Industriemagnat. Und Fritz wird eines Tages alles erben. Und genauso hat er sich benommen. Wie ein reicher Fratz, der sich um nichts bemühen muss. Er hatte andauernd andere Frauen. War nur unterwegs. Und mich hat er in einen goldenen Käfig gesperrt.«

»Und wer hat den Schlüssel gehabt?«

»Ich selbst. Als er eines Tages damit anfing, seine Flittchen mit nach Hause zu bringen, habe ich ihn verlassen. Und ein Jahr später habe ich dann die Scheidung eingereicht.« Die Erinnerung daran schien sie zu überwältigen. Mit Tränen in den Augen, rutschte sie auf ihre eigene Bettseite und deckte sich zu. Obwohl es sehr warm im Zimmer war. Max versuchte erst gar nicht, sie aufzuhalten. Er spürte, dass es nichts mit ihm zu tun hatte.

»Und seitdem geht es bergauf bei dir?«, fragte er, ohne sie anzusehen.

»Erst mal nicht. Er hat zwar sofort in die Scheidung eingewilligt, aber nur deshalb, weil ich auf jede finanzielle Zuwendung verzichtet habe.«

»Das war aber, gelinde gesagt, etwas leichtsinnig.« Er drehte sich zu ihr um und blickte ihr erstaunt ins Gesicht.

»Egal. Ich war nur froh, dass ich meine Freiheit wiederhatte. Und stell dir vor, inzwischen ist er sogar in psychiatrischer Behandlung. Die Ärzte haben schizophrene Schübe bei ihm festgestellt.« Sie öffnete die Augen und nahm den Zipfel der Bettdecke zur Hand, um sich damit die Augen zu trocknen. Gut so, dachte Max. Das Tal der Tränen ist offensichtlich durchschritten.

»Also doch Glück gehabt. Das hätte durchaus gefährlich werden können.« Der Kriminaler in ihm meldete
sich. Immer wieder hatte er auch Fälle mit Psychopathen
gehabt, bei denen es schlimm hergegangen war. Schwere
Körperverletzung und Totschlag waren an der Tagesordnung gewesen. Genau wie Folter und Mord. Man hätte
streckenweise meinen können, dass die ganze Welt verrückt geworden wäre.

»Sieht ganz so aus, Max. Küss mich!«

Er tat, wie ihm geheißen, und genoss dabei ein weiteres Mal ihre innig verspielte Zärtlichkeit.

»Jetzt verstehe ich auch deine Eifersucht, gestern in
der Bar«, flüsterte er dann. »Das ist ja der reinste Horror, was du da erzählst. Von so was erholt man sich nur
sehr langsam. Ist doch klar.«

»Wenn du meinst, Max. Ich glaube nach wie vor, dass
ich gestern einfach ein bisschen zu betrunken war.«

»Egal, Johanna. Vergiss es einfach. Vergiss gestern
Abend und vergiss dieses geistesgestörte Industriellen-
söhnchen. Es kommen andere Zeiten. Mit anderen Menschen. So ist das Leben. Glaube mir.«

»Das glaube ich dir nur zu gerne.« Sie lächelte still in
sich hinein. Dann küssten sie sich erneut. Heiß, innig,
verliebt. Und wieder stahlen sich dabei zwei kleine Tränen in ihre Augenwinkel.

»Was ist mit dir? Immer noch traurig?«, fragte er
besorgt, nachdem sie sich voneinander gelöst hatten.

»Nein, Max. Nur ein wenig Sentimentalität«, antwortete sie, obwohl sie ihm am liebsten gestanden hätte, wie
sehr sie ihn mochte. Aber nach dem gestrigen Abend
wagte sie das nicht. Dann schlief sie mit einem Lächeln

auf den Lippen in seinen Armen ein. Und wenig später begann auch Max leise und zufrieden vor sich hin zu schnarchen.

31

»Rothmüller am Apparat.«

»Guten Morgen, Annie. Hier ist Franz.«

»Servus, Franzi. Alles wieder in Ordnung mit dir?« Anneliese setzte sich mit ihrem schnurlosen Telefon in der Hand auf ihre rote Wohnzimmercouch.

»Passt schon, Annie. Der Schädel brummt noch etwas. Aber der Arzt hat gemeint, es wäre alles okay. Nichts Schlimmes. Du, aber weswegen ich anrufe. Ist Sabine inzwischen eigentlich wieder da? Max hat gestern gemeint, sie hätte sich bei dir gemeldet.«

Der klingt ja schon wieder recht fit und zuversichtlich, dachte sie. »Ja, die ist hier. Sie schläft aber noch. Wir haben uns den ganzen Abend lang unterhalten. Und danach ist sie gleich ins Bett gegangen. Dieser Fridolin Glanzeder scheint ihr nicht besonders gutgetan zu haben.« Sie hatte ihrer heimgekehrten verlorenen Tochter gestern noch die Erpresserbriefe gezeigt. Die war daraufhin regelrecht geschockt gewesen und hatte immer wieder geschworen, dass sie davon keine Ahnung gehabt hätte. Ganz ehrlich.

»Das kann ich mir denken, dass der kriminelle Bursche nicht der richtige Umgang für sie ist«, erwiderte er verständnisvoll. »Hoffentlich hat er ihr keine Drogen gegeben.«

»Das hoffe ich auch«, sagte sie, obwohl sie natürlich genau wusste, dass Sabine in den letzten Tagen so einiges weggeraucht haben musste.

»Bitte richte ihr doch aus, dass wir sie gerne hier im Büro ein paar Dinge zu dem Burschen fragen wollen. In einer Stunde? Meinst du, das geht?« Er klang dabei nicht im Geringsten wie ein strenger Polizist. Eher wie der gute Freund, der er genaugenommen ja auch seit vielen Jahren war.

»Das geht ganz bestimmt, Franzi. Ich schicke sie dir vorbei.«

»Bestens. Dann kriegen wir den feinen Herren bestimmt bald zu fassen. Seine Schwester haben wir gestern schon mitgenommen. Die war mit irgendeinem Zeug total voll gewesen. Was diese Kinder sich da nur antun. Wenn die wüssten, wie schädlich der ganze Mist für ihren Körper und ihr Gehirn ist. Oder wissen sie's?«

»Nicht wirklich, glaube ich.« Sie nahm den schwarzen Kuli von seinem Stammplatz auf ihrem gläsernen Couchtisch und malte kleine Vierecke auf den Rand des Kreuzworträtselheftes, das gleich daneben lag.

»Na ja. Jedenfalls war sie nach einer Nacht in der Ausnüchterungszelle heute Morgen wieder einigermaßen ansprechbar. Wenn auch reichlich schlecht gelaunt. Als wir sie dann befragten, hat sie ihr Bruderherz natürlich nicht verraten. Und wir mussten sie wieder freilassen. Ja, und jetzt wollten wir halt auch Sabine mal fragen, ob sie was über den Kerl weiß.« Franz holte erst mal tief Luft nach seinem langen Vortrag.

»Geht klar, Franzi. Ich sage es ihr gleich. Servus.«

»Danke dir, Annie. Auch Servus.«

Sie legte ihr Telefon in die Ablage zurück und stieg in den ersten Stock zum Zimmer ihrer Tochter hinauf, um sie zu wecken. Als sie die Tür öffnete, durchfuhr sie gleich wieder ein Schreck. Nur ein paar lange, blonde Haare spitzten aus den bunten Kissen. Sabines Gesicht war nicht zu sehen. Sie lag da wie eine Tote. Anneliese trat eilig an ihr Bett und beugte sich über die Stelle, wo sie ihren Kopf vermutete. Gott sei Dank, sie atmet. Und sie ist sogar wach. Oder?

»Bitte lass mich ausschlafen, Mama. Ich bin so müde«, murmelte sie kaum hörbar.

Also doch. Sie ist wach. »Wird leider nichts mit dem Ausschlafen. Du bist vorgeladen, bei der Polizei.«

»Aber du hast doch gesagt …«

»Keine Angst. Die wissen weder was von dem Geld noch von deinem Drogenkonsum. Sie wollen dich nur fragen, wo dieser Fridolin stecken könnte.«

»Ja, aber das weiß ich doch gar nicht. Der hat uns doch nie gesagt, wo er hingeht.« Sabine versteckte sich unter der Bettdecke.

»Na, dann sagst du ihnen das genau so. Und danach kommst du bitte gleich wieder heim. Wir zwei haben nämlich auch noch ein Hühnchen miteinander zu rupfen.« Anneliese zog die Decke wieder herunter und bekam den zweiten Schreck an diesem Morgen, als ihre Tochter sich daraufhin langsam zu ihr umdrehte. Sie sah schrecklich aus. Rote Augen, verquollen und aufgedunsen. Sie würde bestimmt noch ein paar Tage brauchen, bis sie sich wieder einigermaßen erholt hatte.

»Alles klar. Ich war so blöd, Mama. Mich einfach nicht mehr zu melden! Ich weiß gar nicht, wie ich auf den

Scheiß gekommen bin. Und dann noch das mit dem Geld. Du musst ja gedacht haben, ich wäre verrückt geworden. Fuck! Ich muss dir ja total Angst gemacht haben.« Ein paar kleine Tränen der Reue kullerten ihr über die ungesund geröteten Backen.

»Alles halb so wild. Da reden wir nachher noch darüber. Versprochen. Hauptsache, du bist wieder da.« Auch Anneliese liefen die Tränen über das Gesicht. Aus reiner Erleichterung. »Zieh dich erst mal an und schau, dass du denen bei der Polizei keinen Schmarrn erzählst. Und komm danach bitte gleich wieder heim. Ich hab einfach noch Angst um dich. Okay?« Sie strich Sabine über den Kopf und war sich sicher, dass alles schon wieder in Ordnung kommen würde. Vielleicht nicht sofort, aber mit der Zeit bestimmt. Und sie würde ihr Scherflein gewiss dazu beitragen. Als erste Maßnahme hatte sie sich auf jeden Fall schon einmal vorgenommen, nicht mehr so streng zu ihrer Tochter zu sein.

»Okay, Mama. Danke.« Sabine wühlte sich ächzend und stöhnend aus ihrem Bett und tapste ins Bad, um sich zu duschen und anzuziehen. Sie hatte ein schlechtes Gewissen. Und sie befürchtete, dass die Sache noch ein Nachspiel haben würde. Sie konnte ja nicht wissen, dass ihre strenge Mutter durch die ganze Aufregung geläutert war. Zumindest für den Moment. Auf der anderen Seite war sie ihr aber jetzt schon grenzenlos dankbar dafür, dass sie sie aus Annas Wohnung rausgeholt hatte. Sie selbst hatte nicht die geringste Ahnung mehr, warum sie da überhaupt geblieben war. Und wieso sie sich tagelang nicht gemeldet hatte, wusste sie genauso wenig. Im Moment kam es ihr so vor, als hätte sie immer noch total dichten, klebrigen Nebel im Gehirn.

Als sie einigermaßen wiederhergestellt und geschminkt war, fuhr Anneliese sie im Revier vorbei, bat sie beim Aussteigen noch einmal, auf jeden Fall gleich nach dem Verhör heimzukommen, und ging dann in die Bank, um die 100.000 Euro wieder auf ihr Konto einzuzahlen.

Herr Rose, der sie mit ihrem Aktenkoffer hereinkommen sah, nahm sich der Sache umgehend persönlich an. »Ja, liebe Frau Rothmüller. Einen besonders wunderschönen guten Tag wünsche ich. Bitte nehmen Sie doch Platz. Haben Sie es sich anders überlegt?« Er lächelte servil wie immer.

Es gibt Dinge, die haben einfach Bestand, dachte Anneliese. Und dieser Rose und sein Dauergrinsen gehören auf jeden Fall dazu. »Jawohl, Herr Rose. Sie haben mich gestern letztendlich doch davon überzeugt, dass mein Geld bei Ihnen gut aufgehoben ist.« Sie schlug die Beine übereinander und schob ihren Aktenkoffer mit dem Geld über den Tisch.

»Das freut mich natürlich sehr, Frau Rothmüller. Und danke für Ihren gestrigen Hinweis in Sachen Kundenverkehr. Unsere schnippische junge Dame darf vorerst so lange nicht an den Schalter, bis wir überzeugt sind, dass sie weiß, wie man sich zu benehmen hat.« Herr Rose öffnete den Koffer und nahm die gebündelten Geldscheine heraus.

»Das macht Hoffnung, Herr Rose. Sehr erfreulich, das zu hören«, sagte Anneliese.

»Ja, nicht wahr? Wenn Sie sich nur einen kleinen

Augenblick gedulden wollen, Frau Rothmüller. Ich lasse das hier nur eben nachzählen. Kein Misstrauen. Reine Routine. Sie verstehen? Darf ich Ihnen so lange einen Kaffee anbieten?«

»Dürfen Sie, Herr Rose. Nur Zucker, bitte. Zwei Löffel. Keine Milch.«

»Sehr gerne, Frau Rothmüller. Ich bin umgehend zurück.«

Na also, geht doch, dachte Anneliese. Und da heißt es immer, diese Banker heutzutage hätten kein Benehmen mehr. Stimmt doch gar nicht. Das Gegenteil ist der Fall. Wenn der gute Herr Rose nicht aufpasst, rutscht er sogar noch auf seiner eigenen Schleimspur aus.

32

Max und Johanna wurden von den ersten Sonnenstrahlen, die durch das Fenster ins Zimmer hineinlugten, geweckt. Max' runder Micky-Maus-Wecker, den er extra von zu Hause mitgebracht hatte, stand auf 8.30 Uhr. Nachdem sie gestern so gut wie nichts getrunken hatten, waren sie gleich hellwach, fröhlich und bester Dinge. Sie scherzten und lachten wie übermütige Kinder. Max kontrollierte nicht einmal seinen Blutdruck, so gut fühlte er sich. Sie duschten und zogen sich an und setzten sich dann unten in Marias gemütlichem Gastraum zum Frühstück. Es schmeckte ihnen so gut wie schon lange nicht mehr. Sie holten sich dreimal Nachschub vom Büffet und Maria musste jedem noch eine zweite Portion Kaffee bringen.

»Was meinst du, Johanna«, fragte Max, während er sie von seinem zweiten Marmeladenbrötchen abbeißen ließ, »sollen wir am Nachmittag nach Innsbruck fahren und bummeln gehen?«

»Das ist sozusagen eine geniale Idee, Herr Raintaler. Da war ich nämlich noch nie.« Sie wischte sich schnell mit dem Handrücken Marias leckere selbstgemachte Himbeermarmelade aus den Mundwinkeln.

»Na super. Dann ist das hiermit beschlossen. Und am Abend bringe ich dich zum Zug.«

»Gerne. Wenn du dir das antun möchtest. Aber bevor wir losfahren, müsste ich noch einmal in mein Hotel zurück. Ruth hat dort ihre neuen Skischuhe im Abstellraum vergessen. Und ich habe versprochen, sie ihr mitzubringen.«

»Ist doch gar kein Problem. Ich fahr dich hin. Dann gehe ich zwei kurze Stunden auf die Piste und wir treffen uns danach zum Mittagessen wieder. Vielleicht im ›Lustigen Wirt‹? Was meinst du?« Max teilte den letzten Rest Kaffee in der weißen Thermoskanne brüderlich unter ihnen auf.

»Er kann das Skifahren einfach nicht lassen, mein bayerischer Supersportler«, scherzte sie. »Na klar. So machen wir es. Dann bleibt mir auch genug Zeit, mich in dieser kleinen, aber feinen Boutique in der Hauptstraße umzugucken. Die hatten da nämlich so einen roten Rock, der mir sehr gut gefallen hat.« Sie machte dieses Gesicht, das fast alle Frauen, die Max kannte, machten, wenn es ums Klamottenkaufen ging. Kompetent, sehnsüchtig und voller Vorfreude zugleich.

»Perfekt. Magst du schnell von oben deine Sachen holen und aufbrechen?«

»Bin schon weg.«

Als sie kurz darauf mit ihrem Handgepäck zurück war, verabschiedete sich Johanna unter herzlichen Umarmungen endgültig von Maria. Die Wirtin, die heute ausnahmsweise einmal kein Dirndl, sondern Blue Jeans und eine weiße Bluse anhatte, bedeutete ihr, kurz zu warten. Sie verschwand eilig in ihrer Küche und kam mit einer kleinen Flasche in der hochgehaltenen Hand zurück.

»Damit du auch in Holland mal einen trinken kannst, ohne danach all zu sehr leiden zu müssen«, sagte sie unter erneuten innigen Umarmungen und reichte Johanna fröhlich lachend den hilfreichen Katertrunk ihrer Mutter.

»Ach, du liebes bisschen. Vielen Dank, Maria. Und nächstes Jahr komme ich bestimmt wieder.«

»Ja, das sagen sie immer, unsere Gäste. Und manchmal stimmt es dann sogar. Alles Gute, Johanna.« Sie blinzelte die blonde Holländerin freundschaftlich an.

»Auch dir alles Gute, Maria. Und noch mal danke für alles.«

Max, der befürchtete, dass das Verabschiedungsprozedere sich noch stundenlang hinziehen könnte, kam zu dem Schluss, dass ein kleines Machtwort durchaus angebracht wäre. »Also dann. Packma's. Servus, Maria«, trieb er ungeduldig zur Eile an.

Er nickte ihr kurz lächelnd zu, griff sich Johannas kleine Reisetasche und trabte damit zur Tür hinaus. Sie folgte ihm auf dem Fuße. Und auch die gastfreundliche Wirtin kam noch mit nach draußen, um zu winken.

Bald darauf schlitterten sie flott über den vereisten Parkplatz der Talstation, wo Max gestern sein Auto stehen gelassen hatte, und standen wenig später davor.

»Verdammte Schweinerei!«, rief er, als er entdeckte, dass ihm jemand den Seitenspiegel abgerissen hatte. Die spärlichen Überreste baumelten traurig an der Fahrertür herunter. Noch ein Grund mehr, bald mal in die Werkstatt zu fahren. »Welcher Depp tut denn so was?« Der blonde Münchener Exkommissar langte sich an den Kopf. »Das kann ja gar nicht wahr sein«, fuhr er fort. »Dass die Leute in der Stadt keine Rücksicht kennen, daran hat man sich inzwischen gewöhnt. Aber jetzt sind die Rambos anscheinend auch schon auf dem Land unterwegs. Herrschaftszeiten. Dauernd nur Ärger mit der Schrottkarre!«

»Tja, das Böse ist halt immer und überall.« Johanna legte tröstend ihre Hand auf seine Schulter.

»Sieht ganz so aus. Mist, verdammter.« Er riss den Spiegel vollends ab und warf ihn ärgerlich auf den Rücksitz. Dann stiegen sie ein und zehn Minuten später ließ er Johanna vor der Auffahrt zu ihrem Hotel aussteigen. Der Motor war auf der Stelle angesprungen. Unglaublich, aber wahr. Bestimmt verfügte Johanna über geheime Zauberkräfte. Seine langhaarige niederländische Fee warf ihm eine Kusshand zu. Dann verschwand sie im Eingang. Na dann, Herr Raintaler. Alles bestens. Auf zur Pistengymnastik. Ohne weiteren Zwischenstopp fuhr er direkt zur Talstation der Hahnenkammbahn. Die Strecke bis nach St. Johann zum Harschbichl würde jetzt zu viel Zeit kosten. Also bloß schnell hier hinauf und oben ein paar Mal bei der Höfener Alm herumgerutscht. Basta.

33

Johanna durchquerte die im Landhausstil eingerichtete Halle bis zum Empfang und erkundigte sich bei dem jungen Portier, ob die roten Skischuhe von Ruth noch da wären.

»Skischuhe? Rot?«, fragte der nach. »Die können höchstens unten im Skiraum stehen. Haben Sie dort schon nachgesehen?«

»Nein. Ich bin ja gerade erst zur Tür hereingekommen.« Sie zeigte lächelnd auf den Eingang.

»Äh, ja. Natürlich. Wissen Sie denn, wo der Skiraum ist?«

»Ja, weiß ich.«

»Dann würde ich Sie gerne bitten, da unten selbst nach den Schuhen zu schauen. Wären Sie so nett? Ich kann nämlich hier gerade nicht weg.« Er warf ihr einen kurzen, gehetzten Seitenblick zu, der wohl den schrecklichen Stress, unter dem er gerade zu stehen schien, belegen sollte.

»Kein Problem«, erwiderte sie knapp. »Den Weg kenne ich ja.«

»Ja, gut. Vielen Dank«, nuschelte er mechanisch, während er schon längst wieder etwas ganz anderes, hundertprozentig immens Wichtiges auf seinem Computerbildschirm nachsah.

Johanna drehte sich um und eilte auf die Treppe zu, die in den Keller führte. Als sie unten ankam, meinte sie, sich erst rechts halten zu müssen und dann wieder links, geriet dabei aber statt zum Skiraum in einen langen, von Neonröhren beleuchteten Gang. An dessen Ende ging es durch eine offenstehende Tür auf der rechten Seite nur noch ins Dunkle. Hier bist du wohl in eine Sackgasse geraten, Mädchen. Du liebes bisschen! Wo war doch noch gleich dieser Skiraum? Sie wollte gerade umdrehen, als sie ein Geräusch hörte. »Hallo? Ist hier jemand?«, rief sie in den finsteren Gang hinein.

»Hilfe!«

Jetzt hörte sie es ganz deutlich. Da rief doch jemand um Hilfe. Sie tastete nach dem Lichtschalter, fand ihn und strebte der Stimme entgegen, die immer lauter wurde, je weiter sie voranschritt. Dann stand sie, direkt unter einer grellen Neonleuchte, vor einer grauen Metalltür. Sie klopfte an. »Hallo? Sind Sie da drinnen?«, fragte sie.

»Ja, ich bin hier. Die haben mich eingesperrt. Bitte, helfen Sie mir!«

Eingesperrt? War das eine Frau? Oder ein Mädchen? Es klang ganz danach. Max hatte doch immer von einem verschwundenen Mädchen gesprochen. »Aber natürlich helfe ich Ihnen. Ich hole jemanden, der einen Schlüssel hat.«

Aber die ist doch inzwischen wohlauf, wie er sagte. Also ist das hier jemand anderes. Egal. Auf jeden Fall muss sie hier raus. Und zwar schnell. Bevor ihre Entführer zurückkommen.

»Nein. Warten Sie. Gehen Sie bitte nicht weg. Wo bin ich überhaupt?«

Wie lange mochte sie wohl schon hier eingesperrt sein? »Sie sind in einem sehr exklusiven Hotel in Kitzbühel. Im Keller.«

»In Kitzbühel? Aber ich wohne hier in Kitzbühel. Bei meinen Eltern. Können Sie meine Eltern anrufen? Lohmeier heißen sie. Mein Vater ist sehr reich. Er hat eine Fabrik für Computerteile. Der gibt Ihnen sicher eine Belohnung, wenn Sie mich hier rausholen.«

Also doch ein Mädchen. Und ihre Stimme hörte sich sehr verzweifelt und weinerlich an. »Ich brauche keine Belohnung, Schätzchen. Ich hole dich auch so raus!«, rief sie schnell. »Dazu muss ich aber kurz zum Portier und mir einen Schlüssel besorgen. Hältst du es so lange noch in deinem Gefängnis aus?« Sie war inzwischen ganz nah an die Tür herangegangen, um die Stimme auf der anderen Seite besser zu verstehen.

»Ja, gut. Aber beeilen Sie sich. Bitte. Bevor diese Fremden wieder zurückkommen.«

»Die Fremden? Wer sind die?«

»Ja, sie sprechen eine Sprache, die ich nicht verstehe. Sie schreien mich die ganze Zeit an, wenn sie kommen. Und sie schlagen mich. Passen Sie bloß auf, dass Sie denen nicht in die Hände laufen. Das sind total böse Männer.«

Der Schreck fuhr Johanna heiß durch alle Glieder. Jetzt aber nichts wie los, Hilfe holen. »Oh, mein Gott, Schätzchen. Versprochen, ich passe auf. Und ich bin gleich wieder zurück und hole dich ganz schnell heraus. Keine Angst. Ja?«

»Gut. Bis gleich.«

Johanna vernahm nur noch ein leises Schluchzen hinter der Tür. Was ist denn hier los, fragte sie sich. Ist sie entführt worden? Oder hatte jemand das Mädchen zur Strafe hier unten eingesperrt? Oder war es ein Dummer-Jungen-Streich? Auf jeden Fall muss ich schnell Hilfe holen. Am besten den Portier. Der hat bestimmt auch einen Schlüssel. Das Handy hat hier unten im Keller sowieso keinen Empfang. Außerdem muss die Kleine so schnell wie möglich befreit werden. Da kann ich nicht erst lange auf Max oder die Polizei warten. Sie lief, so schnell sie konnte, die langen Gänge entlang, dann die Treppe hinauf und zum Empfang hinüber.

Und wenn die Kleine nun doch von Verbrechern entführt worden war? Die Polizistentochter in ihr kam zum Vorschein. Und angenommen, jemand hier im Hotel hatte damit zu tun? Dann dürfen die doch auf keinen Fall erfahren, dass ich sie entdeckt habe. Na gut, machen wir das eben anders.

»Hallo, junger Mann!«, rief sie, schon von weitem winkend, während sie sich dem mit einem guten Pfund Gel glattgekämmten, vielbeschäftigten Hotelfachangestellten näherte. »Leider ist der Skiraum abgesperrt. Würden Sie mir den Schlüssel für die Kellertüren geben?«

»Oh, das tut mir leid, Madame. Dass abgesperrt ist, wusste ich nicht. Natürlich gebe ich Ihnen den Schlüssel. Hier, bitte schön. Der passt übrigens bei allen Türen im Keller.« Sprach's und hing mit einem Auge schon wieder an seinem Computer.

»Wunderbar«, bedankte sie sich, nahm flink das kleine Ledermäppchen, das er auf den Tresen gelegt hatte, an sich und war schon wieder in Richtung Kellertreppe verschwunden. Wenn du wüsstest, wie sehr du mir gerade geholfen hast, Junge. Unten angekommen, orientierte sie sich kurz und kehrte eilig zu dem eingesperrten Mädchen zurück.

»Hallo, Schätzchen. Ich bin's. Ich bin wieder da. Hörst du mich?«, rief sie, als sie bei der grauen Metalltür ankam.

»Ja«, kam es leise von innen.

Sie steckte den Schlüssel ins Schloss und öffnete. Und verzog unwillkürlich angewidert das Gesicht. Eine beißende Wolke aus Urin und Kot schlug ihr entgegen. Mein Gott, wie das stinkt. Wie lange mag das Kind denn schon hier eingesperrt sein. Dann erblickte sie das Häufchen Elend. Und erschrak. Die blonde Kleine stand neben der Tür und zitterte am ganzen Körper. Ihre Augen waren dick zugeschwollen. Sie hatte etliche blutverkrustete Schrammen im Gesicht. Ihre Arme und ihr Hals waren über und über von blauen Flecken übersät. Ihre Handgelenke bluteten.

»Ja, um Himmels willen, Schätzchen. Wer hat dich denn so zugerichtet?« Johanna nahm das normalerweise bestimmt sehr hübsche, gerade mal etwa 14 Jahre alte Mädchen in den Arm und führte es behutsam aus der Tür.

»Das waren sie. Diese Fremden. Die sind immer wieder hier reingekommen und haben mich verprügelt.« Sie begann leise vor sich hin zu weinen.

»Was gibt es nur für schreckliche Menschen!« Johanna legte ihr vorsichtig den Arm um die Schulter. »Wie lange bist du denn schon da drinnen?«, fragte sie dann.

»Ich weiß es nicht. Ich will endlich nach Hause zu meinen Eltern.«

»Dort bist du auch bald. Versprochen. Ich bring dich erst mal hier raus und dann nehmen wir ein Taxi zu deinen Eltern und rufen die Polizei. Dann sollen die diese miesen Kerle erwischen, die dir das alles angetan haben. Okay?«

»Ja.« Die Kleine sah sie dankbar an. Dicke Tränen der Erleichterung bahnten sich den Weg über ihre zerschundenen Wangen.

Johanna stützte sie und bog langsam mit ihr um die Ecke in den Gang mit den Neonleuchten. Auf einmal standen sie vor zwei kräftigen, schwarz gekleideten Männern, die im ersten Moment genauso überrascht waren wie sie.

»Was …«, brachte der eine von ihnen gerade noch heraus, bevor Johanna ihm das Wort abschnitt.

»Gut, dass Sie da sind, meine Herren. Das Mädchen hier muss ganz schnell ins nächste Krankenhaus. Bitte helfen Sie uns.«

»Helfen! Gut!«, sagte daraufhin der andere, drehte Johanna den Arm um, nahm ihr den Schlüssel weg, den sie immer noch in der Hand hielt, und packte sie mit seiner anderen kräftigen Pranke fest am Hals. Es geschah alles so schnell, dass sie nicht einmal an Gegenwehr denken konnte. Der zweite hatte das Mädchen so lange in den Schwitzkasten genommen. Anschließend schoben und zerrten sie ihre sich heftig wehrenden, laut um Hilfe schreienden Gefangenen in das stinkende Verlies des Mädchens zurück und fesselten sie. So sehr sich Johanna auch bemühte, sie hatte gegen die Kraft und die brutalen Faustschläge ihrer Peiniger nicht die geringste Chance. Zum Schluss knebelten die beiden Gangster ihre Opfer noch gründlich mit Isolierband. Danach verließen sie den Raum und sperrten die Tür hinter sich ab. Kurz darauf öffnete sich die Tür noch einmal und Johannas Reisetasche flog in den Raum. Dann sperrte einer der beiden endgültig zu. Ihre Schritte entfernten sich.

Johanna hörte, wie sie die Tür zum nächsten Gang ebenfalls verschlossen. Aha, deswegen hatte bis auf mich keiner das Mädchen gehört. Die Tür ist vorhin wohl nur zufällig offen gewesen. Jemand muss vergessen haben, sie abzuschließen. Das Licht in ihrem Kellerabteil hatten die Männer brennen lassen. Sie drehte sich um ihre eigene Achse und sah zu der Kleinen hinüber. Die lag regungslos auf dem kalten Steinboden. Hoffentlich lebt sie noch. Und hoffentlich kommen wir beide jemals wieder lebend hier raus. Ob Max wohl denkt, dass ich ohne Abschied nach Hause gefahren bin? Bitte, lieber Gott. Lass ihn nach mir suchen.

34

»Raintaler!« Max war gleich rangegangen, als er den klassischen Klingelton seines Mobiltelefons gehört hatte. Das wird wohl Johanna sein, hatte er gedacht.

»Wurmdobler«, ertönte dagegen am anderen Ende die Stimme seines alten Kollegen und Freundes.

»Servus, Franzi. Was machen die Kopfschmerzen? Hier auf der Piste ist es wunderbar wie immer. Da wären sie bestimmt gleich weg.«

»Passt schon, Max. Passt schon. Ich wollte dich auch gar nicht lange bei deinem Lieblingssport stören, sondern dir nur das Wichtigste berichten.«

»Das freut mich, Herr Exkollege. Du störst nicht. Schieß los.« Max zog seinen rechten Handschuh aus, damit er das Handy besser halten konnte, und fuhr ein Stück weit zwischen die Bäume am Rand der Piste, wo er niemandem im Weg war.

»Also, erst mal vorne weg. Es ist alles bestens gelaufen. Wir haben Fridolin. Er hat zugegeben, dass er Sabine unter Drogen gesetzt und überredet hat, mit ihm nach München zu fahren. Die wollte von Drogen zwar nichts wissen, aber schließlich kennen wir ja unsere Pappenheimer.«

»Ja, aber wenn er ihr die Drogen verabreicht hat, ist sie doch unschuldig. Bestimmt hat er sie dazu gezwungen.« Max versuchte zu retten, was zu retten war.

»Das glaube ich zwar weniger, aber ich nehme es offiziell zu ihren Gunsten natürlich so an.«

»Also hat sie nichts zu befürchten?«

»Geh, jetzt hör halt mit dem Schmarrn auf, Max. Annie ist doch genauso meine Freundin wie deine. Glaubst du im Ernst, ich würde ihre Tochter reinreiten? Lass mich lieber weitererzählen.«

»Also gut, Franzi.« Gott sei Dank. Sabine ist also aus dem Schneider. Max war erleichtert. Aber die kriegt noch was von mir zu hören, wenn ich wieder daheim bin. Da kann sie sich darauf verlassen.

»Dass wir die Schwester von diesem Glanzeder verhaftet haben und wieder freilassen mussten, hat dir die Annie ja vielleicht erzählt«, fuhr Franz schnell fort.

»Nein, hat sie nicht. Ich habe seit gestern nicht mehr mit ihr gesprochen. Schließlich habe ich ja hier nebenbei auch noch einen Urlaub zu verbringen.« Max' Miene hellte sich kurz auf, als er an die Nacht mit Johanna zurückdachte.

»Egal. Auf jeden Fall haben wir sie beschattet. Und stell dir vor, gleich heute früh hat sie uns zu ihrem Bruder geführt. Wollte ihm wohl erzählen, dass wir hinter ihm her wären. Er hatte sich in einem alten, baufälligen Haus am Stadtrand verschanzt. Wir haben ihn halb erfroren da rausgezogen. Zur Gegenwehr war er gar nicht mehr in der Lage. Na, was sagst du?«

»Ja, super. Gratuliere, Franzi. Und wer war das mit deinem Kopf? Auch der Glanzeder?« Max versuchte, seine Zehen zu bewegen, damit sie ihm in den engen Skischuhen während des Stehens nicht noch mehr einschliefen, als sie es sowieso jedes Mal taten.

»Logisch, Max. Und zugegeben hat er es auch schon. Soll der Richter entscheiden, was er ihm dafür aufbrummt. Ich mach mir an so einem windigen Zigarettenbürscherl doch nicht die Hände schmutzig.«

»Da hast du auch wieder recht, Franzi. Dann ist jetzt alles in Ordnung?«

»Alles in Ordnung, Max. Die Gerechtigkeit hat wieder mal gesiegt.«

»Das klingt ja bestens, Franzi. Dann wäre meine schwere Detektivarbeit hier oben also endlich endgültig und für immer beendet.« Die Sache mit der Erpressung hat Fridolin natürlich unter den Tisch fallen lassen, dachte er. Egal. Würde ihm sowieso nur schwer zu beweisen sein, jetzt, wo Anneliese ihr Geld wiederhatte.

»Davon kannst du ausgehen«, erwiderte Franz. »Es sei denn, deine Auftraggeberin Anneliese will, dass du nun Sabines Freundinnen bespitzelst. Könnte ja sein, dass die den Kontakt zu Fridolin Glanzeder hergestellt haben. Und über alles Bescheid wussten. Und dann würden sie in der ganzen Sache mit drinstecken.«

»Glaube mir, Franzi. Das Einzige, über das die beiden Bescheid wissen, ist, wie man sich schminkt, anzieht und Party macht. Mit mehr belasten die ihre hübschen Köpfchen gar nicht.« Max schüttelte grinsend den Kopf, als er an die unglaubliche Begegnung mit ihnen auf dem Hausfasching zurückdachte.

»Na dann. Ski heil, Herr Pensionist. Wann sieht man sich bei Monika wieder? Schließlich schuldest du mir ein paar schöne Getränke.«

»Aller Wahrscheinlichkeit nach am Montag. Falls mir

vorher nicht selbst noch etwas passiert. Hier geht es ja zu wie bei den Hottentotten. Was die Kriminalität betrifft, meine ich.«

»Alles klar, Max. Viel Spaß noch. Servus.«

»Servus, Franzi.« Max verstaute sein Handy wieder in der Innentasche seines Anoraks. Dann suchte er sich ein schönes leeres Stück Piste aus und fuhr mit kurzen Schwüngen direkt in der Falllinie hinunter.

Um zehn vor zwölf schwang er flott ins Tal hinunter, um auf jeden Fall pünktlich im ›Lustigen Wirt‹ zu sein. Einigermaßen pünktlich, wenigstens. Johanna würde sicher auf ihn warten, auch wenn er etwas später kam. Sie wusste ja, wie verrückt er nach seinem Hobby war.

Sein R4 war ausnahmsweise sogar ohne Johanna an Bord angesprungen. Wahrscheinlich hatte er geahnt, dass Max auf dem Weg zu ihr war. Kurz nach zwölf durchschritt er den Windfang vor der Gaststube des gemütlichen Wirtshauses. Er blickte suchend umher. Johanna sah er nicht. Dafür entdeckte er einen kleinen freien Tisch für zwei und strebte zügig darauf zu, bevor er ihm noch von einem anderen hungrigen Mittagsgast weggeschnappt wurde. Er setzte sich so, dass er die Wand im Rücken und die Eingangstür im Blick hatte. Sie ist bestimmt gleich da. Wahrscheinlich probiert sie noch das ein oder andere Kleidungsstück. So hat eben jeder seine ganz persönliche Leidenschaft. Männer den Sport und Frauen das Einkaufen. Na ja, ganz so krass ist es auch wieder nicht. Natürlich treiben genug Frauen auch Sport. Und Männer, die gerne Rasierwasser und Unterhosen einkaufen gehen, soll es ebenfalls geben. Zumindest glaubte er, davon schon gehört zu haben. Oder hatte er darüber gelesen? In so einem Modemagazin für Männer? Beim Arzt im Wartezimmer?

Egal. Er bestellte ein leichtes Weißbier und sah sich im Raum um. Warum magst du eigentlich keine Touristen, obwohl du selber einer bist, fragte er sich, als sein Blick langsam über die verschiedenen Gesichter über den rotweiß kariert gedeckten Tischen streifte. Wahrscheinlich, weil man im Urlaub unweigerlich auf engstem Raum mit Leuten zusammenkommt, mit denen man zu Hause nicht mal ein Wort wechseln würde. Zum Beispiel diese lauthals plärrende dicke junge Frau aus dem Rheinland vorhin am Sessellift. Sie hatte ihre kleinen Kinder andauernd angetrieben, damit sich bloß niemand an ihnen vorbeischieben konnte. Schneller, Hans Günther, nun spute dich aber, Erika, nicht stehen bleiben, Kevin, hatte sie jedes Mal hektisch gerufen, sobald vor den Skiern ihrer Brut auch nur die winzigste Lücke entstanden war. Sie selbst hatte sich aber laufend vorgedrängelt. Und als Max sie dann bei einer der nächsten Fahrten darauf hinwies, dass er vor ihr da gewesen sei, wurde sie auch noch frech. Was ihm überhaupt einfalle. Sie fahre schon seit 20 Jahren nach Kitzbühel. Ihre Familie wäre Stammkunde im besten Hotel am Platz. Und dann käme irgend so ein dahergelaufener Ötzi in Knickerbockern an und meine, ihr sagen zu müssen, was sie zu tun und zu lassen habe. Lächerlich. Max' Einwand, dass sie nichts weiter als eine aufgeblasene, unhöfliche Krampfhenne sei, schien sie nicht weiter zu beeindrucken. Sie drängelte weiter. Bis er seinen Stock vor ihre Skispitzen in den Schnee steckte und sie damit zwang, stehen zu bleiben.

Doch dann ging der Spaß erst richtig los. Ihr Mann, ein übergewichtiger Rotbart mit schwitzendem Gesicht, fing auch noch an, seine Klappe aufzureißen. Was die Leutchen sich hier alles für Unverschämtheiten herausnehmen würden, meckerte er. Schließlich würde jeder hier nur von dem Geld der Gäste leben, die jedes Jahr wieder aus dem Norden herkämen. Und so weiter. Hätte er gewusst, dass um ihn herum fast nur Einheimische standen, hätte er diesen Vorstoß vernünftigerweise sicher unterlassen. Stattdessen brachten ihm seine Bemerkungen ein Echo ein, wie er es bestimmt noch nie zu hören bekommen hatte. Halt doch dein Maul, Scheißpiefke!, wurde gerufen. Haut halt ab nach Kassel, wo ihr her seid, ihr Arschlöcher. Arrogante Schweine wie euch braucht hier keiner. Einige der Anwesenden waren offensichtlich regelrecht froh darüber, endlich einen handfesten Grund für ihren die ganze Saison über schwelenden Hass auf die fremden Geldsäcke gefunden zu haben. Sie machten sich gründlich Luft. Keiner wollte mehr in den Lift einsteigen. Max hatte die keifende Meute nach einer Weile kopfschüttelnd hinter sich gelassen und war an allen vorbei nach vorne gegangen, um in aller Ruhe, einsam und allein, nach oben zu gondeln. Das Skifahren ist auch nicht mehr das, was es früher einmal war, hatte er dabei gedacht. Zumindest, was die Leute betrifft.

Er begann sich langsam Sorgen zu machen. Was ist nur mit Johanna? Herrschaftszeiten. Wir hatten doch zwölf Uhr gesagt. Wenn sie nicht bald kommt, lohnt sich der Ausflug nach Innsbruck nicht mehr. Er wählte ihre Nummer, doch es meldete sich nur die Mailbox. Merkwürdig. Ist sie vielleicht doch wegen irgendetwas beleidigt? Er wüsste zwar nicht, was das hätte sein können. Aber wer weiß? Wer kennt schon die Frauen? Da genügt ja oft nur ein einziges falsches Wort und bums, ist alles im Eimer. Und man selbst weiß gar nicht so genau, was man wieder falsch gemacht hat. Wenn sie um eins immer noch nicht da ist, fahre ich zu ihrem Hotel. Hoffentlich ist ihr nichts zugestoßen. Ein Unfall. Oder sie ist in Ohnmacht gefallen und liegt im Krankenhaus. Möglich ist alles in diesem chaotischen Urlaub.

Eine halbe Stunde später stellte er seinen Wagen vor Herrn Hubers teurem Wellnesstempel ab, ließ den Motor laufen und ging hinein. Er lief zügig auf den Empfang zu, an dem er vor ein paar Tagen schon einmal gestanden hatte. Der Portier dahinter war heute allerdings ein anderer.

»Guten Tag, mein Herr. Was kann ich für Sie tun?«, erkundigte er sich mit geschultem Lächeln.

»Sie können mir eine Auskunft geben«, kam Max ohne Umschweife zur Sache. »Heute Morgen gegen halb zehn habe ich eine Freundin hierher gefahren, damit sie ein Paar rote Skischuhe abholt. Leider hat sie sich seitdem nicht wieder bei mir gemeldet. Ja, und jetzt würde ich gerne von Ihnen wissen, wo sie abgeblieben sein könnte. Haben Sie sie gesehen?« Er hatte beide Hände auf dem Tresen aufgestützt und beugte sich weit zu ihm vor.

»Rote Skischuhe …« Der junge Bursche sah kurz zur Seite, dann in die Luft. Offensichtlich dachte er nach. Dann blickte er Max wieder direkt ins Gesicht. »Tut mir leid«, meinte er. »Nicht, dass ich wüsste.«

»Wie? Sie haben sie nicht gesehen? Und Sie hatten

den ganzen Morgen lang Dienst?« Max legte ungläubig die Stirn in Falten.

»Äh … Ja. Ja, ja. Ich hatte den ganzen Morgen Dienst. Das heißt, nein. Einmal hat mich mein Kollege kurz vertreten.« Der junge Mann legte nachdenklich seinen Zeigefinger an den Mund.

»Ach ja? Und wann war das?« Cool bleiben, Raintaler. Einfach nur cool bleiben. Wenn du ihn jetzt am Schlafittchen packst, fällt ihm bestimmt gleich gar nichts mehr ein.

»Das müsste so gegen halb zehn gewesen sein.«

»Und könnten wir diesen Kollegen eventuell fragen, ob er meine Freundin gesehen hat?« Max lächelte, obwohl er fast vor Ungeduld platzte.

»Äh … Ja. Ja, sicher. Ich gehe und hole ihn.«

»Ganz wunderbar. Herzlichen Dank.« Während er wartete, sah sich Max voller Unruhe in der beeindruckenden Empfangshalle um. Schön wäre es hier ja schon gewesen. Egal.

Kurz darauf kam der Jungportier mit seinem glattgegelten Kollegen zurück. Der sah Max und zuckte zusammen. Oh Gott, das ist doch der Polizist aus München, den wir überbucht hatten. Will der etwa wieder Ärger machen?

»Gu… guten T… tag, mein Herr«, stotterte er aufgeregt.

»Hallo, mein Junge. Schauen Sie nicht so ängstlich.« Auch Max hatte ihn natürlich längst wiedererkannt. »Ich suche nur etwas«, fuhr er fort. »Und zwar ein Paar rote Skischuhe und eine blonde Dame aus Holland. Ich habe sie heute Morgen hier abgeliefert und seitdem nicht mehr gesehen.«

»Ja, die Dame war hier. Ich kann mich genau an sie erinnern. Aber ich hatte viel zu tun, deshalb gab ich ihr die Kellerschlüssel, damit sie sich die Skischuhe selbst holen konnte.«

»Aha. Dann hat sie die Schuhe also abgeholt?«

»Ich nehme es mal an. Wie gesagt, es war viel los. Der Schlüssel hängt auf jeden Fall wieder hier.« Er zeigte auf das große, mahagonifarbene Schlüsselbrett, das seitlich hinter ihm an der Wand hing.

»Nur um ganz sicher zu gehen. Könnten wir zwei da eben mal ganz schnell runtergehen, um nachzusehen, ob sie ihre Stiefel auch wirklich abgeholt hat?«, bat ihn Max. »Es würde mich sehr erleichtern, wenn ich das wüsste.«

»Aber natürlich, mein Herr. Gerne.« Der immer noch vor Unsicherheit zitternde Portier lief voraus und Max folgte ihm die Stufen in den Keller hinunter.

Als sie den Skiraum betraten, standen dort genau zwei Paar Skischuhe. Ein Paar graue. Und ein Paar rote.

»Seltsam«, wunderte sich der Hotelangestellte mit der grässlichen Gelfrisur. »Ich hätte schwören können, dass sie die Schuhe mitgenommen hat. Aber vielleicht hat sie es sich ja anders überlegt und will sie lieber später abholen.«

»Ja, vielleicht. Wer weiß?«, sagte Max. Wie kann man nur so eine unglaublich bescheuerte Frisur wie dieser Bursche haben? Der sieht doch damit aus wie ein Depp auf Rädern.

Sie stiegen wieder zur Halle hinauf. Max verabschiedete sich und kehrte nachdenklich zum Parkplatz zurück. Das Wetter war wieder herrlich. Aber er nahm es nicht wahr. Er überlegte fieberhaft, was hier vor sich ging.

Wenn er etwas absolut nicht verstand, wollte er es unbedingt wissen. Was sollte er als Nächstes unternehmen? Keine Ahnung. Also fuhr er erst mal zu seiner Pension zurück. Vielleicht wartete Johanna dort längst auf ihn. Und vielleicht war ihr Handy kaputtgegangen und sie war deswegen nicht zu erreichen. Vielleicht aber auch nicht und sie hatte ihn einfach sitzen lassen. Vielleicht dies, vielleicht das? Wie auch immer. In zehn Minuten würde er mehr wissen.

Als er bei Maria im Gastraum ankam, fragte er sie sogleich, ob sie Johanna gesehen habe.

»Nein, Max. Ihr seid doch heute früh abgefahren. Und da hat sie sich verabschiedet und ist seitdem nicht wieder hier erschienen. Ist etwas passiert?«

»Ich weiß es nicht«, erwiderte er und blickte sorgenvoll vor sich hin. Hat sie doch einen früheren Zug genommen, weil sie dringend nach Hause musste? Und meldet sie sich bald? Und erklärt mir alles? Aber wenn sie den Zug genommen hat, wieso hat sie dann Ruths Skischuhe nicht mitgenommen? Das verstehe ich einfach nicht. Das macht doch überhaupt keinen Sinn.

»Zu viel grübeln schadet der Gesichtshaut!« Maria brachte einen doppelten Obstler zu ihm an den Tisch. »Trink erst einmal einen Schluck, Max. Es wird sich schon alles aufklären.«

»Oder auch nicht.« Max zuckte nur mit den Schultern.

»Ruf doch einfach noch mal in ihrem Hotel an. Vielleicht ist sie inzwischen wieder dort aufgetaucht.«

»Stimmt, Maria. Du hast recht.«

Als am anderen Ende der Hörer abgehoben wurde, war Marias Exschwager, Herr Huber, persönlich am Telefon. Er erklärte Max, dass die Dame aus Holland heute Morgen wohl im Keller gewesen sei, um die Skischuhe ihrer Bekannten dort zu holen. Dann habe sie es sich aber anscheinend anders überlegt und am Empfang einen Zettel hinterlassen, auf dem sie darum bat, die Schuhe mit United Parcels nach Amsterdam zur Adresse der anderen holländischen Dame zu schicken. Die würden nachher kommen und sie mitnehmen. Die Dame hätte daraufhin wohl das Haus verlassen. Wohin sie gegangen war, wüsste er leider nicht. Er selbst sei nicht im Hause gewesen und die Angestellten hätten jede Menge zu tun gehabt und deshalb nicht darauf geachtet. Ansonsten könne er da leider nicht weiterhelfen. Auch wenn der Herr von der Münchener Polizei noch so viel fragen würde. Max bedankte sich und legte auf. Also doch? Ist sie einfach so auf und davon? Ohne Bescheid zu sagen? Nach allem, was gestern zwischen uns war. Blödsinn. Der Huber lügt doch wie gedruckt. Er wählte gleich noch mal ihre Nummer. Nichts. Herrschaftszeiten. Dann rief er Ruth auf ihrem Handy an, um sie zu fragen, ob sie etwas von Johanna gehört habe.

»Nur, dass sie heute Abend den Zug nehmen wollte, Max«, antwortete sie. »Das hat sie mir gestern versprochen. Seitdem habe ich nichts mehr von ihr gehört. Meinst du, ihr ist etwas passiert?« Sie klang verunsichert.

»Ich weiß es nicht, Ruth. Es ist alles so seltsam. Wieso hätte sie denn ohne ein Wort verschwinden sollen? Hat sie so etwas schon öfter gemacht?«

»Wenn du mich so fragst, Max … Letztes Jahr im Herbst ist sie auch einmal vier Tage lang weg gewesen. Niemand wusste, wo sie war. Als sie zurückkam, hat sie nur mit den Achseln gezuckt und gemeint, dass sie manchmal alleine sein müsse. Das käme ganz plötzlich. Typisch Künstler, dachte ich damals.«

»Danke, Ruth. Dann hoffen wir mal, dass es nur eine Künstlermacke ist und nichts Ernstes. Bitte gib mir doch Bescheid, sobald sie sich bei dir meldet. Würde mich freuen.« Eine Spur von Erleichterung mischte sich in sein besorgtes Gesicht.

»Mach ich, Max«, versprach sie mit gewohnt aufgekratzter Stimme. »Du aber auch, bitte.«

»Natürlich. Servus.«

»Tschüs, Max.«

Herrschaftszeiten. Johanna war weg. Max wollte immer noch nicht glauben, dass sie ihn ohne jedes Wort verlassen hatte. Aber was, wenn es tatsächlich so wäre, wie Ruth gesagt hat? Dann war die Frage nach dem Warum müßig. Dann wartete man wohl am besten einfach ab, bis sie wieder auftauchte. Nachdenklich nahm er seinen Doppelten zur Hand und kippte ihn hinunter.

»Bringst du mir noch einen, Maria?«, fragte er dann in Richtung Tresen und hielt das kleine Glas in die Luft.

Nach dem dritten Schnaps zog er sich zu einem ausgiebigen Nachmittagsspaziergang an. Das sei immer noch das beste Mittel, um schlechte Gedanken aus dem Kopf zu bekommen, riet ihm Maria, bevor er loszog.

Draußen schien nach wie vor die Sonne und ließ die Welt in gleißendem Licht erstrahlen. Ob es im Paradies genauso schön ist wie hier in den Bergen, sinnierte er. Vorausgesetzt natürlich, es gibt überhaupt so etwas wie ein Paradies. Aber vielleicht ist mit dem Tod auch alles zu Ende. Aus die Maus. Nur noch Stille und sonst nichts mehr. Wer kann das schon wissen? Die Trennung von einem geliebten Menschen ist ja eigentlich genau dasselbe, wie wenn ein geliebter Mensch stirbt, spekulierte er weiter. Nur, dass man beim Sterben unwiderruflich Abschied nimmt. Aber im Prinzip ist es doch genau dasselbe. Abschiedsschmerz bleibt immer Abschiedsschmerz. Oder? Aber vielleicht ist das alles auch bloß ein Riesenschmarrn. Im Skiurlaub solltest du wirklich über andere Dinge nachdenken. Zum Beispiel über deine neuen Carver. Sind die nicht der Hammer? Der Kauf hat sich auf jeden Fall gelohnt. Und schließlich bist du nicht ganz allein. Du hast immer noch Monika daheim in München. Ob das jemals etwas Gescheites zwischen dir und ihr wird, weiß zwar niemand. Aber wenigstens ist da jemand. Irgendwo.

Er ging nach St. Johann hinein, drehte eine ausgiebige Runde durch die ganze Stadt und kam erst zurück, als es dunkel wurde. Zum Abendessen kredenzte Maria stolz ein deftiges Hirschgulasch mit Bandnudeln und Rotkohl. Es sah köstlich aus und schmeckte hervorragend. Doch er rührte seinen Teller kaum an. Hatte keinen großen Appetit. Verkroch sich lieber auf sein Zimmer und sah noch eine Zeit lang fern. Und schlief dabei zum ersten Mal in diesem Urlaub vor zwölf Uhr ein.

»Verstehe einer die Frauen«, murmelte er kurz davor noch leise in sein Kissen hinein.

35

Sie wachte auf. Ihr Kopf tat weh. Was war nur geschehen? Dann erinnerte sie sich. Diese blonde Frau war gekommen, um sie zu befreien. Sie waren zusammen in diesen langen, grell beleuchteten Flur eingebogen. Und dann waren auf einmal diese Männer vor ihnen gestanden. Einer von ihnen hatte sie in den Schwitzkasten genommen. So, dass sie keine Luft mehr bekommen hatte. Dann weiß sie nichts mehr. Wie es aussah, hatten sie sie wieder in ihr Verlies zurückgebracht. Doch was hatten sie der blonden Frau angetan? Hoffentlich nichts Schlimmes.

Angestrengt versuchte sie, die Fesseln an ihren Handgelenken zu lockern. Keine Chance. Zu fest gebunden. So wie ganz am Anfang. Dann drehte sie sich auf den Rücken. Wollte sich im Raum umsehen. Die Augen hatten sie ihr diesmal nicht verbunden. Und das Licht brannte. Bestimmt hatten sie einfach vergessen, es auszumachen.

»Mhm!«

Sie hielt inne. Was war das? Da war doch jemand.

»Mhm!«

Sie drehte ihren Kopf in die Richtung, aus der das Geräusch kam. Die blonde Frau. Sie lebt. Gott sei Dank. Die wird mir sicher helfen. Zusammen kommen wir bestimmt hier raus. Sie rutschte in Seitenlage wie eine Schlange zu ihr hinüber. Bis sich ihre Gesichter fast berührten. Wieso reibt sie nur immer wieder ihre Nase über den Klebestreifen auf meinem Mund? Und dann schaut sie auch noch jedes Mal so komisch nach unten.

»Mhm!«

Die Frau wiederholte ihr seltsames Manöver. Was ist da unten nur? Soll ich zu ihren Beinen hinunterrutschen? Aber wozu? Ach so. Klar. Genial. Sie will, dass ich meinen Mund zu ihren Fingern bringe. Dann kann sie den Knebel von meinem Mund reißen. Und ich kann ihr die Fesseln mit den Zähnen aufknoten. Richtig?

»Mhm!«

Also gut. Dann reibe ich jetzt meine Nase an ihrem Mund. Bin ja mal gespannt, ob wir dasselbe denken.

»Mhm!«

Die Frau machte große Augen und nickte. Supergeil, sie hat mich verstanden. Sie schob ihren Körper nach unten. Bis sie vor den gefesselten Händen der Frau lag, die sich inzwischen umgedreht hatte. Sie hielt ihren Mund an deren Finger. Spürte, wie die Frau an ihrem Isolierband zupfte. Den Anfang suchte. Ihn fand und kräftig daran zog.

36

Max hatte schlecht geschlafen. Er war um zwei wieder aufgewacht und hatte sich stundenlang gefragt, warum Johanna ihn wohl so sang- und klanglos verlassen hatte. War seine abwehrende Haltung in der Promi-Bar daran schuld? Oder hatte er etwas von sich gegeben, das sie so sehr verletzte, dass sie es ihm nicht einmal sagen wollte? Oder war ihr doch etwas passiert? Aber da hätten sie auf der Gendarmerie oder im Krankenhaus, wo er gestern Abend noch angerufen hatte, doch Bescheid gewusst. Nein, nein. Bestimmt war sie einfach weggefahren. Wahrscheinlich war sie längst daheim und überlegte, ob sie ihn doch noch anrufen sollte, um ihm alles zu erklären. Oder auch nicht. Wer will das schon wissen? Irgendwann in den frühen Morgenstunden hatte er sich gesagt, dass er auf seine Fragen wohl selbst in hundert Jahren keine Antwort finden würde, und war doch noch eingeschlafen.

Jetzt saß er frisch rasiert und geduscht bei seinem späten Frühstück vor einem dampfenden Haferl Kaffee und herrlich duftenden, knackig frischen Semmeln. Und versuchte, das Thema Johanna so gut es ging zu verdrängen. Was hätte er denn sonst tun sollen? Sie war weg. Warum auch immer. Aber er war noch da, die Sonne schien durch die Terrassentür herein, Marias Rührei spezial mit frischen Kräutern schmeckte einfach köstlich und ein weiterer prächtiger Tag in einem der schönsten erschlossenen Skigebiete der Alpen wartete bereits ungeduldig auf ihn und seine neuen Carver.

Also, was soll's? Freue dich an dem, was war, und auf das, was kommt. Zum Beispiel auf den Abfahrtslauf morgen. Und vergiss den Rest. Wenn das nur so einfach wäre. Ist es aber nicht. Sie war ja schließlich nicht irgendjemand. Sie hatte Klasse und Stil. Und sie konnte so lustig sein. Und so zärtlich. Und natürlich bist du nach wie vor verliebt in sie. Wie könnte es auch anders sein. Herrschaftszeiten. Warum tut sie dir das bloß an? Macht sie sich am Ende gar einen Spaß daraus? Ist sie irgend so ein Psycho? Solltest du dich so sehr in ihr getäuscht haben?

»Noch einen Kaffee, Max?« Maria stand vor seinem Tisch und lächelte über das großzügige Dekolleté ihres feschen roten Dirndls hinweg auf ihn herab.

»Gerne, Maria. Der schmeckt heute besonders gut, finde ich.« Er lächelte mit leiser Wehmut in den Augen zurück.

»Oh, danke für die Blumen. Den habe ich aber genau wie immer nur durchlaufen lassen. Obwohl, stimmt nicht. Ich habe ein bisserl Kardamom hineingegeben. Hast du die Johanna inzwischen erreichen können?« Wie jede gute Wirtin spürte Maria natürlich, dass er litt.

»Nein. Keine Johanna. Nirgends. Als wäre sie vom Erdboden verschluckt. Sie wird schon ihre Gründe haben. Das mit dem Kardamom merke ich mir. Das ist wirklich gut.« Max räusperte sich, als wollte er die Erinnerung an seine große Urlaubsliebe gleich aushusten.

»Ja, aber seltsam ist das alles schon. Ihr habt euch

doch gestern noch so gut verstanden. Da verschwindet man doch nicht einfach. Vor allem nicht so eine sensible Künstlerseele wie Johanna. Wenn da mal nicht etwas passiert ist.«

»Das dachte ich zuerst auch. Aber alles spricht dafür, dass sie endgültig abgereist ist. Vielleicht sogar gerade deswegen, weil sie so eine sensible Künstlerseele ist. Sie hat so was wohl schon mal gemacht, meinte Ruth am Telefon.« Das Thema Johanna ist schätzungsweise so gut wie erledigt, sagte er sich, obwohl er insgeheim natürlich genau wusste, dass es das noch nicht war. Zumindest in seinen Gedanken nicht.

»Ja mei. Ein neuer Tag, ein neues Glück. Was, Max? Oder wie sagt man so schön: Und erstens kommt es anders, und zweitens als man denkt. Ja, ja. Die Liebe ist halt eine Himmelsmacht.« Die immer gut aufgelegte Wirtin lächelte ihn noch einmal aufmunternd an, drehte sich um und verschwand in der Küche.

Max, der gleich bemerkt hatte, dass sie ihm mit ihrem reichhaltigen Schatz an nichtssagenden Lebensweisheiten auf ihre ganz eigene Art helfen wollte, lächelte ihr matt hinterher. Dann aß er ohne großen Appetit seine Marmeladensemmel auf, trank seinen Kaffee aus und ging auf sein Zimmer. Weil die Knickerbocker feucht waren und außerdem schon vom vielen Schwitzen rochen, zog er zum ersten Mal den nagelneuen dunkelblauen Ski-Overall an, den er sich extra für diesen Urlaub gekauft hatte. Er sah gut darin aus. Und er wusste es. Doch es war ihm egal. Da draußen würde niemand sein, dem er gefallen wollte. Er machte sich mit gemischten Gefühlen auf den Weg zur Talstation der Hahnenkammbahn.

Wollte heute dort noch einmal den Schnee testen. Vielleicht auch in Erinnerung an seinen ersten Nachmittag, als die beiden Holländerinnen an seinen Tisch kamen. So genau wusste er das nicht. Als er den Motor startete, tat sein alter Renault so, als hätte er nie zuvor Schwierigkeiten beim Anlassen gemacht. Oder als würde Johanna neben ihm sitzen.

Der Schnee war eine Schau. Und die Lifte und Abfahrten waren lange nicht so voll wie am Montag. Obwohl der Bettenwechsel in den Hotels normalerweise erst morgen, am Samstag, anstand. Max war es nur recht. Er fuhr pausenlos hinauf und hinunter und wieder hinauf und hinunter. Mittags legte er seinen obligatorischen Boxenstopp ein. Vor der Hütte mit dem großen Biergarten, wo er Johanna und Ruth kennengelernt hatte. Der Verbrecher kehrt immer wieder an den Tatort zurück, dachte er und musste dabei lächeln, obwohl ihm gar nicht danach zumute war. Er holte sich wie gehabt ein Weißbier, eine Brez'n und eine viel zu heiße Gulaschsuppe, setzte sich an einen freien Tisch und genoss still das Treiben rund umher.

»Ja, hallo. Wer sitzt denn da so einsam und allein? Servus, Max.«

Er musste seine Augen mit der Hand abschirmen, damit er den Mann, der genau neben der Sonne stand, erkennen konnte. »Ja, der Markus. Servus, Herr Skilehrer. Mittagspause?«

»Ja, sicher, Max. Muss ja auch mal sein. Ich bin mit dem ganzen Kurs hier. Sie sitzen alle da hinten, an den zwei Tischen.« Er zeigte auf eine bunt gemischte Truppe vor dem linken Frontfenster der Hütte.

»Ein Skilehrer lernt andauernd neue Leute kennen. Stimmt's?«

»Sicher. Und vor allem neue Damen. Hast du deine Holländerin schon verabschiedet? Innerlich, mein ich?« Markus sah ihn mit einem schiefen Grinsen an.

»Ja, klar«, winkte Max ab. »Die sind jetzt eh wieder daheim.«

»Das denke ich auch. Du, wie schaut es aus? Da sind vier sehr gut situierte ältere Damen im Kurs, die wollen heute Abend unbedingt mit mir zum ›Lustigen Wirt‹ gehen. Hast du Lust mitzukommen? Dann wären wir zumindest schon mal zwei Hähne im Korb. Was meinst du?« Er blinzelte Max verschwörerisch zu.

»Ja, weißt du, Markus …« Max zögerte.

»Geh, bitte, sag nicht nein. Tu mir das nicht an. Ich bin zwar Skilehrer. Aber vier auf einmal sind sogar mir zu viel.« So wie er dreinschaute, glaubte man es ihm sogar.

»In Ordnung, Markus. Ich schau mal, was ich machen kann. Okay?«

»Ja, super! Das klingt doch schon viel besser. Also um 20 Uhr beim ›Lustigen Wirt‹. Bis dann. Servus.« Der sympathische lockenköpfige Tiroler winkte ihm zum Abschied kurz zu, drehte sich um und lief zu seinem Tisch hinüber, wo seine Rückkehr mit lautem Hallo gefeiert wurde.

Max aß erst einmal seine Suppe und die Brez'n. Dann lehnte er sich bequem gegen den nächsten Biertisch, ließ sich die Sonne ins Gesicht scheinen und trank ab und zu einen Schluck Bier dazu. Endlich einmal kein Stress. So soll ein Urlaub sein. Und über die Sache mit Johanna komme ich schon wieder hinweg. Wäre ja nicht der erste

Urlaubsflirt, der sich im Nachhinein als Niete erweist. Warum fahre ich denn nachher nicht einfach in meine kleine Pension, ziehe mich um und schaue heute Nachmittag zur Abwechslung mal in dieses riesige Wellnesshotel in St. Johann? Dort gehe ich dann ins Hallenbad und in die Sauna und lasse mich anschließend anständig durchkneten. Erholung pur. Das war doch der ursprüngliche Plan gewesen? Oder etwa nicht?

37

Johanna hatte das Klebeband um den Mund der Kleinen zu fassen bekommen und zog daran. Die hatte natürlich längst verstanden, was die blonde Frau vorhatte, und drehte sich gleich darauf mit dem ganzen Körper um ihre eigene Achse. Johanna musste ihr Ende jetzt nur noch gut festhalten. Zehn Minuten später war der Knebel Geschichte. Das Mädchen begann sogleich damit, die Knoten von Johannas Fesseln mit ihren Zähnen zu lockern. Kurz darauf hatte sie es geschafft. Johannas Hände waren frei. Der Rest war ein Kinderspiel. Als sie sich wieder einigermaßen bewegen konnte, nahm die blonde Holländerin ihre tapfere Mitgefangene erst einmal fest in den Arm.

»Wie heißt du eigentlich, Schätzchen?«, fragte sie das tapfere Häufchen Elend an ihrer Brust.

»Jessika. Jessika Lohmeier. Von Computerteile Lohmeier. Ich bin in München geboren. Aber seit letztem Jahr wohnen wir hier in Kitzbühel.«

»Und die Männer haben dich entführt?«

»Ich weiß es nicht. Aber ich glaube schon. Die wollen bestimmt ganz viel Geld von meinen Eltern.«

»Das glaube ich allerdings auch. Aber da werden wir den miesen Kerlen kräftig in die Suppe spucken. Was meinst du?«

»Ja, bitte.« Jessika begann zu weinen. Zu lange hatte sie tapfer sein müssen. Doch jetzt, in den Armen der netten blonden Frau, gab es auf einmal kein Halten mehr.

»Ich heiße übrigens Johanna«, stellte sich Johanna vor. »Und ich verspreche dir, dass du deine Eltern bald wiedersiehst. Wir kommen hier raus. Ganz bestimmt. Versprochen. Ich kenne nämlich einen Polizisten. Und der sucht bestimmt schon nach mir. Und wenn er diese widerlichen Männer in die Finger bekommt, macht er Hackfleisch aus ihnen. Okay?«

»Hackfleisch ist gut.« Jessika musste gleichzeitig lachen und weinen.

38

Max lag bequem auf dem Bauch und war jeden Moment im Begriff wegzudösen. Die Massagebank war wesentlich bequemer als sie ausgesehen hatte. Die hübsche Physiotherapeutin aus Innsbruck, die sich gerade über ihn beugte und sanft seinen eingeölten Rücken massierte, hatte sich ihm als Sandy vorgestellt. Und Sandy verstand ihren Job. So viel war sicher. Einfach himmlisch. Alle Sorgen und jeder Liebeskummer werden aus dem Körper gestreichelt. Da ist anscheinend wirklich was dran, an diesem Ayurveda. Wieso bin ich eigentlich nicht schon früher auf diese Idee gekommen?

Gleich nach seiner Mittagspause vor der Skihütte war er zum Parkplatz hinuntergestochen, in sein altes Auto gestiegen und direkt in seine Pension nach St. Johann hinübergefahren. Dort hatte er kurz geduscht und sich umgezogen und war anschließend an der verschneiten Talstation der Harschbichlbahn vorbei hierherspaziert. In das Berghotel, ein herrliches, riesengroßes Haus, in dem man sich voll und ganz dem Thema Wohlfühlen verschrieben hatte. Ein wahrer Wellnesstempel. Um nicht zu sagen, eine regelrechte Wellnesskathedrale. Kein Vergleich mit Hubers kleiner Müsliklitsche, in der spurlos blonde Holländerinnen verschwanden.

Alles hier war streng nach den Richtlinien des chinesischen Feng Shui eingerichtet. Sogar der Bauplatz selbst war danach ausgesucht worden. Überall hatte man kleine Bars installiert, an denen sich jeder Gast so viele Gesundheitsdrinks holen konnte, wie er wollte. Das Bad hatte die gefühlten Ausmaße einer Olympiaschwimmhalle. Und die Angebote an fernöstlichen Massagen, Bädern, Peelings, Masken und Schlammpackungen waren schier endlos. Max hatte sich für das günstige Einsteigerpaket entschieden. Hallenbad, Entspannungsmassage nach altem indischem Brauch, freie Drinks und Sauna. Aufenthalt drei Stunden. Danach gehe ich ganz gemütlich wieder heim, lege mich noch ein bisschen hin und später schaue ich vielleicht doch noch in den ›Lustigen Wirt‹, sagte er sich. Mal sehen. Kommt ganz darauf an, wie es mir später geht. Das lasse ich dann sozusagen auf mich zukommen. Ganz zwanglos und locker. Dann schlief er ein.

»Hallo, Herr Raintaler!«

»Ja, Chef! Hier bei der Arbeit!« Er blickte erschrocken um sich. Wo, zum Teufel, war er denn jetzt schon wieder hingeraten? Gerade noch hatte ihn sein Chef eines Verbrechens bezichtigt. Er hätte ihm seinen Bleistift und den Radiergummi vom Tisch geklaut und den Papierkorb. Max hatte die Tat heftig bestritten. Aber sein Chef hatte ihm mit der Todesstrafe gedroht und ihm versichert, dass er ihn eines Tages schon noch in flagranti erwischen würde. Und da würden ihm dann auch seine faulen Ausreden nichts mehr helfen.

»Wir wären dann so weit fertig, Herr Raintaler«, verkündete die hübsche Sandy sanft und lächelte amüsiert zu ihm hinab. »Sie sind wohl ein wenig eingenickt.«

»Äh, ja … Sieht ganz so aus, was?« Max wusste zwar wieder ungefähr, wo er war, aber was genau er hier tat, wollte ihm noch nicht so recht ins Bewusstsein rutschen. »Massage beendet?«, fragte er verwirrt.

»So ist es.«

»Aha. Ja, dann. Danke schön, Fräulein, äh, Sandy.«

»Bitte schön, Männlein Raintaler.«

»Was?«

»Nichts!«

»Aha, so. Ja. Na gut. Äh. Ja, dann machen Sie es gut. Und vielen Dank noch mal. Die Massage war sehr … äh … schön. Ich glaube, ich gehe erst mal eine Runde schwimmen. Muss den Kopf wieder klar kriegen.«

»Das wird Ihnen sicher guttun, Herr Raintaler. Auf Wiedersehen.«

»Ja. Auf Wiedersehen.« Er trollte sich Richtung Hallenbad. Ja, so ein Schmarrn. Todesstrafe wegen Radiergummi-Klau. Da sieht man mal, dass Träume nichts als reiner Blödsinn sind. Außer den konkreten Träumen, die du im Wachzustand hast. Die sind wichtig. Selbst wenn du sie nie erreichst. Aber sie halten dich am Laufen.

Am Becken angekommen, stieg er über die breite Treppe auf der Nichtschwimmerseite in das türkisfarbene, weitläufige Nass und tauchte kräftig unter. Dann begann er, gleichmäßig seine Bahnen zu ziehen. Mit Monika warst du auch mal in so einem superschicken Hotel, erinnerte er sich. Ein einziges Mal. Zum Abendessen. In unserem ersten gemeinsamen Jahr.

Sie waren damals runter an den Gargano getrampt. Und hatten dort zwei Wochen auf einem Zeltplatz verbracht. Viel Geld hatten sie nicht gehabt. Doch es hatte ihnen nichts ausgemacht. Die Sterne da unten hatten auf jeden Fall viel heller geleuchtet als die zu Hause. Er hatte

Monika fachmännisch erklärt, dass dies daher käme, dass keine größere Stadt und somit kein störendes Licht in der Nähe seien. Sie war sich da nicht so ganz sicher gewesen. Vielleicht ist man ihnen hier nur ein Stück näher, hatte sie ihm geantwortet und ihn geküsst.

Und am letzten Abend waren sie dann eben zum Abschied in diesem teuren Hotel gewesen. Für ein romantisches Dinner bei Kerzenlicht. Aufmerksame Kellner im Frack hatten ihnen mit weißen Handschuhen aufgetischt. Die Champagnercreme mit Hummerstücken war vorzüglich gewesen. Und der Wein und die Rinderfilets ausgezeichnet. Soweit sie das damals beurteilen konnten. Aber trotzdem hatten sie sich lange nicht so wohl gefühlt wie auf ihrem Zeltplatz oder am Meer.

Er stoppte vor dem kräftigen Strahl einer der zahlreichen Wasserdüsen und ließ sich am ganzen Körper davon massieren. Wie anders heute doch alles ist. Aber so geht es halt einmal. Die Welt ändert sich und wir ändern uns mit. Jetzt ist es aber wieder gut, Raintaler. Sonst machst du noch deiner Tiroler Zimmerwirtin Konkurrenz mit deinen Sprüchen. Nach dem Schwimmen legte er sich in einen der Liegestühle, die, fein säuberlich aufgereiht, neben dem Becken standen, und genoss die Aussicht hinter der riesigen Panoramafensterfront. So sollte ein Urlaub sein. Na ja. So ähnlich jedenfalls. Man würde es halt schon gerne mit jemandem teilen, was man so alles sieht, beobachtet und erlebt. Aber sowohl die Münchenerinnen als auch die Holländerinnen hielten sich ja anscheinend am liebsten bei sich zu Hause auf. Was soll's? Selber schuld.

39

Johanna und Jessika durchsuchten ihr Gefängnis nach brauchbaren Waffen, die sie ihren Entführern um die Ohren hauen konnten, sobald die wieder zur Tür hereinkamen.

»Schau mal, was ich hier habe, Jessika.« Johanna hielt triumphierend einen Spaten hoch, der geradezu dafür gemacht zu sein schien, den Gegner mit einem kurzen, kräftig geführten Streich zu köpfen. Aber auch für einen von oben geführten Schlag zu reinen Betäubungszwecken schien er ihr absolut geeignet.

»Super! Ich habe auch was gefunden. Guck!« Jessika bewaffnete sich gerade mit den dicken Kieselsteinen, die in der alten Schubkarre herumlagen. Sie grinste zufrieden.

»Super! Das sind eins a Wurfgeschosse!«, lobte sie Johanna.

Dann drapierten sie noch die Gabel eines Rechens vor der Tür. Und zwar genau so, dass der Erste, der einträte, unweigerlich draufsteigen musste und den Stiel anschließend an den Kopf bekäme. Als alles fertig war, übernahm Johanna ihren Posten gleich neben der Tür. Und Jessika verschanzte sich, ein Stück weit von ihr entfernt, hinter der quergestellten Schubkarre.

»Und was machen wir, wenn sie uns trotzdem besiegen?« Sie sah flehentlich zu Johanna hinüber, in der Hoffnung, dass sie eine Lösung für diesen Supergau parat hatte.

»Die besiegen uns nicht! Niemals!«, versicherte ihr Johanna und stand dabei unerschütterlich wie der berühmte Fels in der Brandung aufrecht im Raum.

»Ja!« Das war genau das, was Jessika hören wollte. Ein Ruck ging durch ihren schmalen, geschundenen Körper. Okay, ihr Schweine. Dann freut euch schon mal auf richtig großen Ärger. »Ich bin so froh, dass du bei mir bist, Johanna«, sagte sie dann. »Ich hatte solche Angst. Die haben mir so sehr wehgetan. Das kannst du dir gar nicht vorstellen.«

40

Max duschte zum Abschluss noch einmal, zog sich in aller Ruhe an und trat geerdet und gut gelaunt in den eiskalten Januarabend hinaus. Der reinste Balsam für die Seele, so ein paar Stunden Wellnessaufenthalt. Man geht als abgetakeltes Wrack rein und kommt als stolzes Flaggschiff wieder raus. Genial. Das mache ich jetzt öfter. Ich muss ja nicht jedes Mal so weit fahren. Bei uns in Süddeutschland gibt es schließlich genügend solcher Angebote. Im Internet wimmelt es nur so davon. Das habe ich doch schon vor zwei Jahren gesehen, als ich Monika zum Geburtstag ein ganzes Wochenende schenken wollte. Was ich dann aber doch nicht gemacht habe, weil sie zur selben Zeit unbedingt mit Anneliese nach London fliegen musste. Da konnte so ein albernes Wellnesswochenende von mir natürlich nicht mithalten. Er stapfte mit großen Schritten los in Richtung Marias Pension. Doch kaum war er 100 Meter weit gegangen, klingelte sein Handy. Ruth war dran.

»Hallo, Max. Hast du inzwischen etwas von Johanna gehört?«, fragte sie. Sie klang so, als hätte sie einen Schnupfen.

»Leider nicht, Ruth. Was ist mit dir? Weinst du?«, erwiderte er.

»Ach, nichts. Ich mache mir nur Sorgen. Daheim ist sie nicht. Und im Zug war sie auch nicht.«

Ruth würde keine Schwäche eingestehen. Sei sie auch noch so gering. Das wusste er. So weit hatte er sie kennengelernt. Hättest du von Anfang an gescheiter mit ihr anbandeln sollen? Blödsinn, Raintaler. Alter Depp.

»Hier ist sie auch nicht«, sagte er. »Ich hab bei der Polizei und im Krankenhaus angerufen. Und vorhin sogar noch bei der Bergwacht. Nichts. Niemand hat eine blonde Touristin aus Holland gefunden.« Er deutete ein paar halbherzige Kniebeugen an, um seinem etwaig drohenden Erfrierungstod gleich mal ein Schnippchen zu schlagen.

»Das klingt ja sehr verdächtig.«

»Weiß ich nicht, Ruth. Du hast doch selbst gesagt, dass sie schon mal abgetaucht ist. Ich wüsste jedenfalls nicht, wo ich sie suchen sollte. Im Hotel habe ich sogar persönlich nachgefragt. Und einmal noch am Telefon. Ebenfalls ohne Ergebnis.«

»Na gut. Warten wir bis morgen. Aber dann gehe ich zur Polizei.« Sie klang wie jemand, der zur Not ohne Weiteres die holländischen Truppen einschalten würde.

»So machen wir es, Ruth. Wenn wir morgen noch nichts wissen, gehst du in Holland zur Polizei und ich gebe hier eine Vermisstenmeldung auf. Obwohl ich mir durchaus vorstellen kann, dass Johanna wirklich manchmal Dinge tut, die man nicht von ihr erwartet. Nur so eine Vermutung von mir.« Max' Ohr war kurz davor, an der Metallumrahmung seines Handys festzufrieren. Er hielt es weiter weg und nahm seinen Heimweg wieder auf.

»Da könntest du sogar recht haben, Max. Ich melde mich morgen wieder. Tschüs.«

»Servus, Ruth. Wird schon schiefgehen.«

»Wie bitte?«

»Johanna taucht bestimmt wieder auf.«

»Ach so, ja. Gut. Bis dann.«

»Bis dann.«

Sie legten auf. Als er nach ein paar Minuten an der Après-Ski-Bar bei der Talstation vorbeikam, überfiel ihn auf einmal die Lust auf ein Bier. Trotz der belastenden Geschichte mit Johanna. Oder vielleicht auch gerade deswegen. Na dann. Warum denn nicht? Es ist schließlich dein Urlaub. Als er eintrat, winkte ihm Alois vom Tresen aus zu. Max ging direkt zu ihm hinüber. Der sitzt ja ganz gerade, bemerkte er, als er näher kam. Er wird doch nicht nüchtern sein. Was ist denn da passiert?

»Servus, Herr Polizeipräsident!« Der Tiroler Gendarm tippte mit seiner rechten Hand an das Schild seiner feschen Uniformmütze. Seinem Gesicht nach schien er sich momentan nicht besonders am Leben zu freuen.

»Exkommissar!«

»Exkommissar. Entschuldigung, Max! Ein Bier?«

»Ja, gerne. Was ist los, Alois? Wie geht es dir? Du schaust so nüchtern aus.« Max setzte sich, während Alois ein Bier bei Rudi orderte.

»Ärger mit zu Hause!«

»Wie das?«

»Meine Frau hat mir gedroht, mich rauszuwerfen, wenn ich weiter so viel saufe. Das passiert alle vier Wochen einmal. Dann reiße ich mich ein paar Tage lang zusammen. Und wenn sie dann nicht mehr so genau aufpasst, trinke ich wieder. Was soll ich tun? Ihr gehört das Haus. Sie hat es von ihren Eltern geerbt.«

»Verstehe!« Max musste grinsen. Ja, ja. Die lieben Sachzwänge im Beziehungsalltag. Vielleicht ist es gar nicht so schlecht, dass ich nach wie vor unabhängig bin.

»Und? Was gibt es Neues im Entführungsfall? Etwas von den Kollegen gehört?« Themenwechsel. Bevor die Stimmung hier gleich am Anfang auf dem Nullpunkt landete.

»Habe ich mit dir darüber gesprochen?« Alois errötete. Er stierte verlegen in den Tresen hinein.

»Ja. Aber ich weiß Bescheid. Absolute Geheimsache«, flüsterte Max ihm mit vorgehaltener Hand ins Ohr.

»Genau. Ich darf nämlich eigentlich mit niemandem darüber reden.« Alois atmete sichtlich erleichtert auf. Er sah Max dankbar an.

»Ist doch klar, Alois. Ich wollt ja auch bloß mal fragen. Einfach so. Rein privates Interesse sozusagen.«

Rudi brachte Max' Bier und begrüßte ihn bei der Gelegenheit herzlich. Dann trabte er wieder zu seinen Zapfhähnen zurück.

»Also, es scheint jetzt so zu sein, dass zwei Fremde aus dem Ausland daran beteiligt sein sollen«, fuhr Alois mit ihrem spannenden Thema fort, sobald der Barmann außer Hörweite war. »Russen, so wie es aussieht. Jemand hat sie angeblich mit dem entführten Mädchen auf der Straße gesehen und reden gehört. Aber bisher ist das nur ein Verdacht. Nicht mehr.«

»Russen. So, so. Das klingt ja sehr interessant.«

»Ja, die Russen. Früher haben sie sich noch hinter dem eisernen Vorhang versteckt und jetzt überschwemmen sie die Welt mit ihrem schlechten Benehmen und ihrem Zaster. Zumindest ein Teil von ihnen.« Alois nahm einen großen Schluck von seinem Bier und hielt danach den Zeigefinger an seinen Mund, um zu zeigen, dass er nicht weiter über die Sache reden wollte.

»Ich habe hier diese Woche schon zweimal so ein paar ganz finstere Gestalten gesehen.« Für Max war das Thema noch nicht zu Ende. Er beugte sich ein Stück weit zu seinem neuen Freund hinüber. »Sie hatten eine riesige schwarze Limousine mit Chauffeur. Das waren ganz bestimmt Russen«, raunte er kaum hörbar verschwörerisch. »Und die hatten ganz sicher Dreck am Stecken. Und eine Frau hatten sie beim ersten Mal auch dabei. Sie sah wie die Tote aus der Zeitung aus, die man an der Streif gefunden hat. Nicht, dass ich was gegen Russen im Allgemeinen hätte. Aber diese Typen sahen auf alle Fälle wie Ganoven aus.«

»Das glaube ich dir gern, Max. Aber es wäre schon ein Riesenzufall, wenn genau die zwei, die du gesehen haben willst, das Mädchen entführt und diese Frau bei der Streif getötet hätten. Das hätten doch ebenso gut hundert andere gewesen sein können. Außer, du hättest die Frau wirklich ganz genau erkannt.« Alois sprach ebenfalls fast flüsternd.

»Habe ich leider nicht. Dazu war es zu dunkel. Aber irgendwas mit denen war faul. Glaube mir. Vielleicht waren sie es ja auch, die deinen Kollegen vor dem Spielcasino überfallen haben?«

»Mag schon sein, Max. Aber was soll's? Du weißt ja selbst, dass man auf einen so vagen Verdacht hin niemanden festnehmen kann.«

»Sicher. Da hast du natürlich recht, Alois.« Max blickte nachdenklich vor sich hin. Hatten sie am Ende sogar etwas mit Johannas Verschwinden zu tun? Herrschafts-zeiten. Wo mag sie nur sein? Er trank einen Schluck.

»Na, siehst du. Und ich weiß auch nicht mehr über die Sache, als ich gerade schon sagte. Wenn man bei unse-rem Chef in Ungnade gefallen ist, erfährt man so gut wie gar nichts mehr. Lassen wir die Kriminalistik in Frieden ruhen. Trinken wir lieber noch etwas.« Alois zeigte mit der fröhlichen Selbstverständlichkeit des Gewohnheits-trinkers auf ihre halb leeren Gläser.

»Logisch, Alois. Einen nehmen wir noch.« Max erhaschte Rudis Blick, der gerade am anderen Ende sei-nes Tresens bei zwei sehr jungen Urlauberinnen im rosa Overall stand, und streckte zwei Finger seiner rechten Hand in die Luft. Der wachsame Barmann hob zur Ant-wort den rechten Daumen. Alles klar. Bestellung auf-gegeben.

Ein netter Laden, den Rudi hier hat, dachte er dann. An den großen Holztischen mit den langen, bequemen Sitzbänken kann man super in großen Gruppen feiern. Der Tresen ist riesig. Die Panoramafenster erlauben freien Blick auf Berg und Tal. Und die Piste ist gleich nebenan. Da kommen bestimmt den ganzen Tag lang jede Menge Leute vorbei. Und alle sind in bester Urlaubsstim-mung. Die reinste Lizenz zum Gelddrucken. Ich möchte mal für einen Monat zur Verfügung haben, was hier an einem Tag umgesetzt wird. Mann, oh Mann. Alles in allem muss Rudi ein sehr glücklicher Mann sein.

»Noch zwei Helle für die Polizei!« Der flotte Barmann stellte grinsend die Bierkrüge vor ihnen ab.

»Danke dir, Rudi.« Alois leckte sich voller Vorfreude über die Lippen. »Sag einmal«, fuhr er dann fort. »Diese zwei reizenden jungen Damen da hinten, willst du uns die nicht vorstellen?«

»Gegenfrage«, erwiderte Rudi und grinste noch ein Stück breiter. »Hast du nicht schon genug Ärger mit deiner Frau?«

»Geh, Schmarrn. Ich will doch nur ein bisserl reden. Unterhaltung. Du verstehst? Die sind doch sowieso viel zu jung für uns. Habe ich recht, Max?«

»Auf jeden Fall, Alois. Deswegen können sie wegen mir auch gern da bleiben, wo sie jetzt sind.« Max grinste ebenfalls.

»Siehst du, Rudi. Keine Hintergedanken. Aber schon gleich gar keine.« Alois zuckte nur unschuldig mit den Achseln. »Wir sind doch keine Skilehrer«, fügte er noch hinzu.

»Was soll das denn heißen? Ich bin auch Skilehrer. Treib ich es deshalb mit allen jungen Touristinnen?« Rudi grinste immer noch breit und frech.

»Sagen wir es mal so. Du versuchst es zumindest«, krähte Alois.

Jetzt mussten alle drei lauthals lachen, weil sie genau wussten, dass er die Wahrheit sagte.

»Alles klar, Alois. Ich schick euch die beiden rüber.«

»Lieber nicht!«, rief ihm Max nach.

»Zu spät!«, meinte Alois trocken.

Max grinste. Er fand langsam immer mehr Gefallen an dem vierschrötigen Gendarmen. Als Jugendlicher hatte er mal einen Freund gehabt, Bertram. Und in seinem Äußeren und seiner ganzen Art erinnerte ihn der trink-frohe Tiroler an ihn. Kräftig, lustig und gar nicht dumm. Zumindest, solange er nüchtern war.

Bertram und Max waren eine lange Zeit unzertrennlich gewesen. Sie hatten zusammen das Rauchen angefangen, ihren ersten Rausch miteinander erlebt und ihre Sorgen miteinander geteilt, wenn es Ärger mit den Eltern gegeben hatte. Oder wenn sie Liebeskummer gehabt hatten.

»Grüß Goddle zusammen. Der Rudi had gmeind, ihr würded uns auf ein Gedrängg einladen wollen. Stimmd des?« Die zwei Mädchen mit den lauten Quietschestimmen klimperten lustig mit den bemalten Augendeckeln und stellten sich den beiden Herren im besten Mannesalter als Geli und Susi vor.

»Ja, wenn der Rudi das sagt, dann wird es wohl stimmen.« Alois stellte ihnen sich und Max vor und gab dem jungen Lokalbesitzer und Lehrbeauftragten in Sachen Skifahren ein Zeichen.

Der verstand gleich, dass es um die versprochenen Getränke ging, hob nur den Daumen und nickte.

»Aber sagt doch einmal«, fuhr Alois fort, »woher kommt ihr zwei Hübschen denn eigentlich?«

»Also, die Geli is aus Würzburch und ich bin aus Gronach.« Susi steckte, nachdem sie das gesagt hatte, lasziv den rechten Zeigefinger mit seinem schwarz und weiß lackierten langen Fingernagel ein Stück weit in ihren knallrot bemalten Mund.

»Ja, das ist ja toll!«, rief Alois aus. »In Kronach war ich auch schon mal. Eine Tante von mir wohnt dort. Ein wunderschönes kleines Städtchen.«

»Ja, es is sehr schön dord. Und grad auch im Sommer, wenn es draußen warm is. Da is es dann besonders schön. Mid den ganzen Blumen und so.« Geli kicherte, als hätte sie einen ganz tollen Witz erzählt.

»Das ist ja, äh … ganz hervorragend. Ha, ha, ha.« Max wusste nicht, ob er lachen oder weinen sollte.

»Ja, … nä?«, kam es von Geli. Ihr Mund blieb danach eine Weile lang offen stehen. Dann lächelte sie unvermittelt. So, als hätte sie sich gerade an etwas besonders Schönes erinnert.

»Ja dann, ihr Hübschen. Ich muss leider wieder los.« Max hatte keine Lust, sich um jeden Preis zu amüsieren. Dazu war die Wunde, die Johanna hinterlassen hatte, noch zu frisch und die zwei Skihäschen hier eindeutig zu jung und zu dumm. Da treffe ich mich lieber nachher mit Markus und seinen reichen Skischülerinnen, dachte er, trank seinen Rest Bier aus, zog seine Jacke an und gab Rudi ein Handzeichen, dass er bezahlen wolle.

»Geht aufs Haus!«, rief der und hob den Daumen.

»Ja, äh … wie jetzt?«, stammelte Alois und sah Max verwirrt an. »Ich dachte, wir trinken alle was zusammen.« Er zeigte auf sich und die beiden fränkischen Mädchen.

»Ein anderes Mal wieder, Alois. Versprochen. Ich muss wirklich los. Leider. Servus.«

»Äh, ja. Aha … Ja, also dann, Servus.« Der gemütliche Alpenschandi sah nur noch verdutzt aus der Wäsche.

Max drehte sich um und stapfte entschlossen der Tür entgegen.

»Dschüsle!«, krähten ihm Geli und Susi hinterher.

»War der edzadla beleidichd?«, meinte er Geli noch fragen zu hören, als er die Tür öffnete.

41

»Mach schneller, Andrei. Wir kommen schon wieder zu spät!« Andreis jüngerer Bruder Wladimir war nervös, weil sie einen Termin mit dem Boss hatten. Und der konnte mächtig sauer werden, wenn man ihn warten ließ.

»Nur die Ruhe, Brüderchen! Wir sind ja gleich da.« Andrei fuhr gemütlich weiter. Er saß selbst am Steuer, weil ihr Chauffeur seinen freien Nachmittag hatte. Und er hatte es überhaupt nicht eilig damit, vor dem Boss zu erscheinen. Meistens gab es nämlich nur einen Grund, aus dem er sie außer der Reihe zu sich rief. Er wollte sie wieder mal wegen irgendeiner Scheiße, die schiefgelaufen war, zusammenstauchen. Ihnen unter die Nase reiben, was sie schon wieder alles falsch gemacht hätten. Andauernd hatte er irgendwas zu meckern. Natürlich machten sie Fehler. Aber nur wegen seines andauernden Gemeckers würde sich das bestimmt auch nicht ändern. Sie hatten schon etliche Aufträge erfolgreich für ihn erledigt. Hier und da eine kleine Erpressung. Oder auch mal Nötigung. Oder Geschäftspartner von ihm mit einem Baseballschläger oder einem Nussknacker unter Druck setzen, wenn die nicht spurten. Und manchmal zogen sie auch ganz privat ein eigenes kleines Ding durch, wie das mit diesem Typen vor dem Casino. Das war echt leicht verdientes Geld gewesen. Der Idiot hatte die Scheine einfach vor sich in die Luft gehalten, als er juhu! gerufen hatte. War so besoffen gewesen, dass er kaum noch stehen konnte. Sie mussten nur noch zugreifen, ihm einen kleinen Schubs verpassen und ganz gemütlich zu ihrem Auto laufen. Er fiel natürlich hin und hatte ihnen dann noch irgendetwas vom Boden aus hinterhergebrüllt. Aber sie hatten ihn nicht verstanden. Solche Sachen machten sie halt normalerweise. Und jetzt kamen noch Entführung und Mord dazu. Auch egal. Hauptsache, die Kohle stimmte.

»Wieso hast du es überhaupt so eilig? Der Chef soll sich mal nicht so haben. Dann kommen wir halt zu spät. Wir sind auch nur Menschen. Oder nicht?« Andrei bog auf den Parkplatz vor der Hütte ein, in der sie mit ihrem Auftraggeber verabredet waren.

»Du kennst ihn doch. Er wartet einfach nicht gern.«

Sie stiegen aus und gingen hinein. Als sie in das mit alpenländischen Jagdtrophäen völlig überladene Büro des Chefs traten, wurden sie wie erwartet empfangen.

»Wo bleibt ihr denn, ihr verfluchten Trottel?«, bellte er. »Ich habe schließlich nicht den ganzen Tag Zeit!« Er stand breitbeinig, wie gewohnt in Anzug und Krawatte, vor seinem Schreibtisch und blickte ihnen wütend und streng entgegen.

»Sind wir sofort losgefahren, wann du hast angerufen, Boss.« Andrei blieb entspannt. Er war der Klügere von beiden. Deshalb beherrschte er auch die deutsche Sprache. Zumindest leidlich. Sein jüngerer Bruder Wladimir war dafür brutaler. Er verließ sich ganz auf das, was ihm Andrei übersetzte. Vertraute ihm hundertprozentig. Es blieb ihm ja schließlich nichts anderes übrig.

»Also, Männer. Aufgepasst. Wir haben eine neue Situation. Die fünf Millionen Euro liegen morgen um Punkt zwölf am verabredeten Übergabeort in der Bergstation in St. Johann. Polizei wird keine dort sein. Dazu ist unsere Drohung zu eindeutig. Ihr müsst also nichts weiter tun, als hinaufzufahren, die Tüte mit dem Geld einzupacken und wieder herzukommen. Ist das so weit klar?« Der Boss ging langsam hinter seinen Schreibtisch, setzte sich dick und breit in seinen teuren Ledersessel und zündete sich eine Havanna an.

»Ist klar, Boss. Klar wie Luft in Taiga«, brummte Andrei, nachdem er seinem Bruder, unter dessen eifrigem Nicken, den Sachverhalt übersetzt hatte.

»Gut. Punkt zwei. Die blonde Frau und das Mädchen. Sind die gescheit gefesselt? Und geknebelt? Nicht, dass da etwas schiefgeht und am Ende noch jemand auf sie aufmerksam wird.«

»Gute Fessel, Boss. Keine Problem!«

Andrei übersetzte. Wladimir nickte wieder.

»Gut, wir überprüfen das später noch einmal gemeinsam.«

»Was machen wir mit blonde Frau, Boss?« Andrei grinste schief und ließ dabei seinen Goldzahn blitzen.

»Die bringt ihr um, sobald wir das Geld haben. Schließlich hat sie euch gesehen.«

»Okay, Boss. Und Mädchen?« Er fuhr sich mit dem Handrücken langsam über sein unrasiertes Kinn.

»Die werdet ihr auch ausknipsen. Genau wie ihr es mit eurer blöden Schlampe aus Kiew, die die Kleine befreien wollte, gemacht habt. Aber wie gesagt, erst wenn das Geld hier auf meinem Schreibtisch liegt. Wir können uns keine weiteren Pannen leisten.«

»Okay, Boss. Und Geld? Alles klar?«

»Du meinst euren Anteil? Ja, sicher. Wenn alles nach Plan läuft, kriegt ihr den. Genau, wie vereinbart. Und euer Chauffeur auch. Eure Schlampe braucht ja nichts mehr. Ha, ha. Habt ihr sonst noch irgendwelche Probleme?«

»Nein, Boss. Keine Probleme.«

42

»Max! Hey, Max!« Alois gab sein Bestes, um den Münchener Exkommissar einzuholen, der gerade kurz vor ihm zur Tür hinausgestürmt war. Der drehte sich um, als er die Rufe hörte, und wartete, bis der Tiroler Gendarm ihn, schnaufend und prustend wie eine alte Dampflok, eingeholt hatte. Kurz vor Max blieb er stehen. »Mann. Du kannst mich doch nicht mit diesen Kindern alleine lassen«, protestierte er. »Da macht man sich ja strafbar als erwachsener Mann. Selbst wenn die vielleicht schon 18 sind.«

»Stimmt auffallend, Alois. Ich kann so was gar nicht gebrauchen. Außerdem hab ich im Moment ganz andere Sorgen.«

»Weibergeschichten?«

»Ja.«

»Willst du darüber reden?«

»Nein.«

»Na gut. Ich wollte doch bloß ein bisserl Gaudi. Dann unternehmen wir halt etwas anderes. Kein Problem. Sollen die ihr blödes Glas Sekt alleine trinken.« Alois rieb sich die kalten Hände.

»Na gut. Wir könnten nach Kitzbühel in den ›Lustigen Wirt‹ fahren. Markus wartet da um acht auf mich. Ein Skilehrer, den ich kenne. Er hat vier Damen in unsrem Alter dabei. Das wäre doch eher was für uns. Was meinst du?« Max war inzwischen wieder weitergegangen. Er wollte so schnell wie möglich aus der Kälte raus.

»Klingt perfekt. Auf nach Kitzbühel. Im ›Lustigen Wirt‹ war ich schon lange nicht mehr. Das Essen dort ist einsame Spitze.«

»Na also! Lass uns gleich in meine Pension gehen. Dort zieh ich mir was anderes an. Und dann steigen wir in mein Auto und schon kann's losgehen.«

Der Himmel war klar. Man spürte förmlich, dass die Nacht später noch kälter werden würde. Gleich nachdem ihr Atem den Mund verließ, nahm er die Form von dicken, weißen Wolken an. Alois hatte Mühe, mit Max mitzuhalten. Der Schnee knirschte unter ihren Schritten.

Am kläffenden Rex vorbei in der kleinen Pension angekommen, setzte Max seinen neuen Weggefährten im bullig warmen Gastraum ab, bestellte ihm bei Maria ein Bier und verabschiedete sich daraufhin kurz auf sein Zimmer. Nachdem er sich dort schnell geduscht, geföhnt und umgezogen hatte, lief er wieder nach unten. Und fand Alois neben Maria am Tisch sitzend vor. Die beiden schienen sich bestens zu amüsieren.

»Ja, da ist er ja wieder, unser gefährlicher Münchener Exbulle!«, rief Alois, als er Max entdeckte.

Maria lachte.

»Habe ich irgendwas verpasst?« Max sah leicht verunsichert von einem zum anderen.

»Nein, ach wo, Max. Die Maria hat bloß gerade gemeint, dass sie im Leben noch keinen so sensiblen Polizisten wie dich gesehen hätte. Ich sage nur Blutdruckmessgerät.«

Beide mussten lachen.

»Solange sie nicht übersensibel sagt, ist mir das recht. Ich fasse das mal als Kompliment auf, Maria.« Er setzte sich ihnen gegenüber.

»Ist auch so gemeint, Max. Ganz bestimmt. In diesem Haus will dir bestimmt niemand etwas Böses.«

»Das hoffe ich doch stark bei meinem Liebeskummer.«

»Magst du einen Schnaps?«

Ohne seine Antwort abzuwarten, schenkte sie allen die Gläser randvoll.

»Ich muss noch fahren.« Hätte Max sich so schwach beim Schiedsrichter eines x-beliebigen Fußballspiels wegen Foulspiels beschwert, hätte der ihn nicht mal mit einem gebrochenen Bein ernst genommen.

»Nach Kitzbühel? Ach, komm. Nehmt euch doch lieber ein Taxi. Sonst kannst du ja gar nichts trinken. Und wie sollst du dann deine Sorgen vergessen? Und außerdem hast du doch Urlaub.«

»Wo du recht hast, hast du recht, Maria. Die Karre springt zurzeit sowieso so schlecht an. Also, dann rein mit dem Tiroler Flaschengeist. Sagt man dem eigentlich auch magische Kräfte nach? Wie diesem Zeugs aus der Werbung?« Max hob sein Glas vor die Augen und betrachtete die seltsam braungelbe Flüssigkeit darin.

»Aber natürlich, Max. Der lässt dich hundert Jahre alt werden und alles Hässliche auf dieser Welt vergessen.«

»Na, wenn das so ist? Dann prost, ihr zwei Hübschen!«, sagte er und stieß vorsichtig mit ihnen an, damit nichts von dem kostbaren Nass verloren ging.

Marias Flaschengeist schmeckt mindestens genauso grässlich wie der Katertrunk ihrer Mutter, stellte er fest, als er ausgetrunken hatte. Aber er wärmt den Körper durch und steigt ohne große Umwege direkt in den Kopf. Und das ist ja schon mal was. Da brauchst du keinen Baldrian mehr.

»Weil wir gerade beim Schnaps sind, Maria. Wer hat denn jetzt eigentlich deinen Hund besoffen gemacht?«, wollte Max wissen, während er sich immer noch angewidert schüttelte.

»Mein Bruder war's. Ich hatte ihn bereits in Verdacht, dass er das mit dem Wein letztes Jahr war. Und es hat sich bewahrheitet. Jetzt darf er mir dafür den Rest der Saison meine Frühstückssemmeln ins Haus liefern. Ohne Geld dafür zu bekommen. Er hat eine Bäckerei im Ort.«

»Jawohl. So gehört es sich. Er hätte den Rex ja fast umgebracht.« Max machte Alois Konkurrenz und stach jetzt auch einmal seinen Zeigefinger wie der sprichwörtliche Oberlehrer steil in die Luft über ihren Köpfen.

»Ja, Männer. Ich muss wieder in meine Küche.« Maria stand auf. »Ich wünsch euch viel Spaß im ›Wirt‹«, fuhr sie fort, während sie routiniert ihre Gläser einsammelte. »Schön, dass du mal wieder da warst, Alois. Servus, Max. Bis morgen.«

»Servus, Maria!«, riefen ihr beide hinterher.

»Ja, die Maria«, meinte Alois dann mit einem versonnenen Lächeln. »Wir kennen uns schon so lange. Sie war mit meiner Ältesten in der gleichen Klasse. Wie schnell doch die Zeit vergeht.«

»Stimmt, Alois«, erwiderte Max. »Und wenn wir nicht bald aufbrechen, vergeht sie sogar so schnell, dass wir zu spät zum Essen kommen. Also pack ma's. Oder? Das Taxi steht bestimmt schon vor der Tür.«

»Also gut. Auf geht's. Übrigens, wenn du für dein klappriges Auto eine Werkstatt brauchst, mein Bruder hat eine. Und der macht dir bestimmt einen guten Preis, wenn ich mit ihm rede.« Alois machte ein Gesicht wie ein Haushaltsgerätehändler aus der Fußgängerzone beim Verkaufsgespräch.

»Da komm ich vielleicht sogar drauf zurück, Alois.« Max vertraute ihm trotzdem.

Als sie vor der Tür standen, bog das Taxi gerade in die Einfahrt. Sie liefen am heiser bellenden Rex vorbei und stiegen ein. Dann setzte Max den langhaarigen Fahrer des gemütlichen Kombis davon in Kenntnis, dass es zum ›Lustigen Wirt‹ nach Kitzbühel ginge. »Einen schönen Wagen haben Sie da«, lobte er, als er sich vorne neben den jungen Tiroler gesetzt hatte.

»Gehört meinem Vater. Ich fahr bloß für ihn.«

»Aha. Und verdient man da was, beim Taxifahren?«

»Mein Vater meint, dass es früher besser gewesen sei. Aber mir langt's. Ich brauche eh bloß Geld zum Ausgehen und für besondere Anschaffungen. Essen und wohnen kann ich daheim kostenlos.«

Max gefiel die pragmatische Sichtweise des Burschen auf der einen Seite. Auf der anderen hatte er das Gefühl, dass er es sich damit zu einfach machte. Was war denn später? Wenn seine Eltern einmal nicht mehr da waren? Dachten wir in dem Alter genauso? Ach was. Bestimmt. Ist bloß schon so lange her.

»Na ja. Hauptsache, es bringt Spaß«, sagte er.

»Passt schon. Party machen ist geiler. Aber passt schon!

Die Polizei fahre ich allerdings nicht so oft«, gestand der Fahrer mit einem kurzen Blick auf Alois' Uniform im Rückspiegel.

»Keine Angst«, beruhigte ihn der. »Wir beißen nicht!«

Party, Party, Party. Manchmal fragt man sich, ob sich die ganze Welt langsam in eine einzige riesige Partyzone verwandelt. Egal. Lass die Jugend doch Jugend sein, Raintaler. Wir haben damals gehascht und Pink Floyd gehört. Waren nicht viel anders als die Burschen und Mädel von heute. Er sah zu Alois hinüber, der hinter dem Fahrer saß. Der grinste nur. Max drehte sich wieder nach vorn und sie fuhren schweigend weiter bis zu ihrem Ziel.

»Da ist er ja, der ›Lustige Wirt‹! Besten Dank. Was kostet das?« Max zückte seinen Geldbeutel und war gerade im Begriff, das Fach mit den Scheinen zu öffnen, als ihm auf der anderen Straßenseite ein Wagen auffiel. Das ist doch die Limousine von diesen Russen, dachte er. Und prompt bemerkte er gleich darauf, wie die beiden aus einer kleinen Bar schräg gegenüber traten und auf ihr protziges Gefährt zusteuerten. Er steckte die Brieftasche wieder ein.

»Warten Sie!«, forderte er den Chauffeur auf. »Sehen Sie die schwarze Limousine da drüben?«

»Ja!«

»Fahren Sie ihr bitte nach. Egal, wo die hin wollen, wir wollen da auch hin.«

»Was ist los, Max? Warum steigen wir nicht aus? Ich habe Durst.«

»Das sind die Burschen, Alois. Du weißt schon. Die mit dem Russenmädel. Mich beschleicht da gerade so ein

Gefühl. Kann ich dir nicht erklären. Vielleicht haben die was mit dem entführten Mädchen zu tun.«

»Eine Entführung? Sind das Gangster?« Der Taxifahrer sah Max neugierig an.

»Nicht so ganz …«, versuchte Alois, die Sache abzuwiegeln.

»Gangster! Geil. Klar fahr ich denen nach!« Der junge Mann setzte seine Sonnenbrille auf. »So erkennen sie mich nicht«, sagte er. »Soll ich Abstand halten, wie sie das in den Krimis immer machen?«

»Das passt schon. Fahren Sie ihnen einfach nach!«, ordnete Max an. »Bis sie parken. Okay? Und setzen Sie die Brille wieder ab, sonst fahren Sie noch irgendwo dagegen.«

»Alles klar, Herr Kommissar.« Der Fahrer gab Gas und folgte den Rücklichtern der schwarzen Luxuskarosse, die sich wie die bunten Schaufensterbeleuchtungen und die Scheinwerfer der entgegenkommenden Fahrzeuge im nassen Asphalt der Straße spiegelten. Kurz darauf ahnte Max, wo es hinging.

»Hier war ich doch schon ein paarmal«, murmelte er leise vor sich hin. »Da vorne ist doch gleich Johannas Hotel!«

»Was sagst du, Max?«, fragte Alois.

»Sie fahren zu Johannas Hotel.«

»Und was wollen sie da?«

»Woher soll ich das wissen? Bin ich Hellseher?«

»Natürlich nicht. War eine rein rhetorische Frage.«

»Rein rhetorische Fragen mag ich nicht. Sie sind sinnlos.« Max flüsterte beinahe.

»Und wer ist diese Johanna?«

»Die Holländerin, von der ich dir erzählt habe.«

»Hast du nicht.«

»Habe ich nicht?«

»Nein.«

»Aha! Da schau her, die steigen tatsächlich da hinten an der Seite vom Hotel aus. Da, wo es die Treppen hinunter geht. Hier ist Johanna gestern verschwunden, Alois.«

»Verstehe!« Der gemütliche Gendarm verstand überhaupt nichts.

»Auf jeden Fall scheinen die Typen genau in den Keller zu gehen, in den sie gestern auch gegangen ist, um Ruths Skischuhe zu holen«, fuhr Max fort. »Wenn das kein Grund ist, denen nachzugehen, was dann? Sollen wir?«

»Na gut, wenn du meinst, Max. Viel passieren kann ja nicht dabei. Wer ist Ruth?«

»Johannas Freundin.«

»Aha.«

»Soll ich hier auf Sie warten?« Der junge Taxifahrer sah Max mit glühendem Eifer in den Augen an.

»Nein, verschwinden Sie besser. Wer weiß, wann wir wiederkommen. Geben Sie mir eine Rechnung.«

»Nein, nein. Ist schon in Ordnung. Das geht aufs Haus. Wahnsinn! Wenn ich das gleich meinen Freunden erzähle, halten die mich für verrückt.«

Woher haben die hier bloß ihre dicken Häuser, wenn sie alle ihre Geschäfte auf die Art erledigen, wunderte sich Max und legte einen Fünfzigeuroschein auf die schwarze Konsole. »Nimm's nur, Junge. Lade deine Freunde auf ein Bier ein. Auf meine Gesundheit. Okay?«

»Darf's auch Wodka sein?«

»Natürlich! Pass auf dich auf. Servus.«

»Auf Wiedersehen, die Herren Gendarmen! Und viel Glück.« Er preschte mit Vollgas davon. Wahrscheinlich direkt in seine Stammkneipe, wo er sein unglaubliches Erlebnis gleich bei ein paar Gläsern zum Besten geben würde.

43

»Psst, Jessika, sei mal kurz ganz still!« Johanna zuckte kurz zusammen. Hatte sie etwa Stimmen von draußen gehört? Oder spielte ihre Wahrnehmung ihr einen Streich? Ein Wunder wäre es ja nicht, nach all dem Stress. Jessika blieb regungslos hinter ihrer Schubkarre stehen und hielt die Luft an.

»Okay. Ich glaube, es war doch nichts«, gab Johanna nach ein paar Sekunden geräuschloser Wartezeit wieder Entwarnung.

Jessika atmete tief durch. »Gott sei Dank«, sagte sie dann. »Ich kann die Luft nämlich nicht sehr lange anhalten. Mein Bruder kann das viel länger. Er kann auch viel weiter tauchen als ich. Einmal im Urlaub in Ägypten, da hat er es eine Minute lang unter Wasser ausgehalten. Voll ohne Schnorchel.«

»Warte mal, Kleines. Da ist wieder was«, unterbrach Johanna ihren Redefluss. »Ich habe mich wohl doch nicht getäuscht. Ich glaube, sie kommen. Sie haben gerade die Tür zum Gang geöffnet. Und jetzt kann ich schon ihre Schritte hören.«

»Ich auch, Johanna. Ich habe Angst.«

»Hast du nicht!«

»Okay!«

»Bist du auf Position? Wurfsteine fest in der Hand?«

Johanna zischte ihre Fragen leise zwischen den Zähnen hindurch.

»Ja«, flüsterte Jessika und nickte langsam mit dem Kopf.

»Also, dann absolute Ruhe, bis sie zur Tür hereinkommen.« Johanna presste sich mit erhobenem Spaten gleich neben der Tür seitlich gegen die Wand. Jessika duckte sich mit ihren zwei großen Kieseln in der Hand hinter die umgekippte Schubkarre gegenüber dem Eingang. Man sah von vorne nur noch ihren blonden Haarschopf und zwei große, konzentriert dreinblickende blaue Augen. Dann hörten sie, wie der Schlüssel ins Schloss geschoben wurde.

44

Es hatte zu schneien begonnen. Die Luft war feucht und kalt. Max und Alois schlichen durch die parkenden Autos zu dem Seiteneingang hinüber, in dem die beiden Russen gerade verschwunden waren. Deren Fahrer hatte ihren Wagen um die Ecke neben der Hotelauffahrt abgestellt. Als sie die rot lackierte Tür erreichten, öffnete Max sie vorsichtig und sie schlüpften hinein.

»Hier die Treppe hinunter. Sie sind da unten. Ich kann sie hören«, flüsterte er.

Sie schlichen auf Zehenspitzen in den Keller. Dann lauschten sie wieder.

»Da hinten!«, raunte Alois.

Lautlos folgten sie dem langen Gang in das Kellergewölbe hinein, bis sie an sein Ende kamen. Jetzt ging es nur noch nach rechts. Sie blieben stehen, um zu hören, wo sich die russischen Burschen befanden. Dann wussten sie es.

»Wo bleibt ihr denn schon wieder so lange?«, zischte eine wütende Männerstimme aus dem Gang rechts vor ihnen. Sie kam Max bekannt vor. Er konnte sie aber niemandem zuordnen.

»Nur einen Wodka. Nur einen!«, hörten sie eine andere Stimme antworten. Dann hörten sie eine weitere Stimme. Sie war leiser als die Stimmen vorher. Und es war eine Frauenstimme.

»Kommt doch, ihr Schweine! Ihr habt wohl Angst oder was?«

Herrschaftszeiten, das ist Johanna, schoss es Max durch den Kopf. Sie ist gar nicht in Holland. Sie ist hier. Aber das kann doch gar nicht sein. Hat man sie etwa hier eingesperrt? Oder ist es jemand anders? Das entführte Mädchen? Blödsinn. Ich kenne doch ihre Stimme. Das ist Johanna. Er spähte vorsichtig um die Ecke. Die zwei Russen standen mit einem dritten, dickeren Mann direkt unter einer der taghellen Neonröhren im hinteren Teil der schmalen Abzweigung. Das Gesicht des Dicken konnte Max nicht erkennen, da der mit dem Rücken zu ihm stand.

»Bringt diese Scheißweiber endlich zur Ruhe und fesselt und knebelt sie besser oder ich garantiere für nichts mehr!«, schrie er gerade die anderen beiden an und drehte sein Gesicht dabei in Richtung einer grauen Metalltür in der Wand.

Jetzt erkannte ihn Max. Ja, spinne ich denn? Was ist denn hier los? Der feine Herr Hotelchef Huber höchstpersönlich? Er traute seinen Augen nicht. Marias schleimiger Exschwager schien hier klar das Kommando zu führen. Und irgendwen zu bedrohen. Johanna! Und eine andere Frauenstimme konnte man ebenfalls hören. Oder war es ein Mädchen? Was war hier los?

»Nimm deine Dienstwaffe raus!«, flüsterte er Alois zu und griff selbst nach dem Stemmeisen, das in einem Eimer voller Maurerzubehör lag.

Anscheinend wurde hier tagsüber eine Leitung verlegt. Auf jeden Fall hatte jemand die Wand neben ihnen in Kniehöhe ein paar Meter weit aufgerissen.

»Also! Auf geht's! Rein mit euch!«, hörte man den aufgebrachten Ganovenboss kommandieren.

Huber öffnete die Metalltür, schrie im selben Moment laut auf und fasste sich an den Kopf. Dann sackte er lautlos in sich zusammen. Irgendetwas schien ihn getroffen zu haben. Ein Schuss? Den hätte man doch gehört. Seltsam. Jetzt verschwanden die beiden Russen in der Tür. Sobald sie nicht mehr zu sehen waren, beeilten sich Max und Alois, es ihnen so schnell wie möglich gleichzutun. Je näher sie kamen, um so lauter wurden die Schreie, die aus dem Raum hinter der Tür hervordrangen. Bevor sie hineingingen, warf Max einen kurzen Blick auf den ohnmächtig auf dem Boden liegenden Hotelier. Der steht sicher nicht so schnell wieder auf, dachte er zufrieden grinsend. Ja, ja. So ist das. Alles im Leben rächt sich irgendwann.

»Ich mach euch fertig, ihr dreckigen Schweine!«, hörte er Johanna kreischen.

Das ist ihre Stimme. Kein Zweifel. Wie kommt sie denn nur hierher? Er fasste sein Stemmeisen fester. Alois verharrte direkt hinter ihm. Mit gezogener Waffe. Er konnte den feuchten Bieratem des Tiroler Gendarmen deutlich in seinem Genick spüren. Dann stürmten sie das Kellerabteil.

»Hände hoch! Polizei …«, brachte Alois gerade noch heraus, bevor er von einem großen Kieselstein über dem rechten Auge getroffen wurde. »Aua! Ja, Herrschaft noch mal!« Er hielt sich mit der einen Hand den Kopf und fuchtelte mit seiner Pistole in der anderen herum.

»Super, Jessika!«, rief Johanna. »Wir machen sie alle fertig!« Sie stand mit erhobenem Spaten über einem der

Russen, der vor ihr auf dem Boden lag, und war gerade im Begriff, denselben auf dessen Schädel niedersausen zu lassen. Der zweite Ganove lag bereits rechts neben der Tür und rührte sich nicht.

»Nicht, Johanna! Alles okay. Keine Gefahr mehr. Hörst du mich, Johanna. Wir sind da. Die Polizei ist da. Und du hörst auf, Steine zu werfen, Jessika! Alois, leg ihm Handschellen an. Und den anderen beiden auch.« Max hatte die Lage nach einem kurzen Blick sofort routinemäßig im Griff.

»Max? Bist du das?« Johanna zitterte am ganzen Leib. Ihr Gesicht war rot und verschwitzt vor Aufregung und Anstrengung.

»Ja, ich bin es, Johanna. Es ist alles gut. Ihr seid in Sicherheit.«

Sie ließ den Spaten fallen und brach zusammen. Max lief zu ihr hin und beugte sich zu ihr hinunter. Dann legte er sein Ohr auf ihre Brust und horchte nach ihrem Herzschlag. Gott sei Dank. Alles okay. Sie lebte.

»Hey, du! Kleines Fräulein! Jessika! Du kannst deine Kiesel fallen lassen. Hast du super gemacht. Ihr habt die Gangster erledigt. Schau hin.« Max zeigte auf die zwei am Boden liegenden Russen, denen Alois gerade ihre Handschellen verpasst hatte. »Komm doch mal her«, fuhr er dann fort.

»Aber ich stinke.«

»Na und? Ist doch egal. Ich brauche trotzdem kurz deine Hilfe.«

»Okay. Was soll ich tun?« Jessika trat hinter ihrer Schubkarre hervor und näherte sich zögernd. Alois warf ihr im Vorübergehen einen kurzen, vorwurfsvollen Blick zu und verschwand in den Gang hinaus. Dabei rieb er sich mit zusammengekniffenem Mund immer wieder die wehe Stelle über seinem Auge.

»Kannst du bitte kurz auf Johanna aufpassen, bis ich wieder da bin?«, fragte Max Jessika. »Ich muss ganz schnell einen Krankenwagen und die Polizei rufen. Bin aber gleich wieder da. Okay?«

»Okay! Aber nur, wenn der Polizist hier bleibt. Allein hab ich Angst.«

»Klar. Der bleibt hier. Auf jeden Fall.« Er ging zu Alois, der gerade den bewegungslosen Hotelier vor der Tür fesselte. »Alois, ich bin gleich wieder da. Ich rufe die Rettung und Verstärkung. Okay? Kann ich dich so lange alleine lassen?«

»Sicher, Max. Ich habe hier alles im Griff. Die Burschen sind alle außer Gefecht gesetzt. Da kann nichts anbrennen.«

Max stürzte die Treppe hinauf zum Empfang und ließ den Portier Krankenwagen und Gendarmerie herbeirufen. Dann rannte er in den Keller zurück. Als er wieder in dem kleinen Raum ankam, in dem gerade noch die Schlacht getobt hatte, stand Johanna wach neben Alois und umarmte das kleine Mädchen.

»Max!«, rief sie und umarmte auch ihn. »Ich habe so gebetet, dass du uns findest. Und es hat etwas genützt. Gott sei Dank. Ich bin so froh, dass du da bist.«

»Ich auch, Johanna! Ich auch!«, sagte er und wusste sofort, was er doch für ein Riesenidiot war.

Wie hatte er nur annehmen können, dass sie einfach so, ohne ein Wort, verschwinden würde? Sie hatte ihm doch mehr als deutlich gezeigt, wie sehr sie ihn mochte. Wie kann man nur so wenig Vertrauen haben und so wenig Menschenkenntnis, Herr Exkommissar. Er schämte sich, als sie ihn jetzt dankbar küsste. Halt mal. Nicht so schnell, Raintaler. So ein schlechter Mensch bist du ja auch wieder nicht. Du hast vielleicht nicht mehr an ihre Liebe geglaubt. Aber deine Intuition hat es. Und die ist schließlich ein Teil von dir. Und hierher geführt hat sie dich außerdem. Oder etwa nicht? Was passiert wäre, wenn du diese Russen vorhin nicht rein zufällig vor dem ›Lustigen Wirt‹ entdeckt hättest, stellst du dir besser erst gar nicht vor. Herrschaftszeiten. Was für ein Dusel. Gott sei Dank.

45

Die Gendarmerie kam und verhaftete die beiden Russen und den kriminellen Hotelier. Max hatte vorher noch seinen Verdacht zu Protokoll gegeben, dass sie ganz bestimmt auch die tote Russin von der Streif auf dem Gewissen hätten. Da müsse man ja nur mal die Ballistik bemühen und die Kugeln in der Toten mit den Waffen, die sie dabeihatten, abgleichen. Außerdem habe er selbst die Frau mit den beiden zusammen gesehen. Da sei er sich jetzt so gut wie sicher. Und man solle auf jeden Fall den Kollegen Gerald auf sie aufmerksam machen. Vielleicht erkenne er ja in ihnen die Ganoven wieder, die ihn vor der Spielbank überfallen hatten. Möglich wäre es allemal. Und wenn, dann hätten sie den größten Teil des Geldes bestimmt immer noch bei sich.

»Entführung, Erpressung, Körperverletzung, Mord, Raub. Na, da kommt ja einiges zusammen«, hatte der Einsatzleiter gemeint und angesichts so viel geballter krimineller Energie ungläubig den Kopf geschüttelt. »Da dürfen sich die drei feinen Herren aber auf einen langen Lebensabend hinter Gittern freuen. Ein renommierter Hotelier aus unserer hübschen kleinen Stadt! Man mag es gar nicht glauben. Aber so ist es wohl. Schwarze Schafe gibt es überall. Stimmt's?«

»Schaut ganz so aus«, hatte Max geantwortet und sich von ihm verabschiedet.

Die ebenfalls verständigten Eltern von Jessika, die Lohmeiers, hatten ihre Tochter oben in der Lobby dankbar und überglücklich in die Arme geschlossen und waren mit ihr auf dem Weg ins Krankenhaus.

»Ich weiß gar nicht, wie ich Ihnen danken soll. Darf ich Sie alle drei morgen in meine VIP-Loge zum Rennen einladen?«, hatte Jessikas Vater Johanna, Max und Alois gefragt, bevor sie losgefahren waren.

»Auf jeden Fall!«, hatte Alois geantwortet. »Ja, super. Da komm ich doch noch zu meinem geliebten Hahnenkammrennen.«

Und auch Max und Johanna hatten gerne zugesagt.

»Schön. Ich erwarte Sie dann dort. Fragen Sie einfach am Eingang nach Lohmeier. Ich hinterlege dort die Karten für Sie. Vielleicht können Sie schon eine Stunde vor Rennbeginn kommen? Auf einen kleinen Snack und ein Glas Champagner? Oder zwei?«

»Geht klar. Danke«, hatte Max geantwortet.

Johanna ließ sich im Krankenwagen kurz untersuchen. Ihr fehle weiter nichts, bis auf den Schreck, meinte der Notarzt, und wenn sie wolle, dürfe sie auf jeden Fall ein Gläschen trinken gehen. Alois stimmte dem weisen Therapievorschlag vom Fleck weg zu. Max brachte Johanna und ihre Reisetasche mit den Wechselklamotten daraufhin in ein extra für sie bereitgestelltes Hotelzimmer, wo sie ausgiebig duschte und die frischen Sachen anzog. Alois wartete so lange in der Lobby bei einer biologisch angebauten Johannisbeerschorle, die ihm ein aufmerksamer Geist des Hauses vorbeigebracht hatte. Überflüssig zu bemerken, dass sie gänzlich unberührt auf dem kleinen Glastisch vor seinem gemütlichen Ledersessel ihre winzigen Luftblasen ließ.

Nachdem Max und Johanna eine halbe Stunde später wieder herunterkamen, fuhren sie zu dritt mit dem Taxi in den ›Lustigen Wirt‹. Dort wartete Markus schon mit seinen Skischülerinnen. Alle vier waren bereits bester Stimmung. Was naturgemäß ein ausgiebiges, lautstarkes Begrüßungshallo zur Folge hatte. Anschließend gab ein Glas das andere. Und zu fortgeschrittener Stunde besuchten alle zusammen noch die Bar nebenan.

»Sag mal, wo hast du denn Alois kennengelernt?«, fragte Johanna Max, als sie am nächsten Morgen neben ihm in Marias kleinem, aber gemütlichem Dachgeschosszimmer aufwachte. »Der ist ja Gold wert. Eine Seele von Mensch. Und wie stolz er war, dass ihn sein Chef befördern will, nachdem er gestern der Kitzbüheler Polizei zu solcher Ehre verholfen hat. Ich mag ihn.«

»Ich habe ihn im Après-Ski-Lokal bei der Talstation aufgegabelt. Und ich mag ihn auch«, erwiderte Max. »Er ist ein Supertyp. Und was glaubst du, was seine gestrenge Frau heute Morgen erst zu der ganzen Sache sagt. Die staunt bestimmt Bauklötze und lässt ihn die nächsten sechs Monate lang ungestraft sein Bier trinken.«

»Wenn er es verträgt … Aber sag mal, wie habt ihr uns eigentlich gefunden? Du hast mir das gestern gar nicht erzählt. Oder doch?« Sie kuschelte sich in seinen Arm und legte ihre Hand auf seinen durchtrainierten Bauch.

»Hab ich nicht. Darf ich auch gar nicht. Das fällt in die Rubrik strengstes Berufsgeheimnis, Johanna. Professionelle Ermittlungen, ein klarer Verdacht, und dann mussten wir den Gaunern nur noch nachfahren.« Er konnte ihr einfach nicht sagen, dass er sie eigentlich schon abgeschrieben hatte und dass es nichts als purer Zufall gewesen war.

»So was hat mein Vater immer zu meiner Mutter gesagt, wenn er nichts sagen wollte!«

»Kluger Mann. Typisch Polizist.« Er grinste breit. Nie einen Rückzieher machen. Das hatte er in seinem ehemaligen Job frühzeitig gelernt.

»Denk daran, dass du Ruth anrufen wolltest«, erinnerte er sie dann. »Nicht dass sie noch die Interpol oder den holländischen Geheimdienst hier heraufhetzt.«

»Ja, ja. Lenk du nur geschickt vom Thema ab. Und dann dieser Hotelier! Einfach unglaublich. Was für ein mieser Charakter. Verspekuliert der sich beim Kauf einer Immobilie im Osten und bei seinem Hotelumbau und entführt einfach ein Mädchen, damit er wieder flüssig ist. Was es doch für widerwärtige Leute gibt. Da kann Maria aber froh sein, dass er nur ihr Exschwager ist. Die arme Schwester. Ganz ehrlich gesagt. Ich beneide dich nicht um deine Vergangenheit als Polizist. Da sieht man doch nur noch die Schattenseiten des Lebens.«

»Nicht nur. Dienst ist immer noch Dienst. Und Schnaps ist Schnaps. Auch wenn er morgens wehtut.« Max verzog schmerzhaft das Gesicht, weil ihm gerade, als er aufstehen wollte, wieder so ein gemeiner kleiner Blitz durch den Kopf gefahren war.

»Übrigens, die kleine Jessika ist das tapferste Mädchen, das ich je getroffen habe. Die wird später sicher keine Probleme in der Geschäftswelt ihres Vaters haben. Die setzt sich durch.«

»Das denke ich auch. Obwohl ich mir sicher bin, dass sie vorher ihr Trauma erst mal mit professioneller Hilfe überwinden muss.«

»Meinst du? Sie wirkte so stabil.«

»Glaub mir, Johanna. Was sie erlebt hat, das steckt man nicht so einfach weg. Die Kerle haben sie geschlagen und gequält. Und lieg du mal tagelang in deinen Ausscheidungen. Wenn du mich fragst, kann sie froh sein, wenn bei ihr kein seelischer Schaden zurückbleibt.« Er nahm einen erneuten Anlauf, sich aus den Kissen zu wühlen.

»Oh Gott. So habe ich das noch gar nicht betrachtet.« Sie sah auf einmal trotz ihrer guten Laune sehr nachdenklich aus.

»Du hast auch nicht meinen Beruf gehabt.« Geschafft. Er stand neben dem Bett. Jetzt war es ein Leichtes, sich erst mal ausgiebig zu duschen. »Aber bestimmt kommt sie wieder in Ordnung. Sie hat viel Kraft. Das merkt man.«

Johanna nickte zuversichtlich, als wäre sie sich ihrer Sache hundertprozentig sicher. »Ist mir auch aufgefallen.«

Max schlurfte ins Bad.

»Sag mal, stimmt das eigentlich, was Alois da gestern wegen der Belohnung gesagt hat, die der Vater euch beiden geben will?«, rief sie ihm vom Bett aus hinterher.

»Soweit ich weiß, schon. Irgendwas von 50.000 Euro hat er gesagt. Wäre doch super. Dann kann ich dich auf jeden Fall in New York bei deiner Vernissage besuchen. Aber jetzt mal was ganz anderes, Johanna. Weißt du, auf was ich mich heute am meisten freue?«

»Nein.«

»Auf zwei Dinge.«

»Und die wären?«

»Ein großes Glas Katertrank von Marias Mutter und das Rennen. In der VIP-Loge. Das wird sicher verdammt spannend!«

»Na dann. Nichts wie los. Ich freue mich schon auf Marias tolles Frühstück. Das Abendessen gestern war zu wenig nach zwei Tagen Hunger.«

Als sie im Frühstücksraum angelangt waren, gab es erst mal ein großes Hallo zwischen Maria und Johanna. Sie bestand darauf, dass ihr die beiden sofort eine Schnellversion der Ereignisse berichteten. Als sie sich danach an ihren Tisch setzten, entdeckten sie eine Kiste voller Flaschen darauf.

»Was ist das, Maria?« Max versuchte, den Karton zu öffnen, um einen Blick auf den Inhalt zu erhaschen.

»Katertrunk.«

»Was?«

»Das sind zehn Flaschen von Mutters Katertrunk. Der hat dir doch immer so gutgetan. Sogar deinem Blutdruck.«

»Ja, was sagt man denn dazu? Aber ich fahr doch erst übermorgen.« Max blieb vor Staunen der Mund offen stehen. Die Belohnungen, die man hier bekam, rissen gar nicht mehr ab.

»Macht nix. Bekommst ihn trotzdem heute schon.«

»Vielen Dank, Maria. Geniale Idee.« Er schloss die füllige Wirtin, so gut es ging, in seine Arme. »Ich schau mal, ob ich in München noch mehr Abnehmer dafür finde«, fuhr er dann fort. »Dann starten wir ein hübsches kleines Grenzgeschäft. Was meinst du?«

»An so etwas in der Art hatte ich eigentlich gedacht«, sagte Maria und lächelte verschmitzt. »Aber jetzt setzt euch. Heute gibt es ein Frühstück de luxe. Natürlich wie immer von der Chefin höchstpersönlich serviert.«

»Perfekt, Maria. Ich habe schon solchen Hunger.« Johanna strich sich zur Bekräftigung des Gesagten kreisförmig über ihren so gut wie nicht vorhandenen Bauch.

Lange mussten sie nicht warten. Die fröhliche Wirtin war bald zurück und trug auf, dass sich der Tisch unter den Tiroler Leckereien nur so bog. Knacker, Landjäger, Rührei, frische Semmeln und Brezen, Kaffee, Sekt, Orangensaft, Marmelade und Honig. Ein Wahnsinn. Genau die richtige Grundlage für das Rennen nachher. In der Loge wird bestimmt wieder jede Menge Alkohol angeboten. Zu Gast in der Ehrenloge beim Hahnenkammrennen. Das glaubt dir doch keiner, wenn du am Montag heimkommst, Raintaler. Weder der Franzi noch die Moni.

ENDE

Alle Bücher von Michael Gerwien:

Exkommissar Max Raintaler ermittelt:

1. Fall: Alpengrollen
ISBN 978-3-8392-1111-3

2. Fall: Isarbrodeln
ISBN 978-3-8392-1234-9

3. Fall: Isarblues
ISBN 978-3-8392-1307-0

4. Fall: Isarhaie
ISBN 978-3-8392-1386-5

5. Fall: Mordswiesn
ISBN 978-3-8392-1421-3

6. Fall: Alpentod
ISBN 978-3-8392-1522-7

7. Fall: Andechser Tod
ISBN 978-3-8392-1595-1

8. Fall: Krautkiller
ISBN 978-3-8392-1670-5

9. Fall: Brummschädel
ISBN 978-3-8392-1757-3

10. Fall: Stückerlweis
ISBN 978-3-8392-1835-8

11. Fall: Monacomord
ISBN 978-3-8392-2477-9

12. Fall: Mord am Viktualienmarkt
ISBN 978-3-8392-0052-0

13. Fall: Isardreh
ISBN 978-3-8392-0360-6

14. Fall: Letztes Busserl im Hofbräuhaus
ISBN 978-3-8392-0611-9

Journalist Wolf Schneider:
1. Fall: Schattenkiller
ISBN 978-3-8392-1973-7

2. Fall: Schattenrächer
ISBN 978-3-8392-2116-7

3. Fall: Wolfs Killer
ISBN 978-3-8392-2353-6

weitere:
Raintaler ermittelt
ISBN 978-3-8392-1451-0

Wer mordet schon am Chiemsee?
ISBN 978-3-8392-1505-0

Gründerjahr
ISBN 978-3-8392-2214-0

SPANNUNG

GMEINER

WWW.GMEINER-VERLAG.DE
Wir machen's spannend

Thomas Pregl
Frankenblut
Kriminalroman
304 Seiten, 12,5 x 20,5 cm,
Paperback
ISBN 978-3-8392-0593-8

Auf den Bamberger Erzbischof wird während der
Fronleichnamsprozession ein Attentat verübt. Vor
den Toren der Domstadt finden Kriminalrätin Petra
Stengl und ihr Kollege Norbert Denzlein kurz darauf
die enthauptete Leiche eines Autofahrers. Unfall,
Selbstmord oder Mord? Ermittlungen ergeben: Der
Attentäter und der Tote gehören einer fanatischen
Sekte an, die sich von Würzburg aus auch im Bamberger und Coburger Raum ausbreiten will. Was
hat es mit der Glaubensgemeinschaft der charis-
matischen »Prophetin« Tabea Wallner auf sich?

GMEINER SPANNUNG

WWW.GMEINER-VERLAG.DE
Wir machen's spannend

Lutz Kreutzer
Schaurige Orte in Bayern
Kriminalroman
288 Seiten, 12,5 x 20,5 cm,
Paperback
ISBN 978-3-8392-0642-3

Zwölf schaurige Geschichten von zwölf Autorinnen
und Autoren über zwölf reale Orte in Bayern, an-
gelehnt an Legenden und Ereignisse von der Römerzeit
bis in die Gegenwart: von Kelten, Römern und einer
geheimnisvollen Toten am Bodenlosen See. Wie eine
bettelarme Bauernmagd mit dem Herrgott von Tann
haderte und bittere Rache übte. Als ein junger Mann
im Angesicht des Todes das wahre Gesicht des grau-
samen Königs Watzmann zu sehen glaubte. Warum
sich zwei Schwestern im Schatten der Königlichen Villa
in Regensburg zu Rivalen bis aufs Blut entwickelten.

GMEINER SPANNUNG

WWW.GMEINER-VERLAG.DE
Wir machen's spannend

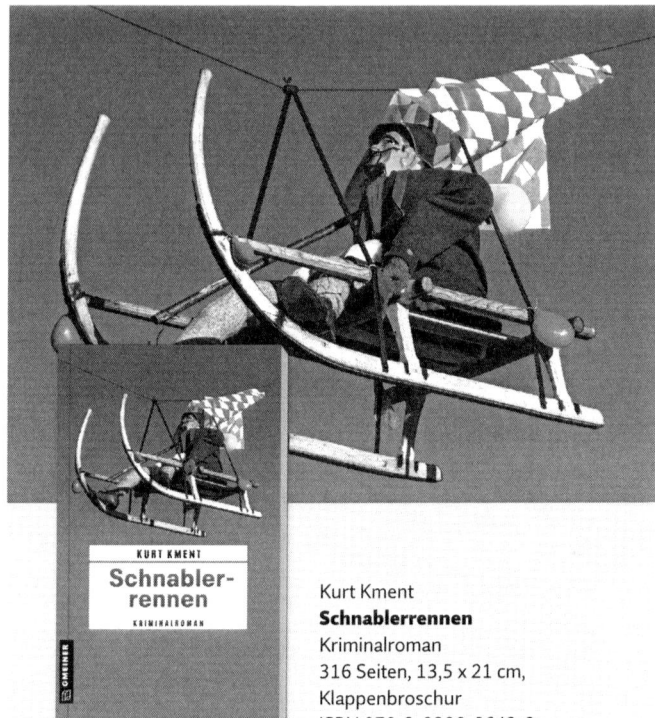

Kurt Kment
Schnablerrennen
Kriminalroman
316 Seiten, 13,5 x 21 cm,
Klappenbroschur
ISBN 978-3-8392-0643-0

Ein Hauptverdächtiger, der es nicht gewesen ist
und eine frische Beziehung, die er nicht recht ein-
ordnen kann – Kommissar Besener hat in Gaißach
alle Hände voll zu tun. Der Schuppen des Schnabler-
vereins ist explodiert und ein Zeuge des Anschlags
wurde tot aufgefunden. Ist das traditionelle Schnablerrennen, das in ein paar Wochen stattfinden soll, das
Ziel? Die Gaißacher lassen sich nicht in die Karten
schauen, die üblichen Ermittlungsmethoden stoßen
bei dieser eingeschworenen Dorfgemeinschaft an
ihre Grenzen. Beseners Team zieht alle Register.

GMEINER SPANNUNG

WWW.GMEINER-VERLAG.DE
Wir machen's spannend

Birgit Ringlein
Wenn der Winter stirbt –
Der Fasalecken-Mord
Kriminalroman
304 Seiten, 12,5 x 20,5 cm,
Paperback
ISBN 978-3-8392-0658-4

Ein alter heidnischer Brauch, ein brutaler Mord: Im
beschaulichen Baiersdorf steht während des alljähr-
lichen Winteraustreibens der Fasalecken plötzlich ein
Winterbär in Flammen und stirbt. Beinahe zufällig und
völlig unvorbereitet stolpern die Kleinstadtpolizisten
Evita Emmerling und Ludger Dauer in die Ermittlungen. Anfangs noch unbeholfen, doch zunehmend
engagiert, beginnen sie auf eigene Faust nachzuforschen
und stoßen dabei auf ungeahnte Überraschungen.

SPANNUNG

GMEINER

WWW.GMEINER-VERLAG.DE
Wir machen's spannend

Friederike Schmöe
Wilde Wut
Kriminalroman
288 Seiten, 12,5 x 20,5 cm,
Paperback
ISBN 978-3-8392-0660-7

Babs verliert ihre Wohnung in der UNESCO-Welterbestadt Bamberg an einen Immobilienhai. In ihrem Zorn schließt sie sich einer Anti-Gentrifizierungsgruppe an. Diese veranstaltet Pop-up-Demos in der Innenstadt und hetzt in den sozialen Medien gegen Makler, die Häuser im beliebten Zentrum aufkaufen und zu Luxusapartments umbauen. Als ein bekannter Wohnungsmakler tot aufgefunden wird, gerät Babs ins Fadenkreuz der Ermittlungen. Privatdetektivin Katinka Palfy soll helfen.

SPANNUNG

GMEINER

WWW.GMEINER-VERLAG.DE
Wir machen's spannend

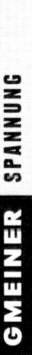

Hans Weber / Armin Ruhland
Ausgeläutet
Kriminalroman
304 Seiten, 12,5 x 20,5 cm,
Paperback
ISBN 978-3-8392-0556-3

Ein Kunsthistoriker wird am Sonntagmorgen in
einer Wallfahrtskirche im Rottal tot aufgefunden.
Am Abend zuvor besuchte er ein feuchtfröhliches
Klassentreffen in einem Gasthaus nahe der Kirche. Ein
Motiv für die Tat lässt sich zunächst nicht erkennen.
Doch als die Pfarrkirchner Kripobeamten Thomas
Huber und Mandy Hanke die frühere Geliebte des
Opfers ausfindig machen, stockt ihnen der Atem. Das
Ermittlerpaar steht vor einem heiklen Fall, der auch
ihre Liebesbeziehung auf eine harte Probe stellt.

GMEINER SPANNUNG

WWW.GMEINER-VERLAG.DE
Wir machen's spannend

Kai Bliesener
Wein. Berg. Tod.
Kriminalroman
288 Seiten, 12,5 x 20,5 cm,
Paperback
ISBN 978-3-8392-0656-0

Julia Judith Schwarz, genannt JJ, ist Bestatterin in
Fellbach und mit dem Tod vertraut. Aber als eines
Tages ein Ex-Liebhaber vor ihr auf dem Tisch liegt, ist
das doch eine schräge Situation. Markus Weber ging
mit ihr zur Schule und war einer der erfolgreichsten
Winzer der Region. Und Erfolg schafft bekanntlich
Neider. JJ hegt Zweifel an der natürlichen Todes-
ursache. Sie taucht ein in die Welt des Weines und
wirbelt viel Staub auf. Dabei bringt sie nicht nur sich,
sondern auch ihren Freund Vinzenz in Gefahr.

SPANNUNG

GMEINER

WWW.GMEINER-VERLAG.DE
Wir machen's spannend